《作家研究文丛》

主　　编：严家炎
副 主 编：杨自俭
执行主编：李　扬

第 8 辑

XIAOSHUO ERTONG
小 说 儿 童
——1980～2000：中国小说的儿童视野

何卫青　著

中国海洋大学出版社
·青岛·

图书在版编目(CIP)数据

小说儿童:1980～2000:中国小说的儿童视野/何卫青著.—青岛:中国海洋大学出版社,2005.1
(作家研究文丛/严家炎主编)
ISBN 7-81067-714-4

Ⅰ.小… Ⅱ.何… Ⅲ.小说－人物形象－文学研究－中国－1980～2000 Ⅳ.I207.42

中国版本图书馆CIP数据核字(2005)第046051号

中国海洋大学出版社出版发行
(青岛市鱼山路5号 邮政编码:266003)
出版人:王曙光
日照报业印刷有限公司印刷
新华书店经销
＊
开本:850 mm×1 168 mm 1/32 印张:6.75 字数:169千字
2005年1月第1版 2006年1月第2次印刷
印数:1 001～2 000 定价:16.00元

《作家研究文丛》

顾问委员会

主任委员 王　蒙
委　　员（以姓氏笔画为序）
　　　　　王　蒙　朱　虹　朱德发
　　　　　严家炎　何西来　柳鸣九
　　　　　黄维樑　童庆炳

编委会

主　　编 严家炎
副主编 杨自俭
执行主编 李　扬
编　　委（以姓氏笔画为序）
　　　　　王庆云　刘润芳　李　扬
　　　　　杨　栋　杨自俭　张胜冰
　　　　　崔建飞

记得当时年纪小

我爱谈天你爱笑

有一回并肩坐在桃树下

风在林梢,鸟儿在叫

我们不知怎样睡着了

梦里花落知多少?

——(台湾)黄直

目 录

序章　儿童与小说 …………………………………… 1
　第一节　儿童:存在与想像 …………………………… 1
　第二节　另一种"儿童文学史" ……………………… 9
　第三节　小说儿童 …………………………………… 13

第一章　故事 ………………………………………… 21
　第一节　童年沃野 …………………………………… 21
　第二节　荒诞时代的儿童 …………………………… 25
　第三节　经历"性现实"的儿童 ……………………… 36
　第四节　与成年人同行 ……………………………… 47
　第五节　神秘的儿童 ………………………………… 57

第二章　话语 ………………………………………… 65
　第一节　童年修辞 …………………………………… 65
　第二节　小说儿童的"看" …………………………… 69
　第三节　说"我"是孩子 ……………………………… 96
　第四节　意象化儿童 ………………………………… 116

第三章　意象 …………………………………………… 124

　第一节　儿童意象 ………………………………………… 124

　第二节　个体的儿童意象 ………………………………… 127

　第三节　性别之维:集体的儿童意象 …………………… 140

终章　"天空等待一只手的触摸" ……………………… 149

参考文献 …………………………………………………… 160

附录一　作品清单 ………………………………………… 165

附录二　阅读儿童 ………………………………………… 180

后记 ………………………………………………………… 209

序章
儿童与小说

> 幸福的人是那些经历了这样寂静无声的夜晚的人，幸福的人是那些能回忆起这样夜晚的人。
>
> ——[法]加斯东·巴什拉《梦想的诗学》

第一节　儿童:存在与想像

"儿童"这个词语,既指某个现实的经验儿童,又是一个经过成年人探讨、形成、解释和表达的概念。

经验儿童是一个个个体的存在,他们体态各异、性情各异、命运各异。在日常生活中,成年人常常称之为"孩子"。然而,无论他们在社会历史进程中的真实境遇如何,人们已对之进行了各种各样的想像。

在这些想像的过程中,尘俗气、烟火味浓厚的"孩子"称谓被学理性的"儿童"所取代,有血有肉的个体差异逐渐被淡化成社会问题、教育问题或心理(生理)问题中的一个年龄族群。想像,意味着成为成年人的话语对象:《老子》、《庄子》中用"天"、"真"、"纯"、"赤子"这些澄澈的词语来表达对自然无伪的天性的认同。这种天性,当然集中体现在童子身上:"人之所不学而能者,其良能也;所不虑而知者,其良知也。孩提之童,无不知爱其亲也;及其长也,无不知敬其兄也。"①明代的李贽则明确地把这种天性称为"童心":"夫童心者,绝假纯真,最初一念之本心也。"②尽管有地域和形态的差别,"真"却几乎是所有文化对儿童的基本描述;至于与自然的同一和相通,则是成年人最为罗曼蒂克的儿童想像,它甚至构成了西方19世纪浪漫主义文艺思潮的基本内涵,它使得诗人华兹华斯唱出了"儿童是成人之父"的曼妙而又意味深长的丽音。当人文的历程逐渐在人与自然之间划出一条条明显的界限,当文明的饱和日益将山川河流、飞鸟鸣禽置于对抗者的位置时,席勒在《素朴的诗与感伤的诗》中说:"我们的童年是文明人类中还可遇见的惟一未受摧残的自然形态。"人之初的儿童在精神上满足了无奈又无力的人们返归"混沌"世界的愿望。当人们逐渐陷入理性追求途中的死胡同时,儿童的原初逻辑、儿童的原初思维方式让耽于沉思并苦恼不堪的哲人们体验了"柳暗花明又一村"的欣喜,俄国思想家舍斯托夫在《在约伯的天平上》一书中就毫不犹疑地在童言妙语中寻找着儿童与非理性精神的贯通,并加以由衷的推崇。对"儿童"的发现又预示着一个以主体性和个性的突现为表征的思想现代性的到来,无论是19世纪的欧洲还是20世纪的中国,莫不如此。……也许正像意大利教育家、儿童心理学家蒙特梭利所说:"儿童曾是连续性和希望的无可争议的象征,是将其他一切价值集于一身的某种价值。"③

经验儿童丰富了想像的细节和内涵,想像的儿童同样建构着

---

① (汉)赵岐注、旧题(宋)孙奭疏:《孟子注疏》,艺文印书馆1993年版,影印清嘉庆二十一年阮元重刊宋版十三经注疏本,卷13,第232页。
② 李贽:《童心说》,见霍松林主编:《古代文论名篇详注》,上海古籍出版社1986年版,第368页。
③ [意大利]蒙特梭利:《吸收性心智》,王坚红译,桂冠图书股份有限公司(台北)1994年版,第127页。

经验儿童的现实。美国批评家费德勒（Lesile Fiedler）曾说："儿童不只是对现实的复制，他是文化的发明，是想像的产物。"[1]而法国心理学家达尼勒·拉加西（Daniel Lagache）则根本否认儿童的独立存在："在独立地、为自己、依靠自己存在之前，儿童是为他人、也是通过他人存在的。他处在被期望、被计划以及附属的位置。"[2]

这种建构与被建构、塑造与被塑造的过程，凝结着成年人关于自身、关于历史、关于现实、关于未来的种种想像，始终是成年人乐此不疲的一项事业。作为过来人，成年人往往以儿童世界的洞察者和代言人自居，然而，他们又无法完全摆脱成年人的立场；而儿童在现实世界不具备话语的制造权或者说缺乏自我表达能力，所以儿童对于成人社会，永远具有不可知性。尽管人们本着对自身起源的好奇，曾经对儿童世界进行了执著的探索，发现这个世界与成年世界是相近的，但它也有着自主性，其上笼罩着神秘的气息。法国小说家皮埃尔·鲁提（Pierre Loti）就曾这样表达他的困惑："正是带着一丝畏惧，我提到了生命伊始的印象给我的神秘感。我不能确定我是否真的曾经经历过它，难道它们没有被神秘地转化为记忆吗？围绕这座圣殿，我有某种宗教似的情感。"[3]

卢梭也曾说：我们不了解童年。1762年，《爱弥儿》出版。继这本被法国历史学家菲利普·阿利斯（Philippe Aries）认为带来了一个"儿童崇拜"之世纪的书之后，无数人类学家、心理学家、社会学家、教育学家在儿童研究领域取得了卓有成效的成就，儿童生存状况的改观与他们的工作密不可分。然而，两个多世纪过去了，有

---

[1] Lesile Fiedler. *The Collected Essays*. New York: Stein and Day, 1971. p. 471.

[2] Jacques Lacan. *Ecrits*. Paris: Editions du Seuil, 1966. p. 652.

[3] Quoted in Reinhard Kuhn. *Corruption in Paradise*. Hanover and London: Brown University, 1982. p. 3.

关儿童的书可谓汗牛充栋,卢梭的叹息却犹在耳畔。我们不得不像英国作家萧伯纳一样,在困惑中承认:面对孩子,我们深深地感到迷茫。① 而当法国小说家阿兰(Alain)也许不无偏颇地断言"所有关于儿童的想法都是错误的"②之时,我们依然只能沉默。

凡此种种,使儿童似乎成为现代术语所说的、永远不可解码的"能指"。他们是自然存在,是社会存在,更是精神存在。

一

在以成人文化为主导的社会中,人们关于儿童问题的种种讨论的焦点,不仅在于指出一个区别于成年人的生理、心理特征的群体的存在,更重要的是关注儿童和成年人的社会关系,是儿童对成年人到底意味着什么。

1960年,阿利斯出版了《儿童的世纪》一书,此书已经成为儿童史研究的经典之作。阿利斯指出,儿童概念只是近代教育制度确立以来形成的一个概念,在那以前,人们对儿童与成年人的区别并没有明确的意识。《儿童的世纪》一书的主要观点是:西方中世纪,儿童在社会中几乎是没有什么地位可言的。但是,也有大量的资料表明,阿利斯的看法不无偏颇。比如,另一位法国学者拉杜里(La Roy Ladurie)通过对13世纪末和14世纪早期法国小山村蒙塔尤(Occitanian)的研究,得出了相反的结论:"蒙塔尤人和萨巴泰人在灵魂深处对儿童,哪怕是最小的婴儿也怀有一种十分强烈的、发自内心和溢于言表的亲切感。这种感情是当地文化的基础并与之共存。"③戴维·赫利黑、福赛思、德梅特尔、班克等人的研究也

---

① George Bernard Show. *Collected plays with Their Prefaces*. 2vols. London: Max reinhardt, The Bodley Head, 1972. p. 18.

② Quoted in Reinhard Kuhn. *Corruption in Paradise*. Hanover and London: Brown University, 1982. p. 3.

③ [法]埃马纽埃尔·勒华拉杜里:《蒙塔尤》,许明龙、马胜利译,商务印书馆1997年版,第309页。

为拉杜里的结论提供了相应的支持。① 在西方,从古代到中世纪结束,人们对儿童的兴趣是实实在在的,更不必说中世纪以后了。遗憾的是,在中国,还没有见到对 20 世纪以前中国儿童的系统的、专门的研究;至于"五四"儿童解放思潮中,新型知识分子们对戕害儿童的圣贤之书的批判,有着特定的时代目的,并不足以证明儿童真实的生活状况。实际上,19 与 20 世纪之交,两位外国传教士眼中的中国儿童生活丰富多彩,并不像激进的知识分子们宣称的那样毫无生趣。在《孩提时代》一书中,这两位外国传教士详细记载了他们亲眼所见、亲耳所闻的中国儿童生活,虽然这些孩子的穿着的确与大人无异,但他们的生活、特别是游戏生活,即使是今天的孩子也不能望其项背。② 无独有偶,20 世纪末,一位现代人从人物自传散文中,挖掘出了大量关于 20 世纪童年生活的纪录,写成《另一种童年的告别》一书,在该书的"游戏和工作篇"中记载的儿童生活也是丰富多彩,令人羡慕。③ 其实,人们对孩子既然寄予了未来的期望,无论是出于个人前程还是家族荣耀的考虑,孩子就不能不成为家庭生活的重心。

因此,尽管强调历史上的儿童有着不幸的童年是主流观点,儿童,却多多少少一直是人们生活的中心。

二

与历史学家们试图揭示儿童在人们生活中的地位的出发点不同,教育学家、心理学家们一直试图弄清楚儿童究竟是什么。

19 世纪末 20 世纪初,当中国正酝酿着一场轰轰烈烈的新文化运动时,西方在如何看待儿童的问题上形成了两种基本的立场:

---

① 参见俞金尧:《儿童史研究及其方法》,载《国外社会科学》2001 年第 5 期。
② [美]泰勒·何德兰、[英]坎贝尔·布朗士:《孩提时代——两个传教士眼中的中国儿童生活》,群言出版社 2000 年版。
③ 张倩仪:《另一种童年的告别》,商务印书馆 2000 年版。

一是以洛克为代表的所谓"白板说"。这种观点认为,儿童是尚未成形的人,经由识字、教育、理性、自制和羞耻心的培养,得以成为文明的成人。这也是西方基督教新教的理念。二是以卢梭为代表的浪漫主义的观点:未成形的儿童倒还好,而畸形变形的成人,才是问题的关键。儿童天生具有体谅、好奇心和自动自发的能力,但是,这些天生能力却被识字、教育、理性、自制和羞耻心的培育所戕害。[①] 通过译介,这两种理念对中国知识分子们的影响也是深远的。实际上,中国人对于作为一个特殊年龄团体的儿童的认知,就是 20 世纪初随着对西方社会及其近代的社会知识的了解开始的。当 19 世纪后半叶西方人用他们的价值观和审美观打量中国时,中国的知识分子也开始以西方社会为参照来反观中国社会,并进而开展社会批判和社会改良、社会革命运动。由梁启超对少年生命力的礼赞到新青年对传统礼教的批判,虽都是以拯救中华民族为至上的目标,却正是以"救救孩子"为原动力的。在《新青年》(《青年评论》)创刊号的卷首,陈独秀的《敬告青年》开宗明义说道:"窃以少年老成,中国称人之语也;年长而勿衰,英、美人相勖之词也;此亦东西方民族设想不同现象趋异一端欤?"鲁迅也曾说:"往昔的欧人对于孩子的误解,是以为成人的预备;中国人的误解,是以为缩小的成人。"[②]在这些反对将儿童看成是"小大人"的旧观念的指责声中,明显包含着对浪漫主义的儿童观的借鉴。

之后整个 20 世纪,随着现代教育、现代心理学,特别是精神分析学的发展,"儿童观"又有了新的变化。在这种变化中起了关键作用的是弗洛伊德和现代教育学家杜威。两人于 1899 年同一年,分别出版了对 20 世纪人类思想史产生深远影响的著作:《梦的解

[①] [美]尼尔·波茨曼(Neil Postman):《童年的消逝》,萧昭君译,远流出版事业股份有限公司(台北)1994 年版,第 68 页。

[②] 陈映芳:《图像中的孩子》,山东画报出版社 2003 年版,第 86 页。

析》和《学校与社会》。弗洛伊德的观点广为人所知,他从科学的角度,认为儿童内心存在一个极佳的结构和一种特别的内涵。例如,儿童拥有性能力,充满本能的心理趋力。为了达到成熟的成人境界,儿童必须克服本能的激情,将之升华。而杜威则从哲学的角度,主张儿童的心理需求应当从儿童现在是什么来考量,而不是从儿童的未来考量。① 这两位学者的工作使人们认识到,儿童既不是洛克所说的"白板"一块,也不能像卢梭那样,过于强调文明对儿童的副作用。儿童有其特殊的天性,但也需要合适的教导,才能成熟长大。实际上,20世纪有关儿童的心理学研究,如皮亚杰、苏利文(Harry Stack Sullivan)、荷妮(Karen Horney)、布鲁纳(Jerome Bruner)等或多或少都是基于对弗洛伊德和杜威理念的评价。

一个多世纪以来,儿童已吸引了更为广泛的注意。除了历史学家和心理学家,教育学、社会学、人类学等领域也一直非常重视对儿童的探索。"儿童"是一个谜,也许就在于它牵涉了人的生理、心理、遗传、文化、教育等方方面面的问题。这些学者的研究成果给了人们极大的启示,但是,在某种意义上,也存在着严重的缺失。心理学家埃瑞克森(Erik Erikson)兼雄心与耐心,跟踪研究了男孩Gandhi和女孩Luther的童年,但这两个孩子,不过是一种心理状况的承担者,谈不上任何个性;皮亚杰的研究基于对儿童的直接观察,注意了大量的儿童生活细节,但他的"儿童模式"仍然只是一种假设。或许可以这样说,这些研究体现了黑格尔所说的"形式推理"的局限性,这种"形式推理,乃以脱离内容为自由,并以超出内容而骄傲",而且,它"否定地对待所认识的内容,善于驳斥和消灭内容"。② 即使是弗洛伊德,也从未将儿童看成是一个"人"。而历

---

① [美]尼尔·波茨曼(Neil Postman):《童年的消逝》,萧昭君译,远流出版事业股份有限公司(台北)1994年版,第72页。

② 黑格尔:《精神现象学》(上),贺麟、王玖兴译,商务印书馆1981年版,第10页。

史学家，比如阿利斯，尽管他们的工作基于客观考察，帮助我们了解了给定时代、给定地区的儿童生活状况，但是这些历史学家从未打算就儿童的性质发表什么见解。至于教育学家，20世纪最著名的如杜威、蒙特梭利，他们的理念在实践领域有着深远的影响，但同样的，五花八门的教育模式可能与真实的儿童相关，也可能毫不相关。

总之，被这些科学话语建构的儿童是本质，是自然，是条件，是分析对象，但不是有血有肉的人。然而不能否认，在揭开神秘的童年之谜，引导人们把童年看成是人的发展的关键时期方面，这些学者功不可没。也正是基于此，儿童开始以新的面貌进入文学家的视野。

三

在西方，19世纪以来，儿童就已大量地走进了文学世界。且不说诗人布莱克、华兹华斯，单在小说界，就出现了许多热爱描写儿童、描写童年的作家，如狄更斯（《大卫·科波菲尔》《艰难时世》等）、简·奥斯丁（《理智与情感》《爱玛》等）、乔治·爱略特（《米德尔马契》《弗洛斯河上的磨坊》）等。20世纪，有亨利·詹姆斯（《梅西所知道》《拧螺丝》）、福克纳（《喧哗与骚动》《八月之光》）、伍尔夫（《海浪》《流年》）、卡夫卡（《城堡》）以及奥地利作家茨威格，其在1910年发表的中篇小说集《最初的经历》，副标题是"儿童世界的故事"，集中的四篇小说以儿童目光"目睹"了成年人世界的炽烈情欲以及成年人之间的冷酷与淡漠。这部小说集使茨威格获得了极大的声誉，奠定了他的小说家地位。

……这个名单还可以开列下去。

需要指出的是，这些作家都不是儿童文学作家，他们许多作品的读者也并非儿童。儿童在这些作家的作品中不一定都是主要人物，有些甚至稍纵即逝，但他们在小说中的存在，却有着重要的意义。这些作家作品中的"儿童问题"也是西方文学研究者不断关注的话题,各种文章、专著也很多,这儿可以举例的有:Jacqueline Banerjee 从马克思主义角度的研究 *Through the Northern Gate—Childhood and Growing up in British Fiction* 1719-1901(Peter Lang,1996);Reinhard Kuhn 从现象学角度,利用互文性理论的研究 *Corruption in Paradise—The Child in Western Literature* (Brown University,1982);David L Vanderwerken 从心理学角度的研究 *Faulkner' Literary Children: Patterns of Development* (Peter Lang,1997);Alice Byrnes 利用原型理论的研究 *The Child:An Archetypal Symbol in Literature for Children and Adults*(Peter Lang,1995)等。

这些西方作家的作品和相关研究不仅为本书论题的可行性提供了支持,而且也是研究的一个可兹比较的、潜在的"他者"。因为,在中国小说中,儿童同样是小说家挖掘人类经验版图的一部分。

第二节 另一种"儿童文学史"

20世纪初,乘着西学东渐之风,"儿童观"在中国也完成了它的现代转型。在越来越多的人对儿童的生命特质有了必要的认识和体验的前提下,儿童也不断地出现在叙事文学作品特别是小说中。当然,这并非是一蹴而就的。

在过去一百年的文学流程中,中国小说对儿童的想像经历了由单一形态到多元形态的变迁。

"五四"时期,中国知识界掀起一股儿童个性解放思潮,这一思潮直接使得中国现代儿童文学得以诞生,并出现了一批专门从事儿童文学创作的作家。① 而且,不少非儿童文学作家也对儿童感兴趣。但这时,儿童与其说是作为一个有独立人格的主体出现在

---

① 参阅朱自强:《中国儿童文学与现代化进程》,浙江少年儿童出版社2000年版。

作品中,还不如说是折射着一种新鲜的、灵动的、有活力的精神现象,这就是所谓的"童心"。在第一批女性小说家冰心、凌叔华、苏雪林等人的作品中,儿童几乎无一例外地成为这种"童心"精神的承担者。尽管有鲁迅"救救孩子"的呼声,尽管在他仅有的二十来篇小说中,已有了几个难以让人忘却的孩子、几段沁润着深长情韵的童年记忆(比如《故土》、《社戏》、《在酒楼上》),但显然,作为文化巨匠,鲁迅对现代文学的影响在别处。

20世纪30年代以来,沈从文在他的翠翠(《边城》)、萧萧(《萧萧》)、三三(《三三》)身上寄托了自己关于"人性"的理想,这些"小儿女"和张兆和的二小(《费家二小》)、李小还(《小还的悲哀》)、海南(《湖畔》)、招弟(《招弟和她的马》)等儿童在作品中的主体性大大增强,性格各异,各有各的命运。但对儿童的关注,这时仅仅是小说家创作的个人现象(彭家煌、王统照等作家的作品中也有几个儿童)。事实上,沈从文到80年代以后才成为研究热点,而张兆和则几乎不为现代文学史家们所提及。

20世纪三四十年代,则出现了一股小小的童年回忆体小说"热":萧乾的《篱下》,萧红的《小城三月》、《呼兰河传》,骆宾基的《混沌》,端木蕻良的《初吻》等,这一股热潮的出现与动荡的时代以及作家个人的经历相关。作品中的"我"往往是从残缺的故乡图景走进寂寞的童年世界,在借助片断的回溯中追索自己的个性和精神本原的同时,更真切深彻地将现实生活与童年足迹相互映照,在两种孤独的投射中沉浸于一种缥缈宁静的心境。童年的回忆潜藏着成年回忆者对生命激情的召唤,对于这些回忆者,童年不再是一种单纯的过去存在,而是在现实的映照下获得了重生,蒙上了别样的意味。童年在这里,具有了弥合修补的功能:弥合种种经验人生中的痛苦不幸所带来的创伤和疲惫,因为,"过去的爱,在一个永在的回溯中所形成的永不消失的真实中,重新开花,而现在的生命也就挟有未来希望和踵事增华的幼芽了"①。在这些作品中,蕴涵了两种孤独:一种属于童年的"宇宙性孤独",这是一种安宁平和、抚慰性的孤独;另一种则是"社会性孤独",由于战火烽飞、时局动荡这样一个时代性他者的闯入而充满焦灼和不安。这些作品关注的是童年之"景",童年生活的主体——儿童是成年回忆者的生活记忆、精神故乡的象征物。小说叙述重在"事",而不是"人"。

十七年文学尽管出现了"成长小说"的繁盛,《青春之歌》、《红旗谱》……但这个本来最容易使人联想到孩子的"成长"的"成长小说",却几乎与孩子无关,它所揭示的"成长"是一种从无知到有知的过程,是一种社会智慧的成长。实际上,这一时期的小说中,儿童的面影是很模糊的。即使在儿童文学领域,儿童小说要么集中于革命历史题材,要么即使描写儿童的校园生活,也是让儿童被动地处在英雄主义、理想主义、爱国主义的被教育者地位上。也许让人难忘的惟有徐光耀的小说《小兵张嘎》中的那个机智勇敢又顽皮不逊的少年张嘎,随着同名电影的放映,他的名字几乎家喻户晓。即使在今天,仍让许多已长大成人的当年的孩子们唏嘘不已。但是,随着1960年前后文学理论界对"童心论"的批判,小说中已找不到可以让人加以审美的儿童了。②

十年"文化大革命",中国当代文学成为这场政治运动的重灾区,儿童自然也就"销声匿迹"。

噩梦醒来是早晨。1977年刘心武的《班主任》,1978年卢新华的《伤痕》,不仅仅是新时期文学揭露伤痛、反思时代的思潮的开

---

① 施勒格尔语,转引自刘小枫:《诗化哲学》,山东文艺出版社1986年版,第104页。

② 但要指出的是,60年代台湾作家林海音出版了那部日后在大陆文坛为她带来极大声誉的小说《城南旧事》,小说以女孩林英子的眼睛"观望"30年代北平城南的人情事态。不仅塑造了林英子这个活泼可爱的孩子,其儿童视角和天真叙述人(儿童叙述者)作为一种叙事策略,在80年代以后的中国小说界成为一种普遍现象。

始,那几个孩子:王晓华、谢惠敏、宋宝琦等也预示着小说中一种新的质素。其后,张洁的《拾麦穗》《森林里来的孩子》则以更为细腻的笔调赋予儿童与童年诗意的内涵。特别是《拾麦穗》,那个想要长大后嫁给卖灶糖老汉的小女孩、那个歪歪扭扭像猪肚子一样的烟荷包,甚至冬日阳光下柿子树上的那个孤零零的红得透亮的小火柿子都给人以无穷无尽的童年想像。童年引起新时期作家注意的另一个佐证是:翻翻诗人们的诗集,几乎人人都有追忆或描写童年生活的梦幻般的诗:王小妮的《孩子们》、杨炼的《海边的孩子》、梁小斌的《爷爷的手杖》、傅天琳的《我是苹果》……

时光流逝。翻阅 20 世纪 80 年代到 90 年代这二十年间的主要文学期刊:《人民文学》《收获》《当代》《十月》《花城》《小说界》《钟山》《北京文学》《上海文学》《中国作家》《青年文学》……孩子们从不同的"方向"纷至沓来。他们的身影几乎遍及了批评家们加以分门别类的各种小说:伤痕小说、反思小说、寻根小说、新写实小说、家族小说、新历史小说、先锋小说,还有更多的难以命名的小说。说及这些小说中的儿童和童年,不仅有人们熟悉的《小鲍庄》里的捞渣、《透明的红萝卜》里的黑孩、《爸爸爸》中的丙崽,有莫言、苏童、余华、迟子建等评论界颇多关注的小说家,而且还包括了大量其他作家的作品(如范小天、腾锦平、王彪、懿翎等作家的作品)。

这些儿童,无论他们在作品中处于中心的位置还是边缘的位置,都或多或少地凝聚着作者(隐含作者)的其他目的:非"儿童本位"的目的。对儿童的描述所造成的叙事影响服务着作者(隐含作者)特殊的目的:心理学的、社会学的、哲学的或是美学的。那些孩子或是被放到成年人的自私、冷漠、残酷或温情、关怀中,比如莫言的《拇指铐》、阿真的《我爱你,孩子》;或是在回忆中熠熠生辉,以个人的历史折射时代命运与民族的历史,比如李佩甫的《红蚂蚱、绿蚂蚱》、梁晴的《大院》、王安忆的《上种红菱下种藕》以及苏童的"枫杨树系列";或是作为一种艺术建构手段,以童眸观照成人纷乱的生活、反思某种荒诞的时代精神,比如范小天的《儿童乐园》、韩东的《反标》;或是一种古老文化的象征,比如王安忆的《小鲍庄》、韩少功的《爸爸爸》;或者在时光的流转中寄托小说家的某种哲学情思,比如余华的《呼喊与细雨》……

儿童,成为连接这些题材不同、风格迥异,立意主旨也千差万别的小说作品的逻辑起点。

第三节　小说儿童

"小说儿童"是儿童想像式存在的小说方式,它是叙事虚构的人物。

叙事学家米勒曾经指出,分析叙事作品有九种方式,这九种方式分别关注叙事作品中的九个范畴[①],"人物"是其中之一。

本书所理解的"人物",既不是传统理论所说的具有心理纬度的形象(具有可信性或心理实质的逼真的人),也不像结构主义叙述学那样,把人物看成是"功能性"的,认为人物是从属于情节或行动的行动者,情节是首要的,人物是次要的,人物的作用仅仅在于推动情节的发展。[②] 我们所理解的人物,是 20 世纪 90 年代以来新叙事学在修正这两种多少有些水火不相容的"人物观"的基础上提出来的新的人物观。叙事学家詹姆斯·费伦在《作为修辞的叙事》一书中指出,叙事中的人物同时具有三个因素:(1)模仿的因素(作为人的人物),即对现实中可能有的人加以模仿的因素;(2)主题的

[①] 这九个范畴是:(1)字母和书本的物质方面;(2)叙事序列或叙述;(3)人物;(4)人际关系;(5)经济状况;(6)地形;(7)插图;(8)比喻性质的语言;(9)摹仿。见米勒的《阿瑞德涅之线》(Ariadne's Thread)一书的 19~21 页,也可参看米勒的另一本著作《解读叙事》,申丹译,北京大学出版社 2002 年版,第 221 页。

[②] 申丹:《叙述学与小说文体学研究》,北京大学出版社 2001 年版,第 51~65 页。费伦的"人物"分析模式实际上是对这两种人物观的融和。

因素(作为主题的人物),即叙事中关注主张、意识形态立场和教导读者真理方面的因素,在本书中,指的是人物的叙事策略方面的因素;(3)综合的因素(作为艺术建构的人物),即在文本更大的建构内,人物作为人工构造的角色,在本书中,指的是小说家书写儿童的方式以及经验儿童在进入小说后所发生的诗学转化。在一个叙事文本中,人物的三个因素有时会同时凸现,有时只凸现一个或两个因素,其他的则以潜在的方式存在。①

这种新的人物观,其"模仿性因素"比较好理解,与我们通常所说的"人物形象"的内涵基本一致;而"主题的因素"是就人物在叙事文本呈现其价值观、主旨等方面所起到的作用而言的;至于"综合因素",强调的是人物身上体现出来的虚构性,是就创作者的主体性而言的,这种因素的凸现通常出现在元小说中,比如马原的小说《虚构》中的人物"马原"就是一个综合人物。不过,我们认为,当某一个或某一类人物频繁出现在某一位作家的多部作品中时,其身上多多少少折射着作家建构人物的思维方式和方法。另外,在长期的文化实践中,已经具有了某些特定内涵的形象,比如父亲、母亲、儿童等,当他们进入小说后,综合因素还指他们所发生的诗学转化。

以这样的人物观打量"小说儿童",我们发现,1980~2000这二十年间中国小说对儿童的模仿性塑造,主要体现在这样几个命题中:"荒诞时代的儿童"、"经历性现实的儿童"、"与成年人同行的儿童"以及"神秘的儿童"。这些命题中的儿童多多少少都是对现实中可能有的儿童的写实。他们往往处于文本的中心位置,不仅仅是小说中成人世界的某种注解,而且具有很大程度的自足性。这些儿童是叙事情境的经历者,对他们"所历"的关注,就构成了本

---

① [美]詹姆斯·费伦:《作为修辞的叙事》,陈永国译,北京大学出版社2002年版,第4页,第174页。

书称为"故事"的一章。

本书是在下述意义上使用"故事"一词的:"故事是读者从情节做出的一种建构。"①因此,上述每一个命题就不一定是小说的全部内容,有些儿童可以跨越好几个命题,比如韩向阳《斑斓的花冠》中的女孩罗丽,既是"荒诞时代的儿童",又是"经历性现实的儿童"。

在这些并非以儿童文化的本质描述为旨归的小说中,儿童又不完全是为自己存在的:他们以这样那样的方式起着叙事策略的作用,这是小说儿童的"主题因素",体现在以下几点:

1. 儿童视角的广泛运用。儿童视角在这二十年间的中国小说中,不仅突出存在而且分布广泛。这一视角所包含的文化原生态质与心理内涵,使之在与年龄化、成人化、性别化等叙述方法相比时,在叙述上造成的张力更具审美性。而且,由于成年作者(隐含作者)的存在,儿童视角不可避免地带来小说的"对话性",这在叙事的审美价值、意识形态、时空等层面都有体现,其实质是"成年"与"童年"的对话。

2. 以童年回忆为主的小说大量出现。与20世纪40年代的童年回忆体小说把童年作为回忆的主体不同,在这二十年间的小说中,童年往往作为背景,其中的孩子往往并非主角,尽管这一类小说多用第一人称,"我"的个人历史也被整合到一个更大的时代,用叙述学的语言来讲,40年代的童年回忆体小说是自身故事的叙述,人物——叙述者也是主人公,而这二十年间的童年回忆体小说中,作为叙述者的儿童与人物往往并不在一个层面上,或者即使在一个层面上,也不是叙事的主人公,比如李佩甫的《红蚂蚱、绿蚂蚱》,王祥夫的《沙棠院旧事》。即使那些童年就是叙事内容的小

---

① [美]爱玛·卡法勒诺斯:《似知未知:叙事里的延宕和压制的认识论效果》,见戴卫·赫尔曼主编:《新叙事学》,马海良译,北京大学出版社2002年版,第7页。

说,如王安忆的《上种红菱下种藕》、余华的《呼喊与细雨》等,童年的"修辞"功能也是很强的。在这些小说中,儿童视角起着一定的时间构形作用。

3. 不少小说中存在具有象征意义和起着某种精神折射作用的儿童。如王安忆《小鲍庄》里的捞渣,迟子建《日落碗窑》中那个诞生在碗窑废墟中的婴孩,莫言《拇指铐》中那个从阿义身上诞生的小小孩,余华《夏季台风》中的星星……但这些儿童的象征、折射作用在表现形态的多样性、内涵的实质上与"五四"及以后的现代小说不同。

这一切,构成了小说儿童的话语性存在。

新的"人物观"从横向的角度观照小说中的人物[①],不仅把小说人物放在心理和功能的纬度上加以考察,而且也关注小说家对小说人物的反应机制,这是小说人物的综合因素。实际上,我们注意到,不只一个作家在不止一篇小说中关注儿童,这其中有人们常常提及的莫言、苏童和有着非常自觉的"童年意识"的迟子建,还有王安忆、余华以及还不太为小说评论界关注的范小天、滕锦平、李佩甫、韩东、王彪、懿翎等小说家。儿童在这些小说家的作品中,成为一个频频出现的"意象群"(这里说的"意象",与前文的"意象化"显然不一样)。在同一位作家的不同作品中,它呈现出相似的"品质";在不同作家、特别是不同性别的作家作品中,它又呈现出差异性。这种现象,可以看成是文学作品的"同素异质"现象。

---

① 在笔者看来,目前研究小说人物的基本模式是:从"史"的角度,通过对某一类人物形象(比如女性形象、父亲形象等)演变的基本轨迹的追溯,来探究其嬗变的文化意义。这种模式,试图揭示的是人物身上的社会历史内涵,而常常会忽略人物本身的人性内涵。这是通过小说来研究人物的思路。这一模式在研究中的普遍性从某种角度上说,是由长期以来,中国小说在塑造人物时,往往是从"具体人物的命运是时代生活的折射、历史逻辑的反映"(葛红兵:《苏童的意象主义写作》,载《社会科学》2003年第2期)这一思路出发造成的。

这些"相似"与"差异"主要体现在小说家们在作品中对儿童这个"意象群"的不同角度、不同层次的发掘——比如儿童作为"意象群"的依据,这一意象群的意义指涉及意义组织方式,等等。一句话,作为一种存在和话语方式的儿童在进入小说后,是通过各种转化来获得其诗学的有效性的。这是小说儿童的意象性存在。

小说儿童的故事性存在、话语性存在、意象性存在就是1980～2000年中国小说的儿童视野所包含的三个"域"。

以小说的方式想像儿童,多多少少都会牵涉到作为成年人的创作者个人与他自己身上仍然存在的童年感的关系,从这个角度来说,书写儿童是一种童年回忆。弗洛伊德曾经说:"个人的童年记忆不只进一步扩展了'遮蔽性记忆'的意义,同时它也和民族神话、传说的积累有着令人注目的相似之处。"① 也就是说,神话、传说这类历经数代的文化积淀是"依赖象征体系和个人的记忆维护着的社会共同经验,每个人的'当前'不仅包括了他'过去'的投影,而且还是整个民族过去的投影"。② 正是这种相似之处揭示了个人的童年记忆和虚构的童年记忆(神话、传说是人类童年时期的记忆)之间的本质联系,因而有着探究的无限可能。如果我们把小说看成是一种"移位"的"神话",那么,小说儿童和经验儿童也有着可以探究的相似性。

本书即是试图通过对这三个"域"的观照,探寻儿童的些许"秘密",也许能据此更好地理解真实的儿童。但是,打算透过小说文本,去揭示儿童的本质特征,这将注定要落空:当小说为儿童提供了展示自身的舞台时,也给他蒙上了一层朦胧的面纱。试图去捕

---

① [奥]弗洛伊德:《日常生活的精神病理学》,彭丽新等译,北京:国际文化出版公司2000年版,第51页。
② 费孝通:《乡土中国》,北京大学出版社1998年版,第19页。

捉这个多变的小说人物,让他显示他的现实存在,将是小说研究不能承担的重负。作者(隐含作者)、叙述者的存在,决定了小说中童年的"营造"与"诞生"有一个选择的机制,在其中起决定作用的不再是"儿童是什么"这样的一般的认识关系,而是一种意义关系,是儿童在色彩斑斓、千变万化的叙事中可能"彰现"出的社会、文化乃至哲学意义。

在这个"彰现"的过程中,与儿童相关的事件、命运和性格的意义就构成了儿童在小说中的存在。"儿童之谜"不是儿童的本质之谜,而是儿童的"存在"之谜。

当然,儿童不仅仅是话语对象,小说中的儿童也不仅仅是美学的产物,直接跨越现实世界进入了虚构世界;儿童也不像精神分析学家们断言的,只是我们无意识生活的象征。儿童,是为自己、依靠自己而存在着的。当他进入小说时,不仅自己发生了一系列变化,也改变了小说的某些因素。儿童的自主性具有一种特殊的能力,这种能力不仅赋予了儿童这一形象在我们想像中的独特性,甚至也改变了我们对自己作为成年人的理解。正是出于对这种互动性的关注,探究儿童在成人叙事系统中的"活动",也许比那些以"儿童文化"的本质描述为旨归的儿童小说更能见诸端倪。因此,本书所说的中国小说,不包括那些写给孩子们看的儿童小说。另外,我们主要是以大陆小说家的作品为研究对象的,虽然也包括了一些海外作家和港台地区作家的小说,但这些小说都发表或转载于大陆的文学期刊上,如台湾作家汪笨湖的《妈妈的手》(《小说月报》1990年第9期),旅英作家虹影的《饥饿的女儿》(四川文艺出版社2000年版)、《小折》(《人民文学》1994年第6期),生活在美国的作家冰凌的《无花果》(小说月报1997年12期)等。

本书还有一个必须加以说明的问题:将什么年龄段的孩子看作儿童?儿童似乎是一个显而易见,然而却难以划定准确外延的概念。多样性永远抵制着符号所指的明晰。纯粹的生理学把儿童看成是尚未成熟的成人,这当然不够。心理学家考虑了社会的因素,但儿童的年龄仍是一个灵活可变的参数。蒙特梭利根据儿童心智的变化划分了儿童发展的三个阶段:0～6岁;6～12岁;12～18岁①——她眼中的"儿童"是0～18岁;而据美国权来(Port, Alicem Gorley)的研究结果,儿童的阅读兴趣与年龄、性别有关,他们眼中的儿童小于15岁②。联合国《儿童权力公约》中界定的儿童在18岁以下。现代心理学家埃瑞克森(Erik Erikson)把童年划分为几个精确的阶段:15个月～2岁半;2岁半～6岁半,等等,他眼中的"童年"也要延续到16～17岁。在我国,新中国成立以后由于采取前苏联的教育模式,通常把读初中以前的孩子当成"儿童",其中的弊端不难想见;而现行的儿童文学理论是把18岁以下的孩子都作为受众群的。

正如前文所说,"儿童"(童年)这一概念,远不只是一个生理或心理学概念,它是处在一定社会的文化、经济脉络当中的,具体到每一个人、每一个家庭、每一个社会阶层,这个概念的外延、内涵还会有所不同。评论家方卫平先生指出:当"儿童"这个概念与"婴儿"、"幼儿"、"少年"这些概念并列时,特指长于幼年、未及少年的学龄初期儿童;而当它与"成人"这一概念相参照时,指的是所有未成年人。③ 鉴于本书并非作儿童文学研究,因此所说的儿童,并非一般理解中的12岁以下的孩子,而是与成人相对的"未成年人"。但是为了对作品中儿童的选择尽可能地不过于随意,本书所选择的这些儿童都有一个共同的特点:他们都还未曾经历"自我"的连

---

① [意]蒙特梭利:《吸收性心智》,王坚红译,桂冠图书股份有限公司(台北)1994年版,第18页。
② 参见王秀芝:《中国儿童文学》,台湾书局1991年版,第263～264页。
③ 方卫平:《青春的萌动》,见其论文集《逃逸与守望》,作家出版社1999年版,第37页。

续不断丧失的那种感觉。这样,从方方《风景》中那个作为叙述人的刚出生不久就死了的男婴,到余华《十八岁出门远行》中那个将要告别童年的18岁的男孩、虹影《饥饿的女儿》中正踩在发现"自我"途中的女孩六六,都是本书关注的"儿童"。

另外,本书所用的"孩子"和"儿童"两个称谓是相通的,在一般的叙述中用"孩子",而在分析性较强的地方,则用"儿童",以示这个词所包含的学理性。

第一章 故事

> 屋顶上的天空
> 这么蓝,这么平静
> ——[法]魏尔仑《智慧集》

第一节 童年沃野

童年是一个表达情感的具体的时空概念,总是与主体紧密相连。在小说中,这个主体有三重所指:作者(隐含作者)、叙述者、叙事情境中的儿童。

对于作者(隐含作者)而言,书写童年可能出于两种目的:一是对"儿童文化"的本质描述。这时,作者(隐含作者)心中是有一个儿童读者(隐含读者)群存在的。这种书写遵循以对儿童的生理、心理、情感乃至生活氛围的深入了解为前提的"儿童本位观",最大限度地追求成人思维的"非中心化"①。

童年也可能只是一个"藉口"。在这种书写中,童年"本事"与那些来自社会的、成人世界的、历史背景的种种或许会影响童年

---

① "非中心化"在这里是一个心理学术语,指尽可能站在对方的位置考虑问题。

"纯洁性"的东西交织在一起,或对话、或映衬、或冲突。它可能是现代性背景下进行怀旧的出发点,可能是时代命运、民族历史得以展开的场所,也可能是正逐渐被遗忘的某些人类的哲学存在的镜像……总之,对童年的书写,服务着作者(隐含作者)"非儿童本位"的其他叙事目的。

在叙述者的叙述中,童年或者是"此时此地"的儿童生活其间的童年;或者是在回顾性的叙述中,"彼时彼地"的儿童生活其间的童年。叙述者为小说中的儿童确立了一个时间纬度。

而处于叙事情境中的儿童赋予小说中的童年以具体的内涵。他们的看、说、听、做营造了一个感知和认知的经验空间。他们所经历的一切:春风春鸟、秋月秋蝉、夏云暑雨、冬雪祁寒的四季流转以及由此而来的大自然一切生息的新陈代谢、几个隐隐绰绰的小伙伴、温和的游戏或是无意的恶作剧、孩子身边的成年世界,以及北极光、红房子、漆黑夜晚的细雨、细雨中的呼喊……都是一本本布满色彩斑斓插图的童年日记。在其中,有着孩子生命体验的全部:力量、懵懂、渴望、绝望、不幸、失落、错误以及蠢事。

这是一片广袤的童年沃野,它们构成了"故事"的基质。

童年沃野是小说儿童得以展示其存在的场所,这个诞生于现实与虚构之间的空间,以孩子为中心,构成了下面这样一幅"版图":

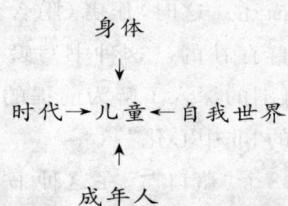

序章中曾指出"故事"一章是对小说儿童的模仿性因素的关注。而时代、身体、自我世界、成年人正是这二十年间的中国小说用以塑造现实中可能有的儿童的四个纬度。

所谓"纬度",是人物在故事的进程中创造意义潜能的属性。①儿童与时代的关系,所表明的是儿童的历史性存在。"历史"在这里既指一个特定的时间阶段,也指这一时间阶段特定的时代氛围。就所处的这个时间阶段而言,儿童还没有开始社会化的过程,他们应该是在"历史"之外的,但就某一特殊的时代氛围而言,他们又无法逃脱耳熏目染的命运。

然而,人在历史中,历史也在人中。"耳熏目染"仅仅是小说描写儿童历史命运的一个方面,甚至还不是主要方面。纵观当代小说,"人在历史中"这一主题得到了较为充分的发展。它主要描写人如何落入历史当中,或被动承受,或主动抗争。《灵与肉》《大墙下的白玉兰》……乃至后来的新历史主义小说莫不如此。

"历史在人中"这个主题就相对贫乏。"历史在人中"指的并不是"人创造了历史"这一表层事实,不是一个时间阶段的确立,而是深入历史的内核,对其中的精神实质的溯源。卡伦·荷妮曾经说:"你无需——事实上也不能教会一粒橡籽长成橡树,但是,如果给橡籽一个机会,它内在的潜能就会长成一棵橡树。"②同样,如果给人一个机会,他内在的潜能就会使历史的面貌呈现不同的色彩,这不仅指个人的历史,也指社会的历史。儿童身上潜藏着人的一切可能,在小说中,儿童在"时代"这个纬度上创造的正是"历史在人中"的故事。

"身体"纬度揭示的则是儿童的自然存在。

人的存在其实在很大的程度上是一个生理现实。生、老、病、死构成了我们命运的大部分,这中间,"身体"凸显出不可抗拒的在场。梅洛·庞蒂断定:"世界的问题,可以从身体的问题开始。"③

---

① [美]詹姆斯·费伦:《作为修辞的叙事》,陈永国译,北京大学出版社2002年版,第170页。
② [美]卡伦·荷妮:《神经症与人的成长》,陈收译,国际文化出版公司2001年版,第1页。
③ 转引自谢有顺:《话语的德性》,海南出版社2002年版,第165页。

世界对于一个孩子的开始,也是从其意识到"身体"这样一个物质性的存在开始的。因为这种意识使孩子曾经沉浸其中的那个自主"意义"的世界结束,他发现人是被束缚在局限性和依附性的躯体之中的。

但是,这种经历和发现对于小说儿童,具有不同的意义。肉体、欲望、本能以"性"的表征方式呈现出复杂的内涵。在孩子通往世界的路上,灵与肉、永恒与暂时、本质与生存均以神秘莫测的方式相互交会,在他们经历其精神个体的存在时,与相对独立于这一存在的"身体"的一切发生不平衡、不和谐的"相撞",其结果,或是一个完整自我的获得,或是毁灭,或是走向无事的悲哀。

成年人则是儿童通往世界途中的同行者。在这个纬度上,小说揭示的是儿童的现实存在。这种存在的内容是相谐与冲突。其内核却各有差异。比如《日落碗窑》(迟子建)中孩子与老人的相谐,核心是老年人的发展;而《沉睡的大固其固》(迟子建)中孩子与老人的相谐,核心却是新生力量的崛起与旧势力的颓败。"冲突"的核心更为复杂。《黄昏中的男孩》(余华)中男孩与水果贩子的冲突、《拇指铐》(莫言)中阿义与翰林墓男女的冲突的核心是冷漠与麻木;《呼喊与细雨》中少年孙光林与以其父为代表的成年人的冲突核心则是恐惧;而《绿毛水怪》(王小波)中成年与童年的冲突,核心却是时光……每一种相谐和冲突的核心都指向一种生存状态,共同构成儿童的现实存在图景。

在"自我世界"这个纬度上,揭示的则是儿童的诗性存在。

"诗性"是对日常生活的超越。这种超越从孩子对音乐、对绘画以及对那些简单而美好的客观事物作出反应时所表现出的热情中产生。这种热情凝聚了孩子天性中全部的优秀品质。这个"自我世界"是一个相对封闭的世界,但小说描绘的并不是"儿童文化",因为"文化"意味着外在力量的入侵与影响,而孩子在自我的世界中,体验的是瞬间的痛苦和欢乐,这种瞬间存在的能力,是一种美学的存在能力,是远离尘俗生活的逻辑的。

第二节　荒诞时代的儿童

对一个时代加以"荒诞"的界定,基于一种距离感的获得。因了这种距离感,我们从这个时代发生的各种事件、经历的各种命运和展现的各种性格中,觉察出某种共同的特征:一种无意义、反常化东西的强烈在场。这种无意义、反常化弥漫在这个时代的主流精神中。

1957~1976年,是中国政治进程复杂的二十年,也是这种荒诞气息最为浓烈的二十年。如果说前十年,涉及的多是知识分子的话,后十年的"文化大革命"时期,普通中国人的生活也被染上了政治的色彩,甚至包括那些还未真正踏上历史进程的未成年人。有"文革"研究资料表明,"文革"中最典型的行为——破四旧、抄家、对"牛鬼蛇神"的批斗、游街、体罚最初是由红卫兵发起并迅速成燎原之势的,而红卫兵的基本成员是学生,包括了许多中学生(未成年人)。①"成年的中国人最初都是小心翼翼地决定参加这场运动的。他们通过过去历次的政治运动认识到,胆敢向权威挑战的人绝没有好下场。因而他们很难克服惧怕亮明自己观点的心理。这就是为什么由那些政治上幼稚的学生首先采取自发行动的原因。"②

人总是难以逃脱历史的渊薮。当一场浩劫过去,留在心底的

---

① 实际上,红卫兵这一组织是由中学生发起的。1966年7月,第一个自称红卫兵的组织在北京清华附中出现,8月18日,毛泽东在天安门广场接见百万群众,其中红卫兵最惹人注目,1500名学生代表被邀请登上天安门城楼,毛本人接受并佩带了一个红卫兵袖章。参阅王绍光:《理性与疯狂:文化大革命中的群众》,牛津大学出版社(香港)1993年版,第57~59页。

② 王绍光:《理性与疯狂》,牛津大学出版社(香港)1993年版,第291页。

记忆却历久弥新。于是,"叙述文革"成了新时期以来人们理解一个过去时代的最直接最感性的方式。实际上,在这二十年间形形色色的中国小说中,"文革"十年几乎是一个梦魇般的存在。即使叙事情境与这一时代并不存在必然的联系,也往往使得阅读者作某种千丝万缕的联想。小说可能并不明指这一背景,但是,"右派"、"反革命分子"、"大字报"、"工宣队"、"武斗"、"牛鬼蛇神"等这些有着丰富历史内涵的词语无一不在提醒一个荒诞时代挥之不去的"在场"。

不妨把这些称为"文革因素",也不妨宽泛地把有这些因素存在的小说叙事称为"文革叙事"。

荒诞时代对生存的全方位浸染,使得未成年人也进入了"文革叙事"的视野。不过,本节所说的"荒诞时代的儿童"是不包括红卫兵的,作为特殊年代的特殊一群,社会历史作为一种人在其中无任何把握的力量已君临到他们身上。当代小说对红卫兵的观照,很少是从儿童、从未成年人的角度进行的,红卫兵在"文革叙事"中,有他们另类的位置。

"文革"是一个相当复杂的过去存在,蔡翔在《文革与叙事》一文中指出:"(文革)在空间上,纠缠着许多层面:有我们传统上说的权力斗争的层面,也有学生参与文革的层面,有工人农民老百姓的层面,也有知识分子的层面。有信仰的追求,也有利益的驱使,而且存在着各种各样的文化影响。这些不同的层面的文革,既有一定的联系,也有很大的差异。即使在时间上,"文革"也是不一样的:1966~1968,1968~1971,1971~1976,每一时段上的文革,都呈现出不同的复杂内容。"[①]然而,从心理的角度讲,"文革"其实只有两个层面:群体的层面和个体的层面。对于群体,"文革"是一场

---

① 蔡翔、费振钟、王尧:《文革与叙事——关于文革研究的对话》,载《当代作家评论》2002 年第 4 期。

集体性的现实经历;对于个体,"文革"是个人性的精神事件。

"荒诞时代的儿童"也以群体儿童和个体儿童两种形态存在。范小天的《儿童乐园》、贺奕的《树未成年》等小说中的孩子就是以群体的形式存在的。而王季明《1973年的小人书》中的白松,郝伟《荒诞的背景》中的"孩子",林白《英雄》中的"我",丹娅、李晶《长大》中的轩生等孩子,则是以"个体"方式存在的。这种方式的存在要复杂得多。

在1980年初的一些伤痕小说、反思小说中,儿童往往是荒诞不经、是非颠倒的时代的受害者。他们并不是以自身的行动来获得在文本中的"生存权",而是在叙述者饱含情感的叙述中极为被动地存在,说到性格,除了柔顺,很难给以其他的形容。比如谷峪《集市》(1980)中的男孩"小瘦子",陈文彬《孩子,今天是你的生日》(1980)中的进进,王不天《小燕子飞了》(1981)中的小燕等。小说借这些孩子的"死"——小瘦子被挤死在集市上的"反资本主义"围截中,进进死于医生的冷漠,因为妈妈(叙述者)是反革命,小燕子则病死于人们背诵语录的狂热中——来进行控诉与揭露。"文革"结束后新时期文学的兴起,的确是从关注时代对孩子的戕害开始的(刘心武的《班主任》、卢新华的《伤痕》),这在某种意义上,呼应了20世纪初"救救孩子"(鲁迅)的启蒙主义主题,甚至可以看成是知识界精神复苏的标志。

但是在本书的阅读视野中,单纯以受害者面目出现的儿童,在"文革叙事"中仅仅是少数。因此有论者曾认为:"尽管表现少年人在文革中的经历的小说不乏其作,但是大多数作品侧重清算'四人帮'的罪行,揭露动乱岁月对一代人的伤害。"[1]这可能是不实之词。"受害者"仅仅是"文革叙事"中的儿童的"初期状态"。李晶《长大》中的轩生、艾伟《乡村电影》中的萝卜、《英雄》中的丹娅、蒋

---

[1] 姚莫诩:《"文革小说"的另一种叙事》,载《小说评论》2003年第3期。

韵《旧街》中的冯明伦、陈予的《我们走在大路上》中的那三个男孩等有别于"受害者"形象的个体儿童是大量存在的。

群体和个体的儿童有时在一部小说中是共存的。比如陈丹燕《恶意满怀》中的"我"、"熊猫"是"个体"的儿童,而她们的同学们以及弄堂里虐猫的男孩们则是"群体"的儿童。

群体儿童和个体儿童在"文革叙事"中的意蕴是不太相同的,下面我们分别来看。

"乐园"中的"我们"和"他们"

范小天的小说《儿童乐园》描绘了这样一个场景:茫然失措的孩子的梦中,尽是密密麻麻、在荆棘上盘旋搜寻的黑黄色蜂群,它们暴风雨般追逐着拼命狂逃的孩子。一个孩子望着窗外黑乎乎的世界说:"妈妈,我没捅胡蜂窝。"妈妈轻轻拍着孩子的肩说:"睡吧,孩子别问大人的事。"孩子与母亲对话的"错位"说明这一在蜂群中追与逃的场景是对外面翻天覆地的世界的具象化隐喻。"孩子别问大人的事"其实也代表了"文革叙事"对待儿童的基本态度:他们是被看成与"革命",乃至"时代"自然疏离的力量的。

但是,"疏离"并不意味着这些孩子可以逃离"文革"的时空。当孩子们看到被人挂了只马粪纸的乌龟的傅慧芳老师,还有刘慧芳、李慧芳、张惠芳老师——那个时候的许多老师——被批斗而笑破了肚皮的时候;当孩子们分成一个个小团伙,落势父母的孩子跟着落势,"根正苗红"的孩子得意洋洋的时候;当这一个个小团体对垒分明,"剑拔弩张"的时候;当成群的男孩子在街头巷尾追捕野猫,玩着弱肉强食的虐猫游戏的时候;当男孩子们往女孩子身上扔着死猫,吓唬她们,并伴之以没心没肺的大笑的时候,那一道道从干净澄澈的孩子眼中射出的目光是足以挖空一个人内心所有的希望,冻结残存的最后一点点温暖的。无知无觉固然是一种"纯",但它并不永远是至善的。

这就是范小天的《儿童乐园》为"文革叙事"中的孩子勾勒的一

个共同的"儿童乐园":它始于秋风渐起的时节,经历长长的闷热躁动的夏天,又从秋风渐起的时节开始,但是春天迟迟不来。

在这个"乐园"中,群体的儿童常常以"我们"和"他们"这个集体性的称谓被指认。这些孩子,既不是积极投入"文化大革命"的造反派或红卫兵,也不属于家庭或自身受到冲击(或直接冲击)的社会因子。在成年人忙于批斗、挨斗,忙于"革命"或"被革命",在混乱中极度紧张,并各自承担着这样那样的"责任"时,这些被忽略的孩子的世界却处于极端的"无责任"状态。然而,尽管他们的世界被放逐了,成长却在继续。身体在发育,情感在骚动,心智在蒙昧中被建构,肢体一天比一天健壮,正伺机寻求着力量的发泄,成人世界的混乱正好为活跃于他们内心的攻击性倾向提供了无可约束的爆发力。

"文革叙事"对儿童的这种力量性的宣泄的描述,是通过书写儿童对成年人世界的"模仿"来完成的。

"模仿"是孩子们在其"乐园"中的典型活动。他们模仿的首先是成年人轰轰烈烈的"革命"行为:批斗、抄家、战斗演习……

王安忆的小说《墙基》中,499弄的孩子多是些还未上中学的小学生,他们气势汹汹地冲到住在501弄老教授家要搜查,其实他们是对教授家中他们从未打过的电话感到好奇。如果说"搜查"对这些孩子是一种游戏,那么,贺奕《树未成年》中的那一群七八岁的孩子,在街口巷尾进行"阵地战"、"运动战"的演习,就是有组织的行动了,因为"那个时候,全民皆兵。街上报栏里常常贴满防核战争的宣传画",学校也开始组织野战演习,以适应世界紧张局势的最新发展变化。地方驻军派出一位连指导员,负责对整个演习精心部署。临行前,"我们"全体师生在大操坪上集合,高歌数曲。叙事情景的荒诞通过孩子"我"一本正经的叙述,取得了反讽的效果。当孩子们用偷偷从大人那儿拿来的枪进行"行刑仪式"的模拟时,枪走火,那个叫小二的孩子真的成了被惩罚的"罪犯"。

模仿行为的恶果在陈书乐的《蛛王》中得到了"巅峰化"叙述：七八个男孩女孩组成长征队，打算用五天的时间走完百里山脊。百里山脊荒无人烟。小说在许多方面都叫人想起英国作家戈尔丁的《蝇王》。如：对莫须有野兽的恐惧，孩子之间恶意的打骂、争斗甚至厮杀。甚至"蛛王"这个标题也包含了某种借鉴。小说分别以这个长征队的每一个队员为叙述者（因而"我"也就是"我们"），每人轮流讲述"长征"的进程，其中穿插着大量的对叙述者之外的其他队员的家事、阶级成分、"革命"态度的介绍，这种穿插甚至超过了对"长征"本身的描述。这些孩子，虽然各怀心事，但对英雄行为却有着共同的狂热，并且谁也不想被视为"革命"的异端，这成为连接他们模仿"长征队"行为的基础。可是这"长征"的结果是：六七个孩子分别死于野猪和饿狼的撕噬、混乱中抛掷的大石块、彼此间的厮打。……

尽管上述孩子的个体来源和其他方面可能有所不同，可是一旦他们开始学着像大人一样行动时，这些孩子就构成了一个具有某些共同特征的群体，这个群体集合放大了孩子身上的盲目自大、偏执敏感以及毫无责任感、不计后果的特点。小说《恶意满怀》（陈丹燕）的叙述者说："孩子是要求绝对平等的，他们不喜欢比他们好或比他们惨的同类。""绝对平等"是孩子心中强烈的信念，在这种信念的影响下，他们几乎不考虑经验或理性，基本冲动构成了这个群体的"灵魂"。所有孩童群体的一切，倘若不加限制，就会滋生成长。

在孩子们对大人的"革命行动"的模仿中，也伴随着"革命话语"的流行。这既有"打倒"、"万岁"一类的口号，也有用来排斥群体异类的"反革命"、"狗崽子"等称谓。它们所包含的政治意味很难说能为孩子们所理解，然而这些词汇和短语仿佛具有一种魔力，唤起了孩子们恶作剧般的热情。叶兆言的《纪念少女楼兰》中有个叫"谈者"的14岁少年。小学六年级时，这个幼稚的想考验一下人民公安破案水平的孩子,在黑板上匆匆写下"毛主席万岁",又用左手写了"打倒"两个字,结果还未等到公安来,就被别人看到了。从此被同学们称作"小反"——"小反革命",这个称呼并没有玩笑的性质,它意味着本来在同学中行动自由的谈者,被抛出了群体的汪洋大海,而陷入某个孤立的小岛无所适从。这个因语言"触罪"的孩子,又被语言(群体话语)所抛弃。

这种对群体儿童的书写角度的选取,既有对历史记忆的真实记录的因素,也具有一定的心理学依据。弗洛伊德曾经说过:"模仿是孩子最好的艺术,是他们大多数游戏的驱动力。孩子的雄心远非在其同类中出类拔萃,而是模仿成年人。"[1]当一个人的心理不是自主的时候,个人的行动就会模仿社会,而这是一群心理自主性还未成熟的孩子。但这还不够。

实际上,在那样一个时代,"模仿"同样是成年人的生存方式,每个人都小心翼翼,如履薄冰地跟在别人后面,极力避免可能被认为是"异端"的行为和言论,以此来逃避个人被孤立、被打击的命运。"模仿"以盲目信仰为特征,构成了一个荒诞时代"社会化"的基础。它把不可能的事装扮成可能的,将个别的观点绝对化,一个群氓的时代就这样诞生了。从这个意义上来说,这个"乐园"实际上可以看成是外部成人世界的一个"模型",其间发生的各种聚合、离散滋生着这个荒诞的时代可能出现的景状的萌芽。比如,少年谈者的经历就隐藏着"文革"时期许多人的遭际。因为"语言触罪"在那时,是许多人受难的开始。"语言触罪"的基本途径是语义转换,其心理依据是联想。从维熙的小说《远去的白帆》中,北大西语系的青年教师黄鼎数次因"语言问题"命运突变。早年他读《沁园春　雪》,为其视野开阔、手笔粗犷豁达而拍手叫绝,不禁在旁边画

---

[1] 转引自[法]赛奇·莫斯科维奇:《群氓的时代》,许列民、蒋丹云、李继红译,江苏人民出版社2003年版,第234页。

了一个"！"，女朋友肖玫玫依偎身旁，使这个小小的"！"稍稍拐了个小弯，这个小弯日后就成为肖玫玫揭发黄鼎的"实证"。再有一次，已被劳改的黄鼎在洗衣服时，因为说衣服的领口和袖口最脏最难洗，被人听到，指控为攻击领袖而被关了禁闭。

从谈者到黄鼎，一种"文革"时期的常见"命运"以"互文"的方式在文学内部成长并再现，它是这样一种命运：个人的起浮沉落，掌握在群体对其言语的诠释当中。"语言是存在的家园"这一哲学命题在一个荒诞的时代得到了乖谬的体现。

在文本中，"我们"或"他们"这个集体性的称谓多多少少将这些孩子"符码化"了。他们总是具有某种典型性，"群体"意味着这些孩子是时代性的"指符"。典型的意义在于表明人类的本质而非属于个人的特征。群体儿童的身上，暗示了一种隐藏并弥漫在"文革"中所有个体背后模糊而又真实的事物或精神的集合体，这就是德国学者比梅尔所说的："不能仅仅把人理解为理性的动物，而恰恰要理解为这样一个动物：这个动物可能为荒谬所摆布，为荒谬所控制，他身处于意义和荒谬之间。"①

在群体儿童的"乐园"中，放纵狂欢之喜四处弥散，只有理性在荒芜、在沉睡，"文革叙事"从外部，通过对这些孩子体现着时代精神的模仿行为的叙述，把他们建构为一种潜在的破坏性的力量。"我们"和"他们"不仅指孩子，也指向更具普遍意义的"人"。它传达出这样一个信息：人不仅仅被文化和政治所左右，人也可能被自身的无理性所左右。从这个意义上讲，"文革"不会仅仅是一个过去的历史事件，而是人类之苦难存在的一次极端化表现。这种"苦难"即使在普通的时代，也无处不在地渗透于我们的生存当中。

---

① ［德］瓦尔特·比梅尔：《当代艺术的哲学分析》，商务印书馆1999年版，第29页。

"边缘化"生存

"文革"中,儿童是远离意识形态中心的,在这样一个政治利益高于一切的时代,他们的生存是边缘化的。虽然以群体面貌出现的孩子多多少少为一场浩劫作了某种注解,但他们"参与"历史的方式是反常化的。在我们将这些孩子的"乐园"看作"群氓时代的隐喻"时,其内部的裂变也在发生。

《墙基》(王安忆)中的男孩阿年是499弄那帮冲到老教授家里玩"抄家"游戏的孩子的头。和这个弄堂的大多数孩子一样,阿年生活在一个工人家庭,他的家狭窄拥挤,耳熏目染的是父母的责骂、粗俗的对话,庸常的生活琐碎。"文革"的"无法无天"使阿年身上的粗陋、顽皮、野性得到了自由的发展。一个偶然的机会,阿年恶作剧般地抢走了老教授的独生女儿独醒的日记。在阿年好奇的阅读中,这本被独醒视为是对已在"运动"中自杀的母亲的最好纪念的日记,为他展示了一个全然陌生的世界:它神秘、优雅,父母与孩子的关系不是压制与被压制,不是责打与被责打,而是相互的尊重和温情的爱。更令阿年心灵震颤的是,他开始了解到:一些人舍弃生命,是为了尊严的丧失。这个阅读的历程,是阿年发现"人"的过程,身后那个无知无觉的群体世界渐渐退后,个人的体验逐渐向阿年呈现出价值。这个历程,同样也是阿年从群体中的一员向个体化生存过渡的开始。"儿童乐园"中的极度狂欢导致了深刻的生命危机,少年阿年体验到的该是"生命中不能承受之轻"。

在我们的阅读视野中,这篇发表于《钟山》杂志1981年第4期的中篇小说中的这个孩子,"呼唤"出了小说中许多有别于伤痕文学的"受害者"孩童形象的个体儿童。"文革叙事"向"内",通过对这些孩子的心理感观(看、摸、感觉)、心理理性(思考、选择)、心理伦理(价值观和精神导向)的捕捉,将一段特殊的历史展现为个人性的精神事件。实际上,在有关个体儿童的叙事情境里,那些类型化的时代特征是相当单薄的。

在心理感官的层面上,这些以"个体"形态存在的孩子常常是叙事情境中人、事的"观察者"。《长大》(李晶)中的孩子轩生,也曾是群体中的一员,但是出于对血腥的恐惧,轩生退回家中,做了"逍遥派"。在轩生寂寥逍遥的日子里,范老师悠扬的琴声是惟一的亮点,让轩生无所适从的心忧伤发痛、眼中生泪,那是一个遥远而熟识的精灵在空中流转。在长长的巷道里,轩生看着曾是国民党军官的鞋匠撕纸卖纸,看着他从容不迫地打扫厕所,看着鞋匠美丽的小老婆在门槛边伫立成一尊宁静的雕像,也看着她把一个个煤饼拽到墙上。日子缓缓地流淌,就像黑乎乎挂在墙上的煤饼。……特殊年代的人情世态在轩生的眼中一一展开,轩生也在对生命韧性的领悟、对生活中稍纵即逝之美的捕捉中渐渐长大。滕锦平《武道》中的孩子"我"则在逃避混乱中,意外地洞悉了一种掺杂着侠与义、江湖气与俗常性的另类生存;外号"牺牲"的女孩(懿翎《灿烂的学校》)则目睹了乡村女孩无可逃遁的庸常命运……这些孩子的眼中,摄入的都是"革命"之外的东西。在他们的观望中,被观望者的命运呈现出特殊的人性内涵。孩子边缘位置的"观望"本身与被观望者在时代主流缝隙间的生存构成了共生的关系。

在心理理性层面上,叙事情境中的孩子则大多是"被观察者"。如林白《英雄》中的丹娅、蒋韵《旧街》中的冯明伦等,这些孩子的个人命运固然透视着一定程度的社会历史,但时代给个人命运的"染色"实际上在相当的程度上是由于这些孩子偶然的个人行为,这一类叙事,往往在叙述者从容舒缓的叙述中,使小说中孩子的生与死带上淡淡的宿命色彩,即使有具体的历史时间的在场,它也不是超越个人的。王季明的《1973年的小人书》中有个特别喜欢看小人书的13岁男孩白松,那一本本小人书中讲述的一个个契合时代精神的故事,那些把人性简单地分为纯粹的好与纯粹的坏、每一个角落都充斥着阶级斗争的故事,固然潜移默化地形塑着男孩的精神世界,最终指导着他的行为,比如试图在废弃的方老板家院子的地洞里找到方老板的变天账和地契,但是白松高度的"阶级觉悟",是建立在个人体认的基础上的。大人们视之为好笑,同龄的孩子们对他的活动也丝毫不感兴趣。当怀揣将有新发现的欣喜若狂的男孩陷在两米多高的洞口无法脱身,地洞翻板被那只鬼魅般的黑猫"乒"的一声关上,一切归于沉寂时,这个孩子所经历的,究竟是时代命运还是个人命运呢?"被观察者"的位置使这些孩子的命运透出他们自身所不能把握的偶然性。

而在心理伦理层面,面对被沉重的历史捉弄得疲惫不堪、神经过敏的成年世界,孩子的一言一行揭示出混乱的时代所不能磨灭的某些人性的价值。陈予《我们走在大路上》中的那三个男孩,"无视"成人世界的权利争夺、欲望宣泄,尽管他们的父母属于不同的派系,但这些并未使他们之间纯真的友谊丝毫受损。也是在这个层面,"文革叙事"一改在群体儿童身上笼罩着的悲观,让我们看到了童心在一个价值观混乱、认同危机时代光彩夺目的体现。

就小说人物而言,"文革叙事"涉及的两类基本形象是知识分子和农民。这可能是由于这两种人在中国历史进程中的特殊地位决定的。对历史变迁中知识分子、农民的精神、命运与历史事件之间的复杂关系的描述,在一定程度上,构成了"文革叙事"的两种基本模式。这也是研究者颇多关注的模式。然而,如果说"文革叙事"在处理知识分子和农民形象时,是基于时代、历史、个人关系的理性思考的话,那"文革叙事"对儿童的关注,则从另一个角度涉及了"历史记忆和当代表现"的问题。与对知识分子和农民的描写从政治层面和社会层面阐释"文革"不同,在对荒诞时代的孩子的塑造中,小说提供了对荒谬的历史加以阐释的另一些信息。与知识分子、农民甚至红卫兵不同,在"文革叙事"中,儿童不是被当作政治性的人物加以表述的,而是通过他们,将"文革"再现为某种存在价值的隐喻。儿童所展示的,是根植于历史波澜之外的某些人类本性,而这又为历史提供了内在的、精神方面来源。当"文革叙事"

中的知识分子、农民等形象提供了可以对"文革"加以阐释的外部原因——文化的和政治的原因的信息时,以群体面貌出现的儿童们却让我们看到了历史事件中"人"的原因。

然而,如果说"群体儿童"隐藏着荒诞时代得以延续和生长的"人"自身的因素,它揭示的或许是个体在生活中的无力感,这种无力感经由整个主流人生对童年生命的浸染得以深化和呈现。而"个体儿童"的形成或毁灭,却不足以用社会影响本身来解释。人格建构的基础,不是外部事件、政治形势、社会危机等环境因素,而是孩子如何去承担它们。当"文革叙事"把"群体儿童"建构为一种潜在性的破坏力量时,又在"个体儿童"身上展现了这种破坏性经由个人的体认和自身的发展,如何成了一种基本上是良性的建设性力量。前者,是从"未来"着眼,尽管叙事情境弥漫着浓郁的时代氛围,却最终以对"群体儿童"的非政治性的书写,通向了超越某一时代、某一时期的全人类本性。倒是对"个体儿童"的叙述,以其细节化的视角,进入了一段特殊历史的人性化现场,揭示出再强大的社会主流也掩盖不了的生存复杂性。

第三节　经历"性现实"的儿童

小说《园廊式概括》(黄石)中,13岁的男孩雨也是一个荒诞时代的孩子。不过,在他成为这个时代群体儿童的一员,或有机会游离于时代之外、成为旁观者之前,这个孩子经历了另一种现实:

>　　停战期间("文革"中派系之间的枪战——引注)的一个下午,这个幼稚好奇的孩子放学回来,偶然翻起了父亲的医学书籍。恰好他翻到的是一本有关性方面的专著。那些模糊的图片让这个纯洁的孩子进入了另一个世界,以至于当母亲的钥匙和锁孔发出摩擦声时他太慌乱不迭,顺手碰翻了书橱边的一支青霉素注射液。当他用手

去擦药液时如同触电般倒下了,口吐白沫,全身痉挛得像临死前的小鸡,房间在他眼里成了一张白纸。

被救活的雨失去了记忆,进而被父母乃至周围的人当成白痴。即使在一个大雨倾盆的夜晚雨又恢复了记忆,但是担心父母会询问那天下午的事,这个拙于表达的孩子"失去了作一个正常人的勇气",不得不安于白痴的命运……

雨的遭遇是许多小说儿童的共同经历:通过这样那样的方式,"性"成为他们生命历程中一个震惊的事件。

尽管弗洛伊德对"儿童的性"的发现大大冲击了"儿童是纯洁的"的传统观念,但是在这二十年间的中国小说中,"性"仍然是小说家们叙述"童年天堂"的塌陷的一个纬度。

在儿童的生命历程中,"天堂"的塌陷意味着什么呢?

首先,它意味着一个人不可逆转的时间命运:从童年到成年的自然流程,这是自然形态的成长,余梅《七色》中的女孩"青"就是在不动声色的时光流逝中变成了女人"楠";其次,童年生活由于外部力量的入侵也可能被打断、终止。这些"外部力量",包括明显的不公对待、身体暴力、精神忽视等等,就像方方《风景》中的小七子所遭遇的一样。"塌陷"就意味着所有潜伏于错综复杂难以理解的人性迷宫中的"罪恶"开始侵入看起来无辜、蒙昧的儿童世界。在余华的《十八岁出门远行》中,男孩"我"从童年跨越到成年,正始于"我"面对世界的种种阴暗开始像大人一样无动于衷。

在种种导致"天堂塌陷"的力量中,儿童目睹"性"、遭遇"性"或是意识到"性",都可能以某种重要的影响方式改变他们的生命历程。"性"这个词的英文 sex 来源于拉丁语 sexus,意思就是"分离的"。① "性现实"的降临无论是导致了个体的塑成还是毁灭,也无

---

① [法]托尼·阿纳特勒拉:《被遗忘的性》,刘伟、许均译,广西师范大学出版社2003年版,第245页。

论是突如其来地来临还是悄无声息地发生,它都意味着成长中的儿童正在经历某种分离状态。

也许满足于简单存在快乐的孩子能够抵抗金钱的诱惑,能够以本性的乐观"无视"复杂教育的压力,甚至身体暴力、精神忽视一类的虐待都可以忽略不记(比如方方《风景》中的女孩够够、何顿《灰色少年》中的男孩罗小毛)。但是面对"性",孩子们是无能为力的。当它以不可抗拒的、"自动"的方式在某个夜晚降临,导致与思维无关的行为时,男孩孙光林(余华《呼喊与细雨》)突然意识到了"性"的深刻现实,这现实完全不同于其作为概念引起的好奇心(就像周梅森《人的岁月》中那几个男孩对"精子"是什么东西的讨论),它是一种令人震颤的相撞,这种震颤消灭了孩子曾经完全的自我世界,可能会产生许多后果。更通常的,是一种强有力的负面影响:孙光林的内疚感与负罪感与日俱增;男孩"雨"(黄石《圆廊式概括》)则完全陷入了精神的死亡——长达九年的沉睡;而王彪《欲望》中的"蒙"、《病孩》中的"病孩"在目睹了许多以性为表征的欲望化场景后,自身的身体也开始产生背叛,邪恶欲念以不可抗拒的力量在他们体内生长……

美国学者尼尔·波茨曼著名的《童年的消逝》一书有一个主要观点:"性"是成人世界的最大秘密。当这一秘密以这样那样的方式被儿童知晓,童年便会消逝。[①] "性"被认为是儿童和成人的一道分界线。在小说儿童的生存版图中,"性现实"的降临很少是以简单的方式完成的。"性"的意义也各不相同。这一点,在这二十年来的中国小说中,表现出比较明显的"男女有别"色彩。"性"这一词语所包含的"关系性"与"非关系性"、精神个体与物质个体的分离与否、主体性与对象化等内涵,在男孩和女孩的故事中,被不

---

① 参看[美]尼尔·波茨曼(Neil Postman):《童年的消逝》,萧昭君译,台北远流图书出版公司1994年版。

同地叙述着。
男孩:发现"身体"的恐惧与战栗

儿童在成长的过程中不断需求着心理的整合。"性"作为人格的一部分,并且是人格构成的主要的决定性因素,意味着儿童首先要对两种自我身份进行确认:类别的身份和欲望的心理身份。前者是男孩或女孩对自己性化了的身体的认识。这二十年间的中国小说在关于"男孩与性"的叙事中,"身体"表现出强烈的在场。它以生命本能为表现方式,成为男孩们体验种种生命感觉的途径。这些生命感觉,包括害怕、恐惧、厌恶这种基本的生物性感觉,也包括羞感这个人类独一无二的意识。① 男孩孙光林(余华《呼喊与细雨》)在黑夜里发现了一个神秘的举动,"使自己获得了奇妙的感觉"。这个14岁的男孩发现"自己的身体竟然用恐惧的方式来表达欢乐",这种恐惧是各种复杂情绪的混合:有怀疑疾病到来的慌乱,有对自己"丑陋"行为的自我指责,也有对自己的指责在生理诱惑面前显得力不从心的脆弱感。在这些强大的心理力量的作用下,这个孩子日渐消沉,阳光灿烂却使他脸色苍白,看到衣着整洁的女同学便面红耳赤……在这个懵懂无知的孩子心中,阳光下的健康生活正在离自己远去,"身体的成长始终在这个孩子脸色的苍白中进行着"。"性"的觉醒成为这个男孩许多恐惧的源泉,也带来了这个孩子对性化的身体、对繁衍、对身体与他人关系的疑问。得知同龄的其他男孩子和自己一样在夜晚也有同样的行为稍稍使孙光林心有所安,但是当同学郑亮告诉他:"那种东西,在人身上就和暖瓶里的水一样,只有这么多。用得勤快的人到了三十多岁就没有了,节省的人到了八十岁还有。"孙光林再度陷入对生理的极度恐惧和紧张之中。郑亮的话使他看到了潜在的对他的性的剥夺,

---

① [德]舍勒:《论害羞与羞感》,见《舍勒选集》,上海三联书店1999年版,第531页。

这激起了这个男孩的焦虑不安：在失去的性或是无法利用它的危险面前，孙光林觉得必须要让自己确信它的存在，于是便去考验它。后来的许多夜晚，这个孩子的举动"不再是猎取生理上的快感，而逐渐成为生理上的证明"。每一次试验成功后，孙光林得到的安慰总是十分短暂，接踵而至的仍然是恐慌。性化了的身体的成长，导致了孩子对自我也是一个欲望主体的发现。但是过度的自慰，表明的仅仅是幻想的崩溃，孙光林在寻找自我中迷失自我，陷入了深深的孤独中。其实，这个时候，"性"对这个孩子，已经从一种不可抗拒的身体现实，变成了一种本质化、病理化的"话语"，它甚至不再与欲望本身相关，而是向孩子指出了自己存在的物质性，指出了自己的精神个体面对自己的物质个体的无力感。

欲望醒来的方式、它所引发的恐惧思虑是孩子生活条件的表述。男孩孙光林的这一经历是在成年孙光林的回顾中加以叙述的。在成年叙述者的回溯中，女孩曹丽和音乐老师的恋情，同学郑亮、苏宇、苏杭的性意识，苏家兄弟温文尔雅的医生父亲面对村里操皮肉生涯的寡妇裸露的肉体时的张皇失措，因流氓罪被判刑的音乐老师，被劳教的苏宇，年届四十与神态各异女子交往的单身诗人……所有这些交织在男孩孙光林"身体成长"叙事中的故事，都与"性"有着密切的关系。成年孙光林在这里的回首，始终瞩目于暧昧的身体，"身体"其实才是小说《呼喊与细雨》中"恐惧"一节的主角。当男孩孙光林在自慰这种性表述里寻求着自我肯定和让自己安心时，他周围的每一个人也自觉不自觉地应付着对自己生存的不确定感。贫乏的文化环境不再能够承认每一个人作为主体的可能性的品质，他们就求助于简单的生殖关系来作为应对方式：孙父和诗人沉溺于消遣的、娱乐的、与爱无关的性当中，曹丽和音乐老师处于否认性的爱的舆论氛围中，苏医生与寡妇的生理冲动，郑亮、苏宇苏杭兄弟的想像多于实际的性关系……所有这一切，都不能使一个人正常地生活，它甚至使孙父在孙光林的面前象征性地死去。在这些什么也不能带来的关系中,"性"成了分裂、远离和无法交流的象征。

这样,男孩孙光林的"身体成长"不过是对人的某种生存状态的发现,是对人被束缚在一种深受生理限制的极其贫乏的"动物般的生存之中"的发现,这一发现是悲哀的,也是令人战栗的。

更为恐惧的是,这种生存的现实有时仅仅因为无意的目睹,就会触动孩子本来纯真的世界。身体的物质性突然呈现在眼前,笼罩在肉体上的那层羞感的罩衣被无情地剥落,在这欲望化场景的观看中,孩子那种对身体和身体现象的孤立感觉益渐加深,一位评论者说:"此刻孤独就永远孤独。"①这句断语正好说明了这种孤立的状态。

"此刻孤独就永远孤独"意味着童年天堂的塌陷,但这种塌陷并不指向一个更美好的未来。"白痴"男孩雨(《园廊式概括》)被战斗队的队长、年轻姑娘露收留。当黑夜来临、当战斗渐渐变得毫无意义,男孩意外地目睹了白天里不苟言笑的露的脆弱以及不可抑制的生命本能的宣泄。雨从这种目睹中,感到困惑迷茫,也感到内心莫名的躁动。也就在雨感到这种躁动将以强烈的力量吞噬自己的时候,"战斗"结束了,战斗队作鸟兽散。孤立无援的雨陷入了一场长达九年的沉睡。从 14 岁到 23 岁,这个成长的关键时段在沉睡中将雨永远滞留在过去的时空。当他醒来后,目睹的仍是一幕幕欲望场景:医生值班室里赤身相拥的男女、中年男子对自己的抚摸、跳楼的全裸男子……九年前和九年后,时间流逝了,地点改变了,场景却没有变,欲望化的生存却没有改变。雨只好在空无一人的废弃的战斗队大楼中,等待一场大火将自己送回从前。

对以"性"为表征的欲望化场景的目睹,造成了雨的不幸。谁

---

① 谢有顺:《王彪:此刻孤独就永远孤独》,见《话语的德性》,海南出版社 2002 年版,第 136 页。

能够拯救陷入这种欲望化场景中的孩子呢？没有,除了死亡。否则,被目睹的命运会成为目睹者的命运。小说家王彪的作品中许多欲望化场景的目睹者也是孩子:《病孩》中的"病孩"目睹了 4 床在太平间不顾一切的自我满足,任医生在病人、护士身上的泄欲;《在屋顶飞翔》中的"傻孩",目睹的是鞋匠与尤珍珠、老狼与兰姐的秘密……在目睹了许多这样的场景后,孩子自身的身体也开始产生背叛,邪恶欲念以不可抗拒的力量在他们体内生长。《欲望》中的男孩蒙就是这样陷入与女戏子的暧昧关系中不能自拔。如果说,孙光林们对性化了的身体的惊讶发现暗示了一种欲望化生存的前景的话,病孩、蒙等孩子欲望的醒来却呈现出身体的"无意义性"。

孙光林、雨、病孩、蒙都是男孩子。小说中,"性"作为一种无法抵抗的现实,对这些男孩呈现出不同的意义:在孙光林那里,正如我们已经指出的那样,"性"是一种本质化、病理化的"话语",夜晚的秘密始终与孙光林对这一行为可能造成的身体疾病的担忧相连;而在雨、病孩、蒙等孩子那里,"性"始终与在淫乱与罪恶中迷失的成年生活相连,是一种道德化的"话语"。不过,两者都是指向身体的,都与男孩身体的成长有着密切的关系。其中,躁动的不安、暴力的倾向、隐秘的恐惧、激动的神经……形成一种湿热而沉闷的氛围,使得"男孩与性"的叙事情境总体呈"张力"状态。"性"向男孩们揭示出了生存的"身体现实",揭示出了人的生存在某种意义上说是一个生理的现实,揭示了人生存的悲剧性。

女孩:对象化的欲望客体

性化了的身体的成长、欲望身份的发现,叙述的是欲望主体的故事。与之不同,"女孩与性"的叙事则构成了另一种模式。

这二十年间,特别是 90 年代,不少小说都将女孩们放在成长的纬度上加以书写:铁凝《玫瑰门》中的苏眉、迟子建《树下》中的李七斗,《麦穗》中的西西,周海彦《月亮船》中的难难,陈染《私人生活》中的倪拗拗,林白《一个人的战争》中的天米,蒋韵《栎树的囚徒》中的天菊,虹影《饥饿的女儿》中的六六,徐小斌《羽蛇》中的陆羽,杨泥《红羚》中的红羚,皮皮《光明的迷途》中的紫杉,李岩炜《走廊上的脚步声》中的"我"……这些女孩子在小说中,不再以分离的方式被感知,而是处在年轻化和逐渐成熟的过程中。在小说书写的成长历程中,小女孩也非常关注自己体内所发生的一切,并往往由此而陷入生命的朦胧神秘之中,比如林白《一个人的战争》中的天米、陈染《私人生活》中的倪拗拗。以女性主义的观点来看,不少女孩的成长也涉及"性别意识",涉及传统观念、经济地位、政治命运的女性现实的宿命(比如《月亮船》中的难难、《栎树的囚徒》中天菊的"觉醒")。但是,在这些叙事中,"身体"往往并不在场,更多的女孩经历了另一种"性现实"。我们看到的是,那些还未成年的女孩,在她们的心智还未发育完全时,她们与"性"的遭遇如何"捷足先登"。这种"性"既非对性化了的身体的发现,也不是欲望的醒来。如果说,男孩的"性现实"确立了其欲望主体的身份,那么,"性"的捷足先登则置女孩于对象化的欲望客体的地位。这种"性"是"关系性的性"。对于并无狭义的性关系的女孩来说,这种性经历是非常态的,是未成年的孩子和成年人之间的关系。在社会学家、法律专家的视野中,它将会被贴上"儿童与成人的不适宜关系"[①]的标签,会被认为是儿童虐待行为中最为恶劣的"性侵犯"。然而,社会学并不考虑个体的独特性,而本质上是一种阐释程序的法学关注的是对行为的解释原则。法律立足于对施虐者的惩罚。而且,社会学或法律都是一种社会视角,其对性虐待、性侵犯的界定基于统计学意义上的平均值,并对性虐待或性侵犯进行了各种讨论。在这一切"纷争"中,受虐的女孩是沉默的。她们的心理感

[①] 余汉仪:《儿童虐待——现象检视与问题反思》,台北巨流图书公司1995年版,第9页。

受如何？她们是否认为自己是受虐者？正是在这一点上，小说试图捕捉女孩们的感知。

惠雁在打雪仗的时候忘了带手套，她冻得厉害，所以就跑回教室去拿手套，她看见了对她来说震惊的一幕：西西和图画老师躺在教室的最后一排那里。她听到了声音，于是跑去把校长和语文老师叫来了。西西仇恨地看着惠雁，惠雁被吓得哭哭啼啼，说道："可他对你耍流氓，他是在欺负你呐。""我愿意让他欺负我！"西西痛哭失声。西西是还在上小学四年级的女孩，她异常聪明，禀赋超人。面对这被暴露的一幕，西西对惠雁的仇恨是出于耻辱吗？可实际上，在此之前，西西就曾经怀着微妙的欣喜，将她与图画老师的第一次详细地写进了课堂作文！

西西是迟子建中篇小说《麦穗》中的主人公。这个只有十一二岁的女孩在日常生活的许多方面都表现出与众不同。她成绩优异，跳级和哥哥同班；她邋遢粗糙，老是抽鼻涕；她大大咧咧，男同学开玩笑说她看上去像个男孩，应该上男厕所，她站起来就跟着他们往男厕所走；这一切似乎都表明西西是个粗线条的女孩，但是她又敏感地发现了父辈之间细微的情感纠葛。西西告诉哥哥，自己在四岁的时候，就发现父母在半夜打架，当哥哥嘲笑西西的无知，告诉她："他们一定是在做游戏。你忘了老羊倌爷爷说过，大人们最愿意深更半夜乘孩子们都睡着的时候做游戏。"西西这个时候，忽然诡秘地笑笑说："那种游戏我知道，他们做的不是那种游戏。"

"游戏"是西西对"性行为"的基本观念，在这种观念的指导下，这个还未受过多少社会习俗、道德观念的浸染并且不拘常规的女孩从未认为自己受到了图画老师的侵犯。小说对图画老师未着多少笔墨，不过从他带头嘲笑西西哥哥的画来看，这并不是一个有艺术想像力的老师。那个冬日的午后，女孩西西无意中闯入他写生的画面的一刻，也许不过在感受美的刹那间唤起了他心底的欲望，而西西却从此爱上了美术，对这个孩子来说，与图画老师的关系可能意味着与艺术的交融,图画老师这个人是抽象的,留在心底的是画面上的阳光(西西是个爱阳光的女孩)、山上的大树、小草。因此,当语文老师拿着西西的作文本家访,父亲威胁要其退学时,西西大喊:"我写的都是假话,是胡编的,我不能不去上学!"当西西面对校长和老师,对惠雁喊出"我愿意让他欺负我"的时候,西西是拒绝带上"受害者"的标签,她试图让她周围的人知道:她自己在选择、她自己在控制她的生活。可是西西这样一个脆弱的孩童生命存在并不足以超越社会常规、习俗的藩篱。

　　小说中有一个颇具意味的意象:麦穗。"麦穗"本来是小说的叙述者兼西西的哥哥的名字,这个男孩在第一次图画课上因为画了一支紫色的麦穗而被图画老师和其他同学嘲笑,甚至西西也说:"喂,紫色的麦穗,该喂你的猪脑袋了!"可是西西并不知道,这一支离经叛道的紫色麦穗实际上既是自己性格也是自己命运的象征。当图画老师被公安局的人带走,村里的人全都知道了这事,西西被迫辍学,从此跌入庸常的人生。"紫色的麦穗"是不可能在世俗中生存的。

　　西西最后的命运使小说对"性虐待"或"性侵犯"的书写带上了一点批判、揭示的色彩,但这种批判和揭示并不是针对"性虐待"或"性侵犯"这一行为的,而是人们在看待这一行为时所持有的陈腐的贞节观念,以及从中折射出的社会心理和社会习俗强大的、个人似乎无法逃脱的力量,这种力量甚至会变"无"为"有"。杨泥的小说《红羚》中的主人公红羚年幼时,在一个漆黑的夜晚因为害怕一个人上厕所,于是让做伴的邻家大男孩守在门口。就是这样一件平平常常的事在人们的传言中,变了质。年幼的红羚因无力也无机会辩解而陷入痛苦,她甚至差一点被母亲毁了容。随着一次又一次为躲避人们的目光和指点而进行的搬家,红羚变得沉默。当时光流逝,周围终于沉寂,红羚却再也走不出往事的阴影。这个女孩遭受的是语言的"性侵犯"。

西西和红羚不得不被动接受自己的命运。女孩罗丽（韩向阳《斑斓的花冠》）却以自己惊世骇俗的行为向公认的社会秩序、社会常规提出了挑战。这个大概还在读小学五六年级的女孩，已经与不少成年男子发生了性关系，并且从不掩饰在人前说起。在她的心中，这不过是一种好玩的游戏，在这种关系中，并没有成年者的强迫在其中，"引诱者"常常是这个孩子。但是这个被人不耻的女孩，却是那个荒诞的时代，那个追逐着荒诞时代精神的小学校里，惟一对张、苏两位老师的恋情给予纯洁理解的人。对于这个孩子，"性"从不是肮脏、龌龊的，而是自自然然，体现着自然之美的事，它的存在自身就带着身体和灵魂的双重性。这个孩子身上天真未凿的野性之美完全颠覆了社会常规中"性虐待"的含义。

实际上，在这些叙事中，小说家都不是在道德的框架中反对性虐待和性侵犯的。塑造了西西、红羚、罗丽等女孩的小说家都处在已经将儿童看作是与成年人本质上完全不同的成人文化当中，这种文化对"儿童纯洁性"的想像，一方面会带来儿童崇拜，另外一方面也会导致成年人对"童贞"的变态欲求。西西成为图画老师欲望宣泄的对象之后，不得不辍学离开，正潜藏着村人们对孩子"保持纯洁"的苛刻要求以及对失去这种"纯洁性"的孩子的冷漠心态；同样，女孩红羚的一生也被母亲及周围成年人对"童贞"的扭曲异化的想像弄得黯淡潮湿；至于罗丽，大人们一边被其"引诱"，一边又以鄙视的目光视之，并对这种矛盾浑然不觉。施虐的成年人和受虐的女孩不是道德天平上的铢两，非常态性现实的降临是小说家文化批判的一个切入点。

然而，对陈腐观念、社会陈规的批判、揭示或颠覆，并不意味着这二十年间的小说要为"性虐待"这一行为"正名"，不意味着无视它的恶劣。迟子建的长篇小说《树下》中，长期被姨父霸占的女孩李七斗在一点一点近乎无事的沉静中走向生命的终点，在这个女孩平静掩饰着的内心深处，翻腾激荡着汹涌的悲哀的潮水。而女孩子紫杉(皮皮《光明的迷途》)却在自己惟一的朋友、11岁的小女孩巴妮的眼中看到了自己的难堪。这个每当哥哥"生病"时就需要自己爱抚的16岁女孩,对这种处境仿佛却完全是懵懂无知的,而自己眼中任性的巴妮却在闪闪烁烁中,"洞悉"着生活的庸常与卑琐、"洞悉"着人的无穷欲望。正是透过小说中这个鬼魅般存在的小女孩,紫杉认识到了自己未来的命运,才决定离去。然而,这个在做女孩的年龄做了女人的女孩,踏上的也许只是一条"光明的迷途"。在这些叙事中,那种潜伏在"男孩与性"的叙事中躁动不安、暴力、隐秘的恐惧、激动的神经的沉闷气氛里的张力被从容舒缓的叙述释放了,但是其中酝酿着一场场深刻的心灵事变。其中,在场的不是与"性"相关的"身体"这一物质载体(甚至其中所涉及的暴力、强迫的描写不是被省略,就是被虚写),而是个体心灵对异常命运的感悟理解与承受,那些非常态的性经历,其实是一个个突如其来的心理现实。

第四节 与成年人同行

卢梭曾经说:"生命遭遇最大危险的时候是在它的开始。对生活的体验愈少,则保持其生命的希望也愈小。"[1]儿童的生命是柔弱的,这里的"柔弱"一词,指的是一种关系,一种儿童在成人世界的生存关系。儿童生命历程的每一步,都可能与成年人相遇,因而派生出错综复杂的关系,这个成人世界,有父辈,也有老人。小说中对孩子与他们的相遇有着不同的叙述。

孩子与老人:生存的神话

一老一小在山里钻树窝。小说家这样写道:

---

[1] [法]卢梭:《爱弥儿》,李平沤译,商务印书馆1978年版,第72页。

少年：像逛大街一样大模大样,荆棘拉住了他,他不屑一顾,径直往前走,"哗"的一声,衣服撕破了一道口子。他像条傲慢的鲢鱼,在绿色的树海里窜来窜去。

老人：就像鲤鱼游洞那样小心翼翼,温情脉脉。一根树枝挡住了路,他便轻轻拨开。荆棘挡住了裤管,他蹲下身子细心地解开,口中还念念有词。

——蒋咸美《青金草》

这两段描写典型地体现了这二十年来的小说在处理老人与孩子的关系时为两者设定的坐标：老人经验丰富、处世稳重,但也可能处处小心,活力消减；孩子则初生牛犊不怕虎,充满活力,还没有经验之"累",但也蕴涵着危险。

孩子与老人,一个走在生命的清晨,一个走在生命的黄昏,老人的身后是一条平静深广的大河；孩子的面前是一个光辉灿烂的未来,一切都生机勃勃。萨特在《词语》中曾颇为惆怅地说："所有的孩子都是死亡的一面镜子。"[1]虽然这种惆怅的确也弥漫在许多普通老人的心头,但在小说中,老人与孩子的相遇似乎会发出奇异的光彩,孩子很少是作为死亡的"镜子"被表现的。相反,在孩子身上,老人常常会重新获得自己生命力的确证。市场上卖螺蛳的小鬼激起了已歇业多年的扒沙佬阿德哥沉潜已久的生命力和激情,他在等待小鬼的江边,解开棉袄,在阳春三月潜身下水,领略着早年终日泡在水里的那种快感(蒋焕孙《无标题小说——不要问我从哪里来》)；男孩关小明(迟子建《日落碗窑》)为马戏团"狗顶碗"的表演激动不已,想要训练自己的爱犬"冰溜儿"也成为顶碗"高手",结果家里吃饭的碗摞日渐变矮,父亲的斥责激起了当爷爷的关老爷子的不满,他决心重新生火,在已废弃多年的碗窑上为孙子造碗。屡次开始屡次失败,屡次失败屡次开始,甚至在孙子对顶碗已

---

[1] [法]萨特：《词语》,潘培庆译,三联书店(北京)1989年版,第18页。

没有了兴趣之后依然执著不已。疼爱孙子的初衷这时已变成了这个老人重新确证自己的热情。小说最后一幕颇有象征意味：在关老爷子失望而归后，王张罗屡次流产的傻媳妇刘玉香在碗窑上产下一个男婴，并且找到了一只完整的闪着暗红色光泽的碗。那碗"完美无瑕，均匀的弧度，浑圆的碗口，敦实的底座，颜色艳丽而不失庄重。不像是从窑里出来的，仿佛是由夕阳烧成的"。

  这只"夕阳烧成"的碗，与这个诞生在碗窑废墟上的婴孩成了对老人重新寻找生命力确证的馈赏。"夕阳无限好，只是近黄昏"的叹惋被另一种更为积极的情绪代替了。孩子不仅是死亡的一面镜子，也是生命涅槃的媒介。小说在描述老年人从孩子身上有所"悟"时，实际上暗含了成年人、特别是老年人发展的问题，人格的发展并不只是孩子的事。

  其实这时，叙事的重心已从孩子转移到了老年人身上。在叙事情境中，老人像是一个景仰者，目光追随着孩子，带着惊叹、赞美或是更为复杂的心情注视着他们的一举一动，而孩子在这个过程中，对此是完全无知无觉的。这些孩子，与张炜的《一潭清水》中的小林法、《海边的风》中的细长物有着类似的叙事功能。小林法和细长物是没有来处的两个孩子。小说没有交待他们的父母是谁，家庭生活如何，是否上了学，总之，关于他们的一切，都是模糊的，这是两个没有历史的孩子。他们在小说中，既作为人物存在，同时又被符码化了。水性极好的小林法和西瓜地中央的那一潭清水是饱经沧桑、孑然一身的徐宝册超越既定现实利益的寄托；而细长物既连接着老筋斗的过去（细长物数次问起老筋斗海妖的事，小说每次都从细长物的"问"插入壮男和小红孩的故事——在结构上可以看成是老筋斗的回忆——也是老筋斗深藏于心的往事），又连接着海边村庄——与老筋斗生活的海边相对立的现实，老筋斗对村庄的了解，多来自这个孩子。老筋斗的一生，是现实与梦幻不断交战的一生，从青年时代带着小红孩逃离罪恶、拥挤的大都市，到在丛林中打猎为生,"出世"让这一对恋人终成眷属,但同时也陷入了生活的艰辛,在漂泊的大海上将要临产的小红孩因为耽误了就医撒手人寰,这些又常常让老筋斗陷入"入世"的痛苦与矛盾中。这个内心始终经历着理想与现实的冲突的人就这样从青年时代的"壮男"变成了孤单寂寞的老筋斗。海边的生活富足自在,但是老筋斗又盼望着村里有人来做伴。这个时候,孩子细长物实际上成了现实(进入人群)与梦幻(远离人群)的中间环节,成了老人"打通"现实与梦幻这两种看来水火不容的境界,并在其中出入自由的纽带。

这二十年来的小说在处理老人与孩子的关系时,时代、尘俗生活细节往往是被虚化了的,除老人、孩子之外,小说中的其他人是隐隐绰绰的。或者说,故事发生的场所总是远离"人的社会",而往往与大自然接近:僻静的山林(《青金草》)、初冬的江边、废弃的碗窑遗址、远离人群的金坠儿岛、峡谷里的辉煌波马、渺无人烟的豹子沟、西瓜园里的瓜棚、潮涨潮落的海边……这种日常生活的"缺席"或"虚化",使小说中的老人和儿童获得了象征性,个性或个人的生活不再是他们的指认标记,他们的存在具有了绝对的价值。他们代表着两种理想的生命状态,儿童与自然"同构"、老人与经验"同一":一者睿智、深邃;一者自然、简单。这两种生命状态相互比较、对照、映衬,彼此从对方身上汲取力量,寻求互补,共生共存,缔造一个生存的"神话"。张承志的小说《辉煌的波马》以更为鲜明的方式演绎了这一"神话"。

在这篇小说中,无论是天真未凿的孩子,还是心中有着深藏不露的阅历的老人,都是辉煌波马的一部分。三岁的阿迪亚和碎娃子,一个生在厄鲁特人家庭,一个生在甘肃人家庭,毗邻而居的两家人互不通语言,却自然融洽地生活了许多年,两个咿呀学语的孩子各自操着自家的语言,却是两家交流的纽带。语言,这个人文世界的最基本象征(条件)在这里成了可有可无的东西,人与人交流不再依赖语言,依赖的是波马辉煌的自然、是波马的洁净。面对这样的自然,心里有着一个海的碎爷在长流水里沐浴、在洁净的波马洗礼,无论是曾经造反举义、背井离乡、冤狱折磨,碎爷一概不谈,他也用不着一片白纸证明自己。

语言、白纸片(平反安抚书)这些人文世界的"语义素"在这里统统被"解构"了。山川树木、朝阳夕日和孩子,面对这些大自然的元素,来自峡谷外的叙述者也获得了精神上的净化。在老人与孩子的生存神话中,一种以自然化解、包容经验的理想得到了极度的肯定。

孩子与父辈:生存的悲剧

老人与孩子是祖辈与孙辈的关系,他们从彼此的存在中汲取着力量。那么,孩子与作为父辈的成年人是怎样的同行关系呢?萨特这样说过:"在父辈与子女的斗争中,孩子和老人常常结成同盟:前者发布神谕,后者加以解释。大自然说话,经验翻译;成年人只好闭上嘴巴。"[1]在萨特看来,"对抗"是父辈和子辈们不可抗拒的命运。小说中,孩子的确常常起着试金石的作用,世态的冷热炎凉、人心的善与恶统统经过孩子展开、过滤。在这个过程中,成年人往往是作为对立物在小说书写中存在着,受着检视。在成年世界的挣扎中,孩子们依靠的是他们脆弱然而柔韧度无限的承受力。并没有老人与孩子结成同盟,被要求闭上嘴巴的可能不是成年人,而是孩子。比如,那个被称为"杂嘴子"(杨争光《杂嘴子》)的孩子。

这个不谙世故的孩子总是在"不恰当"的场合说一些"不恰当"的话。

他看着黑三做活儿,看着看着,嘴痒痒了:"三爷,你家的木头哪里来的?""买的么。"黑三回答说。然后孩子又说:"我听村长在喇叭里说,水渠岸上的树让人偷了,我看你和二叔在水渠岸上转悠过几回,怕是偷来的?"心虚的黑三立时脸红脖子粗,于是到处给人

---

[1] [法]萨特:《词语》,潘培庆译,三联书店(北京)1989年版,第18页。

说,张清林家的二窝子是个杂嘴子,话比屎还多;在乡政府办公室,乡长正在大讲不准在村上"死吃大喝",孩子却突然插嘴,说刘干事在吉祥村大喝其酒,乡长用夸张的大笑掩饰尴尬,孩子则被母亲狠狠地踢了一脚。孩子的父亲因贪污被抓走后,母亲就千叮咛万嘱咐叫他少说话甚至不说话,甚至把家中的不幸:丈夫的被捕、大儿子的退婚,都归之于他的多嘴多舌。孩子被关在门外、被禁止说话,沉默使之一病不起,产生了癔症。成年世界的软弱、畏缩和混乱让这个不通世故、随心所欲爱说话的孩子闭上了嘴巴。然而,小说是以这个孩子作为叙述者的,这使得"闭上嘴巴"的过程同时也是孩子"我"争夺话语权的过程。

可是,大多数孩子却没有"杂嘴子"的这份"幸运"。在小说中,他们常常没有说话的机会。

正午时分,穿着脏兮兮衣服的饥饿男孩瞪着黑亮的眼睛注视着水果贩子孙福(余华《黄昏里的男孩》)。可是,站起来,拿秤杆,称苹果香蕉,收钱,找钱,日复一日、年复一年保持着这些姿势的孙福已无力承受这样的目光。当孩子又黑又长的指甲碰到了一只红彤彤的苹果,孙福立刻像赶苍蝇似的挥挥手:"走开!"孩子缩回黑乎乎的手,晃动着两条手臂向前走去。孩子的头颅在瘦小的身体上显得很大。这孩子从哪儿来?要到哪儿去?没人知道,也没人关心。可孩子对大人抱了多大的希望啊!所以,当男孩再次回到水果摊前,那一声清脆的"我饿了"所获得的回应是孙福皱着眉的一声响亮断喝——"走开!"——时,孩子吓了一跳!一次:"我饿了。"——"走开!"又一次:"我饿了。"——"走开!"清脆和响亮交替着,搅动起令人心碎的氤氲。

被饥饿完全占据的男孩乘孙福不注意,抓起一只苹果跑去。一只小小的圆苹果。然后——

> 追上来的孙福挥手打去,打掉了男孩手里的苹果,还打在了男孩的脸上,男孩一个趔趄摔倒在地。倒在地上

的男孩双手抱住自己的头,嘴里使劲地咀嚼起来。孙福听到了他咀嚼的声音,就抓住他的衣领把他提了起来。衣领被捏紧后,男孩没法咀嚼了,他瞪圆了眼睛,两腮被嘴里的苹果鼓了出来。孙福一只手抓住他的衣领,另一只手去卡他的脖子。孙福向他喊叫:

"吐出来!吐出来!"

很多人围了上来,孙福对他们说:

"他还想吃下去!他偷了我的苹果,咬了我的苹果,他还想吃下去!"

然后孙福挥手给了男孩一巴掌,向他喊道:

"你给我吐出来!"

男孩紧闭鼓起的嘴,孙福又去卡他的脖子:

"吐出来!"

男孩的嘴张了开来,孙福看到了他嘴里已经咬碎的苹果,就让卡住他脖子的手使了使劲。孙福看到他的眼睛瞪圆了。

然而,惨剧才刚刚开始。

男孩完全处于孙福的控制之下了,围观的人们漠然地看着,抽象冷硬的道德准则成为孙福的暴力、人们的冷漠的屏障,孙福抓住男孩右手腕,另一只手将他的中指捏住,然后对四周的人说:

"要是从前的规矩,就该把他这只手打断,现在不能这样了,现在主要是教育,怎么教育呢?"

孙福看了看男孩说:"就是这样教育。"

接着孙福两只手一使劲,"咔"地一声扭断了男孩右手的中指。男孩发出了尖叫,声音就像是匕首一样锋利。然后男孩看到了自己的右手的中指断了,耷拉到了手背上。男孩一下子就倒在了地上。

孙福对四周的人说:"对小偷就要这样,不打断他一条胳膊,也要拧断他的一根手指。"
再然后——

> 秋天的阳光照耀着这个男孩,他的双手被反绑到了身后,绳子从他的脖子上勒过去,使他没法低下头去,他只能仰着头看着前面的路,他的身旁是他渴望中的水果,可是他现在就是低头望一眼都不可能了,因为他的脖子被勒住了。只要有人过来,就是顺路走过,孙福都要他喊叫:
> "我是小偷。"

"我饿了"、"我是小偷"是这个阳光灿烂的下午男孩的全部言语。孙福坐在椅子上,心满意足地听着,那只苹果的损失已无关紧要。孤立无援的孩子,满足了这个曾经儿死妻逃的水果贩子内心深处的复仇意识,孩子一无所知,在阳光里张着干裂的嘴唇,一遍又一遍地喊着"我是小偷",来来往往有多少人经过,有多少人在孙福站、称、接钱的姿势中提着水果离去!直到水果摊打烊,男孩才得以脱身。人们看到他慢慢向西走去,右手折断的手指已经翻了过来,和手背靠在了一起。男孩消失在黄昏里。

一只折断的手指伤痛地从四个手指中凸出出来,指向七零八落、溃不成形的人性碎片。然而,如果说一只小小的圆苹果可以成为成年人肆虐的借口,八岁的阿义(莫言《拇指铐》)又惹了谁呢?

阿义奔跑在为卧床不起的母亲买药的途中。"我跑着去,跑着回",这是孩子对母亲的承诺,是对生命的承诺,也是对自己未来生活的承诺。当赤红的太阳迎着阿义幼小的面庞缓缓升起,他已经跑出了药铺所在的八隆镇。阿义"提着两包捆扎在一起的中药,像提着母亲的生命"。这个叫阿义的孩子,怎么知道自己会被"不义"困在中途!路过翰林墓时,他不过是向坐在石供桌边上的一男一女投去了无意的一瞥呀！可是这一瞥,或许在那有着高大身躯的男人看来,窥破了什么不可告人的秘密,或许仅仅是出于百无聊赖的厌倦,于是,阿义救命的药散落在地上,哀求的声音被置若罔闻,他的小手被紧紧攥住,那个精巧、坚固、美国造的拇指铐出场了,它冷冷地箍住了阿义的左右拇指,这个无辜的孩子就这样被牢牢地捆在树旁。

然而,才刚刚开始。接下来的时间,不时有农人经过阿义身边,有男有女,有母亲有父亲,他们好奇、同情、怜悯,还有一个背着婴儿的女子喂了阿义半茶壶水。可是这同情这怜悯受到了考验,它们空洞抽象,飘浮在半空中,不指向任何具体。因为,没有人倾听阿义的委屈、悲诉、恼怒,从朝阳初升,到月光如水。人们被日常生活的繁复捉弄得疲惫不堪,他们拒绝追问,甚至不知道"追问"。这是这些来来去去的大人们麻木冷漠的藉口吗？"翰林墓"这个名字意味深长,一位论者指出:"翰林墓地这个巨大的场,这场事件的发生地,又在反讽和象征着什么？一个民族传统文化的死亡,一种传统文化中'义'的死亡。"[①]这个叫"义"的孩子确实是被缚在墓地树旁的。而那一副为现代文明精巧磨制的拇指铐当仁不让地充当了这一场"死亡"的工具。绝望的阿义咬断自己的拇指,挣脱了这个恐怖的工具。但他随即昏死过去,幻觉中他感到有一个精灵一样的孩子从自己的身体飞出来,向着病重的母亲跑去。这个幻觉的孩子是被赋形的"义"吗？他从孩子身上诞生,也托身孩子的形体,他将要去完成阿义的愿望。

那只伤痛的手指再次出现。我们听见文字背后,小说家一声悲叹。这一只柔弱的断指在时代、地点其实都并不确指的叙事情境中孤立出来,在人头攒动的冷漠之林中测试着人心善与恶的深

[①] 何向阳:《12个:1998年的孩子》,见张炯编:《第二届鲁迅文学奖获奖作品丛书:理论评论》,华文出版社2002年版,第62页。

浅、长宽、极限与底线。

在小说中,阿义和"黄昏男孩"都处于极端化的处境中,他们是从"外"被表现的。这个"极端化",不仅指他们在叙事情境中处于"极弱"的一端,也指事件发生的"即刻性"、出乎意料性以及无理性。叙述者避开了明显的道德判断,在平静客观的叙述中,阿义束手无策的被困和"黄昏男孩"近乎羔羊般的被罚,显得突兀醒目。但同样处于"强"与"弱"的对立中,莫言笔下的阿义与余华笔下的"黄昏男孩"却有着不同的指向。"义"这个名字和"翰林墓"这个地名所包含的古老文化内涵、精巧的拇指铐所蕴藏的现代文明,以及事件发生背景的难以落"实"性,使得阿义和翰林墓男男女女的冲突实际上成了一种古老文化在文明发展的进程中,其内部发生的分崩离析的断裂的象征;而当"黄昏男孩"耷拉着被折断的手指走向不知名的远处的时候,小说插入了孙福早年妻逃子死的不幸经历,似乎要为水果摊前他的残酷冷漠寻找一个"伤心"的理由,这使得"黄昏男孩"和孙福的冲突,越过了道德伦理的层面,指向了人的生存。生存是一种权利,生存更是一种不可避免的苦难。不是衣食无着的苦难,而是心灵的苦难。而孩子,正是"通过成年人认识到苦难的"①。

我们无法在小说中看到"黄昏男孩"(也包括阿义)内心世界的展示,但是这种苦难的认知必定在他们内心深处萌生、发展着。在成人世界争夺生存权的过程,其实也是孩子们逐渐退缩到自己内心深处的过程:男孩孙光林(《呼喊与细雨》)、建设(瓦当《逃离临河镇》)、女孩妖妖(王小波《绿毛水怪》)等孩子在与以父亲权威或老师权威为代表的成人世界的冲突中,所感受到的正是自己的内心与外部世界的冲突,是孩子的自我想像与由(成人的)社会舆论所

---

① [法]加斯东·巴什拉:《梦想的诗学》,刘自强译,三联书店(北京)1996年版,第124页。

建立的现实之间的冲突,他们被这种冲突一点点分裂。于是,只有村外的池塘是孙光林获得内心平静的地方;男孩建设试图以逃离临河镇寻得解脱;而女孩妖妖则潜入深海,变成了另一族类,拒绝再与人类为伍……在这些心灵的孤独中,孩子们的苦恼获得了一定程度的缓解。

然而,无论孩子们的这些经历如何"丰富多彩",始终包含着一种可以称之为"恐惧"的内在纬度。它是在体验生存苦难的过程中,个体的、具有更高价值的东西不得不沉入普遍的、一般的或更低价值的东西中的有意识(对小说家和读者)或无意识(对叙事情境中的孩子)的感受。歌德曾经说:"恐惧是一种至善。"对孩子与成年人的冲突的小说书写,在一定程度上,是以证明这个"至善"为中心的,"冲突"本身成了小说家在作品中"推进生存权利的切入点"。[①] 这样,胆怯的儿童就成了那个人的或更高价值的载体,而庸常、琐碎、冷漠的成人世界则是普遍的或更低价值的载体。

第五节 神秘的儿童

在儿童与成年人的同行中,有一种冲突以并不激烈、甚至不易察觉的方式始终存在,这种冲突的内在纬度是时间。是在时光的流转中,儿童对生活的感受能力和成年人感受能力的错位:在每年一次的"洗尘"中一直用父母或奶奶用过的水洗澡的天灶这一年坚持要用清水洗尘,让大人们觉得不可思议(迟子建《清水洗尘》);糖官对二胡的痴迷是村里人打趣的对象(李亚《被胡琴燃烧》);在别人家的葬礼上因为听到高遏如云的乐声而泪流满面的高妮让父母尴尬不已,对她加以斥责(刘庆邦《响器》)……不过,这种同行关系在小说中,表现的重心已经从冲突本身转向了孩子:被胡琴燃烧的

[①] 谢有顺:《话语的德性》,海南出版社2002年版,第275页。

糖官,住在牛棚里与牛心灵相通的宝坠(迟子建《雾月牛栏》),沉浸在高遏入云的乐声中泪流满面的高妮,在动物园里与猴子一唱一和却拒绝与人交流的天才小画家漠北(赵凝《大家》),步行在看传说中的蛇展途中的金良和刘健(朱辉《看蛇展去》),以及那三个在静谧的午后田埂上野烧的男孩(刘庆邦《野烧》)……这些孩子的世界是"封闭"的,是一个个独立自主的儿童世界,其上笼罩着神秘的气息。"神秘"是因为,当我们面对这些孩子时,会产生"解释"的困难。成年世界的逻辑难以在其中运行。这些孩子向被现实重重包围的成年人传达着不可思议的信息。在他们令人惊异的生命体验中,蛰伏着某些已被成人遗忘的人之初的神性和灵性的因素,他们在小说中的存在,代表着对日常生活的诗性超越。

被音乐燃烧

音乐,是最具形式感的艺术,它能够唤起人身上瞬时的痛苦和欢乐。而儿童对这种艺术形式的领悟能力,是超乎成年人的想像的。葛庄人人爱听老斜眼的琴声(李亚《被胡琴燃烧》),这个每年正月初六这天到葛庄串春拉曲的孤寡老头的琴声让农闲之余的葛庄人心动不已,可是这种"听"从未忘却日常生活,它不过是一种娱乐。即使是老斜眼本人,拥有的也只是炉火纯青的技巧。所有这些人,因此不可能理解十四五岁的糖官的痴迷。这个葛庄有名的"日怪的戏迷"把琴声唤起的"瞬时"延长了。当琴声渐渐淡去,糖官看见了另一种东西,一种他说不清的东西"在弦上跳动着。那东西一忽儿变成方的,一忽儿变成长的;一忽儿变成红色的,一忽儿又变成蓝色的。它浑身上下闪着金光,上下跳跃来回奔跑"。

这是缪斯之神对一个孩子的垂青。它让糖官的心缩成了一颗青杏。他想要抓住这个又会跳又闪光的东西,给每个人看看。可是糖官的追逐之路被失落、痛苦、绝望纠缠着,在经历了老斜眼的溺水、葛六指头的捉弄、村人的嘲笑之后,糖官以一只断指的代价重新将胡琴抱在怀中。"胡琴成了他身上的一个器官,从那里发出的一种像快活的潮水似的力量推托着他,使他感到自己的身子飞腾起来。"一种无形的声音化为可见的形象,一件有形的乐器化为无形的感觉,糖官被跳动、闪亮的缪斯熔化,在音乐中涅槃。

糖官对音乐的感受,是以孩子具有的灵性为依据的,这种灵性是人的一种内在感受性,依赖它,孩子看到了不可见之域的东西。它也使得一切平庸、社会化的东西在沉浸于艺术的过程中,变得无足轻重,无论音乐在世俗生活中被人赋予了怎样的仪式性,即使是葬礼上的响器班子(刘庆邦《响器》)。"响器班子"这个通俗的带着江湖气息的命名,在其演奏中,因为有孩子的在场、有孩子的"听",而将它赋予其成员、其行头的某种阶层的低下性剥落殆尽。当响器中的大笛响遏行云的歌哭也吸引了不少与死者不相干的庄人看热闹时,小姑娘高妮对那简单而美好的乐声作出反应的时候,却凝聚了天性中全部的优秀品质,热情洋溢。她会在古朴单纯的低音中听到旷野的哀伤,会在直冲云霄的强音中泪流满面,麦浪的起伏波动是随着响器的韵律大面积起舞,一切,在高妮的眼中,这时都变得敏感起来:不仅麦田,还有河水、河堤外烧砖用的土窑、坟园里一向老成持重的柏树等等,"仿佛都在以大笛为首的响器的感召下舞蹈起来"。

甚至在高妮脑海里余音袅袅的想像中,大笛的音响也幻化出一幕幕有风有雨、有人有物、有洒脱有张惶的景象。这些应和着乐声的想像,始终贯穿着孩子对靠天生存的庄人无限的悲悯:

  大笛响起来了,满地的高粱霎时红遍,它与天边的红霞相衔接,谁也分不清哪是高粱,哪是红霞,哪是天上,哪是人间。然而好景不长,地上刮起了狂风,天刚下起了暴雨。那风是呼啸着过来的,显示出无比强大的吹奏力。地上的一切,不管是有孔的还是无孔的,疾风都能使它们发出声响。屋顶的茅草被卷向空中,发出像是雨燕的叫声。枯枝打着尖利的口哨。石磙发出的声音闷声闷气。

土地的声音跌宕起伏,把历代刀兵水火的灾变性声响都包括进去了。大风把成熟的高粱一遍又一遍压下去,倔强的高粱梗着脖子,一次又一次弹起来。高粱对陡起的大风始终持欢迎的态度,高粱叶子不断哗哗地鼓掌。红头涨脸的高粱穗子是把酒临风的诗人风度,一再欢呼:好啊! 好啊! 暴雨显示的是快速打击的力量,谁敲梆子也比不上暴雨敲得快,再密集的鼓点也不及雨点密集度的千分之一。这还不算,暴雨的声响带有上苍的意志,唯我独尊,是覆盖性的,它一下来,地上的万物只得附和它。暴雨下了几天几夜,红薯被淹没了,谷子被淹没了,地里的白水浸浸,成了一片汪洋。这时候,高粱仍有上佳表现,举出水面的高粱如熊熊燃烧的火炬,暴雨不但浇不灭它,经过暴雨的洗礼,大片的高粱简直成了火的海洋。可是,人们吃不住劲了,纷纷扎起木筏子,一面饮泣,一面从水里捞谷子,捞豆子……高妮脑子里的大笛响到这里,眼泪又禁不住滚落下来。

……

高妮痴迷的想像,为日常生活中的一切罩上了诗性的光环,但是从未在这一光环中让受制于大自然的农庄生活轻飘飘地脱离土地。当糖官在拥抱胡琴中感觉腾飞时,完成的是对庸常琐碎的超越;而小姑娘高妮在为音乐声中幻化出的农人的无可奈何而泪流满面时,完成的却是一种更为深刻的神性超越。

乐声在孩子们的迷恋中进行着从无形到有形,从有形到无形的流转,它已经变成了一种无限的事物。而无限中正包含着神性。"神性的因素就是这样给定的"[①]:想像、幻想、直觉以及纯粹的爱。音乐对孩子不可抗拒的召唤力,成了小说家证明这些神性因素存

[①] 荷尔德林语。转引自刘小枫:《诗化哲学》,山东文艺出版社 1986 年版。

在的过程。

"在路上"

通过音乐这种高度形式化的艺术,孩子身上那些超凡脱俗的神性因素似乎变得易于捕捉。然而,去看蛇展的金良和刘健(朱辉《看蛇展去》),准备在田埂野烧的金板、来云、水生(刘庆邦《野烧》),打算横渡长江的"我"、四毛、小宝(宋元《横渡长江》)等孩子,他们虔诚的灵魂在赋予生活中所有细微、有限、无足轻重的东西自己的价值的同时,他们的方式、行为本身,就在诉说着一种哲学,一种本真的、身体力行的,满足于最微小快乐的、同时又高贵尊严,包含着"真正伟大和有人性东西"①的哲学。小说以"在路上"的模式叙述着这些孩童的"哲学"。

"金良和刘健商量好,打算看蛇展去。"

远方的蛇展,因为他们曾经读过一本《谈蛇》的书,知道了世界上有那么多蛇,知道在遥远的东边的海岛上有一个蛇岛而变得诱惑十足:"看蛇展去!看蛇展去!去看看那些从未见过的家伙!"强烈的愿望催促着他们,使他们一分钟也不愿意再等。于是,孩子们上路了:徐扬庄、陆荡村、元友村……传闻中有蛇展的稻乡就在他们脚下这条路上。徐扬庄静悄悄的田野、水塘里巴掌大的鲫鱼、在风的推动下波浪起伏的麦子、河中岸的水蛇、清清爽爽的陆荡村、在温温阳光照耀下微微发红的芦苇、野鸡那彩虹似的尾迹、顽皮的大头小孩、榆树梢上的喜鹊窝、突突开过来的"电影船"、黑夜中徐徐转动的风车……这路上的一切都进入了孩子们的眼中,他们体味着这一切带来的感动、欣喜、乐趣以及回忆,而那个蛇展不断推后,似乎只是使边走边看的孩子们保持着一种温温的兴奋。从正午到日暮降临,三十五里路,当稻乡的光芒终于掀开黑色天幕的一

---

① [德]尼采:《历史的用途与滥用》,陈涛、周辉荣译,上海人民出版社2000年版,第5页。

角时,两个十多岁的少年,终于到了!

叙事到了这里,那个蛇展是不是真的存在,或者办蛇展的人到底走了没有、他们将要到哪里去,都已经不再重要。"蛇展"只是一个引子,只是为两个孩子展示他们新鲜活泼而且一点也不疲惫的精神提供了可能。

一个总是被推后的目标、几个边走边看的孩子,路上的琐碎细微的描述,这就是"在路上"的模式。它构筑着"行动"的美学,这是为闷头赶路的成年人所不能体会的美。刘庆邦的《野烧》中的那三个"在炊烟飘香的正午","悄悄来到村外麦秸垛头聚齐,而后沿着田间小路,大踏步向原野深处走去"的男孩,赋予了"在路上"新的含义。"在路上"不再是行走,而是三个孩子为在田埂上野烧红薯所作的准备:寻找合适的烧坑、扒红薯、搂豆叶,在等待红薯烧熟的当儿仰望高空中不散的烟缕,回想春夏秋冬在田野里的游戏。"烧好的红薯"这一目的同样被推后。小说在聚焦于孩子们的"在路上"事件时,又夹杂着对农人生活喜怒哀乐的叙事。正午田野的静谧和孩子们认真的野烧形成了一个有限的但是弥散着某种理想的环境,这个环境被放在村子里大人们的日常生活的结构中,一种张力产生了。但是它并不激烈,而是在舒缓悠然中显示了"在路上"的价值。至于那几个从长沙搭车跑到武汉学习毛主席横渡长江的孩子(宋元《横渡长江》),在途中互相帮助、互相慰藉以及投入其中的最纯粹的热情,已经完全剥去了那附着在同样追逐领袖行为的大人们身上的狂热的荒谬与可笑。

"在路上",开始是怎样的已不重要,结局怎样也不重要,重要的是"在路上"的孩子和谐的精神和感觉所产生的美。那是一种被生活中的细微简单所感动的能力,这种美、这种能力,"小孩能看见,他(指成年人——笔者注)却看不见;小孩能听见,他却听不见。这种东西才是所有事情中最重要的。因为成人不能理解这种东西,所以说他的理解力比小孩子的理解力还要幼稚,比简单本身还要简单,尽管他羊皮纸似的面容上有着许多聪明的皱纹,他的手指在解结时灵巧伶俐。他已经失去或破坏了他的本能"①。在尘世的生活中,大人们的心已经被磨得粗糙,他们不再能够感受细微,更不能理解,所以,金良和刘健不得不瞒着父母和老师偷偷上路;金板和来云等三个孩子更不敢告诉大人们他们的行踪,因为村里祖祖辈辈的人一直认为"一到晌午时刻,小鬼就该出动了"。他们不主张这个时刻到田野去,"以免冲撞了小鬼儿。若撞着了小鬼儿,后果就严重了。"而孩子们正是知道了这种说法,才正午时刻到田野里来,"他们故意和小鬼儿们搞点对立,乐意冒一点险"。

　　因为相信,孩子们凭一句传闻就可以踏上看蛇展的路,就可以在晌午的野地、宽阔的长江上展示自信的个性;他们相信山那边真的有仙女(张炜《仙女》),相信自己真的见到一只百年不遇的白狐(漠月《白狐》),相信在与一只恶狼相遇而侥幸逃生后还能坐在家中吃一顿热热的晚饭是一种满足,而根本不在意大人的漫不经心(王怀宇《女孩》)……而那些被过量的经验、沉重的历史压得直不起腰来的大人们成天为衣食挖空心思,已听不到内心的声音。在他们的内心世界里,杂乱无章地充斥着无法感受生活的细微之处、神秘之处的教条。这些孩子同样也提醒着文本之外的我们,那种"非历史的感受生活的能力"也是一种权利,只是这种权利,不是通过孩子们在与成人标准的抗衡中获得的,而是在他们认真执著、自然天成的身体力行中彰现着。

　　有关这些孩子的叙事,从某种意义上说,是作为成年人的小说家与过去的时光抗争的一种方式:在时光的雾霭中,儿童让已经长大的成人感到陌生。在儿童的身上,虽然有着人的所有可能性,这

---

① [德]尼采:《历史的用途与滥用》,陈涛、周辉荣译,上海人民出版社2000年版,第35页。

些可能性中的一些将在未来的成人身上得以展现,更多的却会在成长中被遗弃。正如语言的学习是一个从幼儿所能发出的声音中进行排除和选择的过程一样,人的认知和情感的发展也是一个"缩减"的过程。

这个"缩减"的过程,最终会产生对童年状态的"遗忘"。这种现象,被现代心理学家们称为"童年遮蔽":"童年以后的各种强烈的力量一直在塑造着我们童年经验的记忆容量——可能也就是这种力量的作用,使我们无法理解我们的童年岁月。"① 更关键的是,"当我们长大了以后,即使我们可能觉得自身拥有足够应付的有机资源,但来自社会生活的利益也会以多种方式驱使着我们,以至于我们要被迫限制自己。于是,在我们强加于自身的那些约束中,又添加了这些源自外界的约束。我们的印象具有了社会生活加诸的形式,但却以丧失部分实质作为代价。"②

这些神秘的儿童所展示的正是"这部分丧失的实质",他们的"故事"揭示出生命中某些纯粹的东西。

---

① [奥]弗洛伊德:《日常生活的病理学》,彭丽新等译,国际文化出版公司2000年版,第50页。
② [法]莫里斯·哈布瓦赫:《论集体记忆》,毕然、郭金华译,上海人民出版社2002年版,第86~87页。

第二章
话　语

　　我注视你在注视我：我的眼睛
　　　不知从哪儿升起
　　　达到我的面孔的表面
　　　带着湖的鲁莽的眼神
　　　　　——[法]伊万·戈尔《神奇的圆》

第一节　童年修辞

　　在序章中,我曾指出,本书所说的"中国小说"是不包括写给孩子们看的儿童小说的。"非儿童本位"的写作立场,经验儿童与小说儿童之间"想像"沟渠的存在,使得小说儿童所体现出来的感知方式、认知方式以及所持有的伦理价值观等等,都是成年人的某种设定。所以,小说儿童也是一种叙事策略、一种话语方式。从这个意义上说,儿童在小说中的存在,是"修辞"性的。萨特曾经说过:"一种小说技巧总与小说家的哲学观点相联。"① 技巧可能仅仅是刻意标新立异的游戏,然而,假如一种技巧不是个别现象,而成为

---

① 《萨特文论选》,人民文学出版社1991年版,第44页。

不同风格、不同题材作品的共同"成分"时,的确体现了某种哲学意蕴。在本书中,就一定的叙事情境总有儿童的身影而言,不妨将这种修辞性称为"童年修辞"。"修辞"意味着小说儿童在叙事文本向读者(隐含读者)传达知识、情感、价值和观念时起着一定的作用,也意味着其自身在这个过程中的主题化。

人物充当小说的叙事策略,可以通过以下两种方式完成:

一是其"个性化的视角"。

"视角是第一或第三人称叙述中叙述者注视人物和人物互视的角度。"①其中包含的视觉概念,指的是"理解力的具体化"②。人物的个性化视角有两个"所指":(1)叙事时采用该人物的视觉角度,它直接作用于预备叙述的人、事、物。"个性化"意味着它表达的是承担视角的人物的独特体验。(2)该人物充当叙述者,在叙述时通过文字表达或流露出来的立场观点、语气口吻等(这是叙述学所说的"叙述声音")。它们可能是小说价值体系的组成部分,也可能是对这一价值体系的偏离,或者在小说的多个价值体系中,与其他价值观构成"对话"。当叙事的重心从被叙述的事件转向这一人物时,人物视角的"个性化"最终会参与小说的主题建构。

二是其"意象化行为",或人物本身成为"意象化人物"。

"意象化行为"是指人物的某些具有象征、隐喻意味的行为。比如卡夫卡《变形记》中的主人公变成大甲虫这一行为。有时,小说中存在这样一些人物,他们并不具有心理纬度,不能用传统理论的"形象"去称呼。比如余华《呼喊与细雨》中的"黑衣人"。这些人在叙事情境中的出场往往是稍纵即逝,却对叙事起着串接、点缀或升华的作用,并凸现着小说的某一主题。这些人物,就是"意象化人物"。

---

①② [法]保尔·利科:《虚构叙事中时间的塑性》,王文融译,三联书店(北京)2003年版,第165页,第177页。

20世纪以来的现代小说,一个重要的叙述学标志就是人物"个性化"视角的采用。在这二十年间中国小说的形形色色的人物视角中,儿童视角是一个突出的存在。从叙述学的角度来看,它主要有以下几种分布形态:

1. 第三人称叙事中,儿童的固定性的有限视角。比如郝伟《荒诞的背景》中"孩子"的视角;刘西鸿《自己的天空》中女孩宝珞的视角。

2. 儿童既是叙事的主人公,又是叙述者的第一人称叙事中,"我"正在经历事件时的视角。比如范小天《儿童乐园》、《扑朔迷离》,陈予《我们走在大路上》、丁小琦《我要剪手工》中的孩子"我"的视角。

3. 儿童是叙述者,但不是叙事的主人公,然其观察位置处于中心的第一人称叙事中的"我"正在经历事件时的视角。如莫言《一匹倒挂在杏树上的狼》中男孩"我"的视角。

4. 儿童是叙述者,但不是主人公,并且在叙事情境中处于边缘的位置(叙事情境中的人、事与之不发生行动上的"纠葛"),仅仅是一个见证人的第一人称叙事中"我"的视角。如王彪《在屋顶飞翔》中的男孩"我"、莫言《球状闪电》中"妞妞"在叙述时的视角。

5. 第一人称回顾性叙事中的儿童视角。这主要存在于有关"童年回忆"的叙事中。儿童视角和成人视角不断在历史时间、个人时间、自然时间之间转化,使叙事获得了时间的厚度。

这些形态中的儿童都是"角心儿童"。叙事要么以其眼睛去观察、感知世界,要么她/他同时也是叙述者,通过叙述时的语气口吻、流露出来的观点立场来描述、评价世界,小说的叙述调子、语言、结构、意识、价值倾向等都受制于"角心儿童"的"看"或"说"。"角心儿童"在一定程度上是小说的叙述主体的体现者。

从当代小说的发展来看,"角心儿童"的频频出现不是偶然的。当代小说的基本倾向是:从现实再现到个人想像;从整一到断裂;

从"外"到"内"。这一倾向在具体文本中的最明显的体现是叙事情境的非经验色彩增强、叙述的限知视角、内视角增多。儿童视角、儿童叙述者就是在这一背景下繁盛起来的。由于视角儿童的"看"和"说"本质上是一种"拟儿童"的视角和叙述，因此，它们不可避免地为小说增添了"对话性"，多重"声音"的存在很难将小说划入某种单一的伦理、价值和审美框架中，而这一点，可以看成是"断裂"的表现。

当然，"角心儿童"不是在这二十年来的小说中突然出现的。事实上，在过去一百年的文学流程中，无论是作为叙事策略所产生的效果上，还是作为写作主体的小说家在设定"角心儿童"时所呈现出来的对儿童的不同理解和对儿童不同层面的把握上，"角心儿童"都经历了从单一形态到多形态的转变。以评论界颇多关注的20世纪40年代小说中的儿童视角来说，范智红的《平凡生活的复现及其叙事功能——四十年代小说艺术论之一》一文中，对此有概括性的说明："（儿童视角）以特别逼近儿童的心态来还原幼年时期的自我形象，且又试图经由这种还原，来表明一点超出于儿童知觉力的内容。这个变化的意义应该说是颇耐人寻思的。"[①]这个"变化的意义"才是这些非儿童小说中儿童视角的意义所在，就40年代的童年回忆体小说来说，如前文分析中所指出的那样，由于这些作品在情调、氛围上的相似性，这个"变化的意义"是不难加以归纳总结的。在这些作品中，儿童视角的确对生活起着净化、细节化、诗化的作用。这一时期，小说家往往基于对儿童生理的理解，提取儿童在感知上的片段性、细节性来设定儿童视角，而在这二十年来的小说中，随着儿童观整体的历史演进以及对经验儿童的现实性的更深刻认识，笼罩在既往"儿童观"上的理想主义色彩逐渐淡化，"角心儿童"的设定，不仅涉及儿童的感知，更涉及了儿童的认知和

---

① 范智红：《平凡生活的复现及其叙事功能——四十年代小说艺术论之一》，载《文学评论》1997年第2期。

伦理价值层面，再加上"角心儿童"自身在叙事情境中的具体的角色身份，这几方面相互作用，使得"角心儿童"在形塑叙事情境的时空感，传达儿童生活的体验，观察成人世界，以及充当具有审美意义的形式力量等方面，均具有广泛而丰富的价值。这些，是难以以"诗化"一词加以简单概括的。

由于"童年遮蔽"现象的存在，对成人（他们构成了理解世界的常规"视角"）来说，儿童及儿童的世界是一个新鲜而开阔的存在版图。当小说以儿童视角去"透视"叙事情境中的人、事、物时，自然世界的花开花落、流风回雪，人世间的悲欢离合，日常生活的琐碎与崇高，人类生存的状态都可能脱离"习惯化理解"的轨道，呈现出别样的意义。

儿童充当叙事策略的另一个表现是：儿童在小说中的"意象化行为"和"意象化儿童"的出现。如王安忆《小鲍庄》里捞渣的"仁义"所象征的某种古老文化；迟子建《日落碗窑》中那个诞生在碗窑废墟中的婴孩所折射出的生命力的创造与再生；陈书乐《蛛王》中儿童之"恶"所隐喻的某种人类本性；余华《夏季台风》中那个像精灵一样飘荡的星星所映衬的人类存在的荒诞性等等。

这些"意象化"儿童对叙事起着连接、点缀的作用，他们常常与人的哲学存在相连，构成小说主题的另一个侧面。

第二节 小说儿童的"看"

在文字构成的小说世界，"视角"一词只能是理解力的人格化隐喻。它不仅包含了"看"这一视觉行为，也延伸出"听"、"想"等理解行为。儿童视角是以儿童的感知方式、认知方式以及儿童的价值观和精神导向观察叙事情境中的人和事。由于小说本质的虚构性、视角自身的设定性，儿童视角呈现出的特点，是受制于作为写作主体的小说家的"儿童观"的，而这种"儿童观"又受制于整个文化背景下人们对儿童的"共性"的理解。

在逐渐被看成是有别于成年人的特殊社会群体的过程中，儿童也逐渐变成了一个相对固定的文化符码意义上的象征体系。今天，人们已经不否认"儿童"这个概念是处于一定的社会、文化、经济脉络中的。然而，一个具有普遍意义的、超越国家、地域、文化的"儿童"仍然存在。以下这些观念是最常被人们提及的：

首先，儿童是天真纯洁的象征。欧美神话传说中的天使常常以儿童的形象出现，中国传统文化对童心的推崇，都将儿童看成是未被社会、历史、文化浸染或污染的人类原生态的承载体。

儿童是一个人贯穿终生的一种心灵状态，是成年人频频返顾故乡、追索记忆的媒介。儿童曾经是、现在是、将来也永远是我们精神世界的一种"状态"。

儿童也是成年人责任和义务的投射器。在以成人文化为主导的社会中，儿童是弱势群体，他们的生存状态、生活质量反映着成人世界的冷暖善恶。

儿童是生命力和未来的象征。人之初的身份地位，使生活在过去、现在、未来三种时空纬度的人们自然将未竟的心愿以及对未来的憧憬寄托在孩子身上。

……

小说家对上述观念的不同层面的挖掘和把握影响着他/她对儿童视角的预设。然而，承担视角的儿童（角心儿童）并非完全是被动的。小说自身的逻辑、叙事进程的客观要求以及"角心儿童"自身作为具体叙事情境中某一角色的独特性，都会影响到儿童视角的形态及产生的"修辞"效果。

我们先来看三组小说中的儿童视角：

第一组：

1. 莫言《透明的红萝卜》中黑孩的"看"：

  他看到：光滑的铁砧子。泛着青幽幽蓝幽幽的光。泛着青蓝幽光的铁砧子，有一个金色的红萝卜。红萝卜的大小和形状都像一个大个阳梨，还拖着一条长尾巴，尾巴上的根根须须像金色的羊毛。红萝卜晶莹透明，玲珑剔透，透明的、金色的外壳包孕着活泼的银色液体。红萝卜的线条流畅优美，从美丽的弧线上泛出一圈金色的光芒。光芒有长有短。长的如麦芒，短的如睫毛，全是金色……

  他听到河上传来了一种奇异的声音，很像鱼群在喋，声音细微，忽远忽近。他用力地捕捉着，眼睛和耳朵并用，他看到了河上有发亮的气体起伏上升，声音就藏在气体里。只要他看着神奇的气体，美妙的声音就逃跑不了。

  黑孩的"看"充满了色彩感，黑孩的"听"充满了音乐感，细微敏锐。一只放在灼热铁砧上的红萝卜，因为被加热，也因为在周围热空气的快速分子运动的作用下，的确会有透明发亮感，但是这种理性的解释会使得一切奇异都黯淡无光，而这种黯淡无光却是我们面对司空见惯的普通事物、事件的常态视角。孩子的感知激活了一切，使我们有可能透过他的眼睛，发现世界的细微之美。但是在这里，黑孩的视角是被叙述的对象，它的"本真性"、"敏锐性"、"奇异性"其实才是这两段叙述的主旨，"透明的红萝卜"、"神奇的气体"、"美妙的声音"都是为描述黑孩视角的特点服务的。儿童视角在这里展现为一种美感的生命形态。

  2. 王彪《在防空洞》中男孩喇叭的"看"：

  时间一分一秒过去，房里的两个人影无声地活动着，像演木偶戏似的，有些片断喇叭已经看不懂了。比如有一阵子，武装部长让李兰芝躺倒在他的办公桌上，自己小心翼翼地朝她摸过去。他张着两手，像一个瞎子那样行动笨拙,而李兰芝的模样是睡着的,武装部长一次摸到了椅子和桌子的一角,一直摸到李兰芝的身上。不过每每进行到这里,李兰芝总是提前跳了起来,推开马上要扑到她身上的武装部长。这样的结局看上去让武装部长十分不满,两人像争辩似的说了几句,各自回到原先的位置。
……

相似的场景不断重复着,武装部长终于摸到了李兰芝的胸脯,李兰芝一阵挣扎,她没有推开武装部长,滚了一滚,却从桌子上翻了下来,摔在地上。……

喇叭客观冷静地"目睹"了武装部长和李兰芝的这一场景,武装部长按捺不住的欲望、李兰芝既要保护自己又不能得罪权势的小心翼翼是这个还不满十四岁的孩子所不能体会的。喇叭是这一叙事情境的旁观者、局外人,叙述者利用的是他的"看"这一行为,在这里,儿童视角是客观视角,它帮助叙述者在叙述时避开了明确的道德判断,这种完全客观化的效果为读者留下了思索的"空白"。

这一组的儿童视角,前者处于叙事情境层面,儿童的"行动"在所叙的事件、场景中占了较大的篇幅,而后者却构成了叙述主体的一部分,在所叙的事件、场景中几乎没有这个角心儿童的活动,这里的儿童视角可以说是处于叙述层面的。两者的共同之处是它们都只涉及了儿童的感知(仅仅是行为层面的"看"、"听")。

儿童对自然、对生活中的事物往往会作出本能的反应,能够敏锐地感觉到、看到并努力去捕捉那些即将消逝在他视野中的事物,这是一种感性的、直觉的把握世界的方式。以这样的眼光打量自然,自然会散发出新鲜、诗意的氤氲;以这样的眼光观察人、事,人、事的细节在表层的把握下展露无遗。

这一组儿童视角是感知轴上的儿童视角。
第二组:
1. 王不天的《一顶灰呢帽》中,小女孩芬芬遭到了朋友的嘲笑:

> "哼！你爸爸还戴过右派帽哩,你还厉害。"芬芬满心委屈地回到家,指着爸爸带的帽子说:"这个麻包片帽子,你永远也别戴啦!"
> 爸爸不解:"挺好个帽子嘛!"
> "不好不好不好!人家光笑话,说是油……右派帽!"

芬芬把右派帽理解为爸爸头上戴的那顶因天长日久的磨损而变得有些油亮的麻包片帽子。在芬芬的眼中,右派帽是一个可触可摸的实物———一顶麻包片帽子。这种从"精神"到"物质"的转变,是由于芬芬的社会认知不足造成的。在这种儿童视角中,政治运动的严酷、生活的苦难在一定程度上被消解了。

2. 迟子建的《晨钟响彻黄昏》中,男孩宋飞扬"看到":

> 菠萝阿姨难道走了?爸爸在做什么?书房里没有开灯,门也关得紧紧的,我来到门前,门给拴住了,我推不开,我听见里面的床支支地响着,好像两只猫在扑咄扑咄地打架。爸爸和菠萝阿姨在打架?真是可怕。

"打架",这是一个孩子对成人世界的最大秘密——性的认识,因绝对地被排除在这一场景之外,宋飞扬的视角与处于叙事情境层面的芬芬的视角不同,它是处在叙述层面的。孩子是一个旁观者,但叙述不再限于客观的"看",还涉及了孩子对这一场景及场景中人、事的理解。

由于儿童缺乏对外部规范的认识(这种认识遵循的是成人世界的逻辑),使其很少受到这些规范的种种束缚,他们不懂或很少懂得社会的清规戒律,心灵有着很大的自由性,这就有可能使他们毫无顾忌地面对一些成人羞于启齿、难以想像甚至惧怕考虑的问题;另一方面,由于儿童的阅历不足、知识积累不够,对自身及对外部世界的认识又很难从深层上加以体悟和把握,这种认知世界的方式,不同于成年人从社会、文化、历史的角度去理解人、事的因果逻辑、人际的矛盾，而是以全新的方式呈现体验生活的复杂性。

这一组儿童视角是认知轴上的儿童视角。

第三组：

1. 林白《英雄》中的"我"七岁时第一次见到同父异母的姐姐丹娅：

> 那天我正在大门口闲逛，我把双手插在裙子里，若有所思地望着门口的一棵枇杷树，脑子里满是书包和铅笔盒。突然我看见一个女中学生正站在我家看门牌，她理着一头极短的短发，看起来像个男孩。我吃惊地看着她。犀利、神采飞扬、气势十足，这些词用在一个女中学生身上你完全能想像得出是什么样，这就是我第一次见到丹娅时的强烈印象。

"英雄"这个词的全部蕴涵就在这个女孩与丹娅的初次见面中展开了，强烈的印象影响了这个孩子对丹娅的价值判断，这是叙事情境层面的儿童视角。

2. 韩向阳《斑斓的花冠》中的男孩"我"无意中看见了他所喜欢的苏老师和张老师在红薯地里的亲昵行为，然后：

> 当我在放学的时候再次看到张老师面无表情地从校园中穿过时，心中突然充满了厌恶和仇恨。……在走回家去的整个过程中，我都在猜想着张老师是怎样像一个恶毒的强盗那样将苏老师从看电影的人堆中拖出来，粗暴地拉着她通过一片红薯地走进那片槐树林中。我看见穿着浅玉色衣服的她是如何可怜地踉踉跄跄地向前走着，做着无力的挣扎，柔弱的身体如何被粗暴地摔在那条干枯的水渠的黄荆丛中……

"我"因为不了解张、苏两位老师是一对恋人，从而对所见到的情景有了上述理解，同时把张老师看成是一个坏人，对他作出了伦理价值的判断。这里的儿童视角是在叙述层面的,因为孩子本人并未参与到所看到的情景当中去。

儿童不像成年人那样身处一个由习俗、偏见、虚伪以及全盘接受所构成的牢笼中,他们具有某些成年人所不具有的天赋,在对周围的人、事进行价值判断时,充满着纯粹的热情以及童年的坦率和公正,这使他们摆脱了成人世界的利益驱动和复杂性,有可能对世界作出更人性化的判断。

这一组儿童视角是伦理价值轴上的儿童视角。①

儿童在感知、认知和伦理价值取向上的上述特点,是这二十年间中国小说在利用儿童视角达到某种叙事目的时的出发点。然而,作为小说的一种叙事策略,儿童视角的修辞性是"作者代理、文本现象和读者反应之间的协同作用"②。作为写作主体的小说家所设定的儿童视角、视角所"聚焦"的叙事情境以及角心儿童在叙事情境中的具体角色和身份相互作用,激起了对复杂性有着本能追求的读者去探索文本所可能传达出的意义、价值倾向等。显然,读者应当从儿童视角的"所看"即聚焦的叙事情境上去体验这种"协同作用"。这二十年来的中国小说中,儿童视角主要对以下几种叙事情境进行了"聚焦":童年回忆、成人世界、相对独立的儿童世界以及具有审美意义的形式层面。其中,"儿童世界"和"形式层面"往往交织在另外两种"聚焦点"中,所以,下面我们主要对前两者进行分析。

时光之为主角

那发黄的老照片,那残垣断壁的老房子,那弥漫在曾经走过的

---

① 本书对上面的儿童视角从叙事情境、叙述两个层面进行了区分,但这也是为了分析的方便;实际上,在大多数情况下,儿童视角是双重的,既在叙事情境层面也在叙述层面,很难加以区分。

② [美]詹姆斯·费伦:《作为修辞的叙事》,陈永国译,北京大学出版社2002年版,第5页。

路上的老歌。那画面上狭长寂静的城市小巷……如果说，这些20世纪80～90年代以来散发着古老气息的文化意象唤起了人们潜藏于心底的怀旧、伤感，却不免"炒作"之嫌，因而使之带上了"公共化"的色彩的话，那么，小说对童年的书写，则因为其个性化的创作方式，在融入一种时代精神的同时，又超越了这种时代精神，使流风回雪的记忆呈现出斑斓的变化。前文已经指出，"童年回忆"作为一种叙事（情节），在这二十年来的中国小说中非常频繁。

实际上，每个人的一生，可能或早或晚，都会有这样的时刻到来：他/她不断拨开时光的迷雾，重返孩提时代。对童年的记忆，潜藏于男男女女的心底，无论他/她身处何时何地，也无论这记忆是甜蜜、是苦涩还是疼痛。一个历史事件、一种文化嬗变、一次思潮涌动，所能提供的仅仅是童年在文学中"凸现"的机缘以及评论者对这种"凸现"进行阐释的一个出发点。

从一个更广泛的意义上说，书写儿童，书写童年，都是一种回忆，无论小说中是否有明显的回忆视角的存在。只是这回忆者，可能是小说中的一个叙述者，也可能是作为写作主体的小说家。

然而，回忆是为了怀旧，怀旧是为了以回望童年的方式，为已在时光的流转中丧失了确定性和安全感的生存作一次精神溯源。《呼喊与细雨》（余华）的成年叙述者道出了现代怀旧的真正内涵："回想中的往事已被抽去了当初的情绪，只剩下了外壳。此刻蕴涵其中的情绪是我现在的情绪。"无论是对童年的全景扫描还是片断的人、事叙述，家门前那棵大树上青青的香椿芽、箱子底层一幅旧画上血染的小花、黑白皮缝成的阿勒克足球、北方原野上的大木刻楞房子、一条鲜艳的红丝带、一个残疾女孩的吻、一道电影院猩红色的幔帐……这些中国式的"玛德琳蛋糕"[①]一点一点地唤起童年

[①] 法国小说家马赛斯·普鲁斯特在其巨著《追忆逝水年华》的第1卷中，描写了逝去的记忆如何从浸沾了菩提茶的玛德琳（一种蛋糕）的味道里浮现出来。

那静态的美、永恒的美或是锐利的痛、莫名的伤,但回忆者从未忘记现在。"现在"蕴涵着对往事的情感取向。在童年—现在的流转中,我们看到的是时间的力量,是我们的时间命运,因为,"人的情绪、他的烦神和烦忙、他的畏、内疚和良心,所有这一切都包含着时间。构成人类经验的所有一切,都要根据人的时间性来理解:尚未的、不再的和此时此地的。"①在小说中,这种时间感的获得,在很大的程度上,依赖的是成年视角与儿童视角的不断转换所积聚的时间厚度,不过,由于回忆心态的不同,或者说童年回忆机制的不同,儿童视角在其中所呈现的、视角转换所构成的形态也相应有所差别。

这二十年间的"童年回忆"大体上有五种:

(1)在以迟子建的《北极村童话》、李锐的《红房子》等小说为代表的童年回忆中,"童年"是小说叙事的"本事"。

《北极村童话》题首即说:"假如没有真纯,就没有童年。假如没有童年,就不会有成熟丰满的今天。"在这一类童年回忆中,回忆者试图唤起的是"一种树冠抱紧树根的感觉,一种因知道个人成长不仅是主观随意的、也是过去的遗产及其花果而产生的幸福感"②。

由于这种认同感的存在,在小说中,成年回忆者几乎是隐身的,仅以"那时"、"当时"之类的状语表明在场,叙述尽可能地采纳着当年那个孩子的视角与声音。于是,一个淘气的、爱说话的、不爱听妈妈话的孩子、一个充满爱心的孩子跨越岁月的废墟朝我们走来,她告诉我们关于她生活的一切细节:远去的大轮船渐渐像一条小蝌蚪,在奔腾的江里跳跃着;天上缀满了云,雪白雪白的;姥姥家有大木刻愣房子,姥姥是小脚,一走一摇,像是扭秧歌;姥爷珍藏

---

① [美]威廉·巴雷特:《非理性的人》,杨照明、艾平译,商务印书馆1995年版,第224页。

② [德]尼采:《历史的用途与滥用》,陈涛、周辉荣译,上海人民出版社2000年版,第21页。

着一匣子黑西瓜籽,那西瓜是再也不会回来的大舅曾经带来的;小姨的屋子有镜子、香粉和雪花膏瓶,她正忙着"对象";高高瘦瘦、穿黑色长裙的苏联老奶奶孤独地一个人生活着;还有讲故事有一套的侯姥,不爱出来玩的兰兰、小宝,忠诚的傻子狗……所有这些有限的、温暖的、忧伤的、神圣的、卑微的琐碎全都在那种"幸福感"中获得了自己的价值。

在这里,时间是单向度的,叙事利用的是儿童视角在感知轴上的细微敏锐,将记忆中的生活细节化、诗化。然而,成年回忆者虽然在这类童年回忆中不以行动、言语甚至思维显示自己的存在,但将叙述的"权利"绝大部分交给孩子(儿童视角和儿童的"声音"构成了回忆叙事的主要叙述主体),则从另一个角度表明了回忆者的心态。《北极村童话》在细节上闪烁着另一位东北女作家萧红的《呼兰河传》的影子,却不像《呼兰河传》那样,怀旧源于现实的失落;它"不源于对现实的不满,而源于自我发展保持连续、完整和统一的内在需求"①。

在这种童年回忆中,很难见到明显的成年视角和儿童视角的转换,回忆的重心放在孩提时代的情景上,时间呈现出自然形态的一维性。而在有的童年回忆叙事中,回忆的重心就从孩提时代的情景转到了时间的作用上,这时,成年视角和儿童视角相互转换,相同的经验在不同的时间间距中描述出来,时间呈现出一种多维性。这时,叙事利用的是儿童视角在认知和伦理价值判断轴上的特点。这首先是——

(2)以王小波的《绿毛水怪》、李逊的《在黑夜中狂奔》等小说为代表的童年回忆。

《北极村童话》中的小女孩最后带着北极村的所有记忆"涌向新生活的彼岸",但对有的人,"新生活的彼岸"可能意味着庸常、乏

---

① 赵静蓉:《现代怀旧的三张面孔》,载《文艺理论研究》2003 年第 1 期。

味,甚至有可能跌入永久的失落而不可自拔。童年的光环绚丽夺目,眩耀得以至于遮住了从此以后的一切经历。王小波《绿毛水怪》中的老陈就是如此,尽管他长大成人,可能也拥有一份常人的普通生活,可那只是活着。构成他灵魂的一切,尘埃落定般潜藏在十二年前,小学五年级的男孩陈辉和女孩妖妖的纯真友谊中,潜藏在与妖妖一起在旧书店的昏暗中、沉浸于安徒生的无画的画册、日光下面神话境界般的威尼斯、马克·吐温的哈克贝利·芬的世界中的日子里。这时,在成年后的回忆中,孩子的视角开始不断向成年跳跃,但为的是进而回到孩提时代。

老陈与现实的对抗,从小时候就开始了,"对抗"——与外界现实格格不入,这是作为孩子的陈辉和作为成年人的老陈的共同体验,但是在孩子陈辉的眼中,成年世界的混乱与莫名其妙与己无关,他可以在友谊、在旧书店、在远离尘嚣的孩童心灵世界中生存,而已经长大、踽踽独行在现实世界中的老陈却似乎无处可逃,只能试图通过讲述、通过叙述话语来获得一种力量,可是老王——老王可能是所有现实的成年人的代表——只当他在编故事。老陈的讲述成了一种没有任何旁人可以参与的回忆,一种痛心疾首的怀旧。这种怀旧以回归姿态,虔诚地将童年捧上心灵的神圣之坛,顶礼膜拜。但是这种回归又是虚妄的,老陈只能讲述,如果他无法像妖妖那样潜入深海,做了另一族类的成员,从此与这个世界绝缘的话。而实际上,现世的一切,比如一场突如其来的疾病(他因此错过了与妖妖的约定,失去了也成为那一族类的成员的机会,小说中,这一情节是具有象征意义的),都在阻止他任何弃绝"现在"的行动。在这里,成人视角在对照的位置上,与儿童视角形成对比,从而体现出"时间的毁灭性作用与人反抗时间所作的努力之间的对抗"。①

---

① [美]威廉·巴雷特:《非理性的人》,杨照明、艾平译,商务印书馆1995年版,第228页。

回忆者的回忆心态决定了视角上的这种特点。这一类回忆的目的并不是从童年为新鲜的现在生活汲取灵感,也不是把现在看成是童年的"成果","现在"充满焦虑,充满内心的争斗。"讲述"是一种回归,回归到童年的宁静、单纯,重温那些绝对的美好。这种怀旧所包含的朴素和纯洁,使童年"当仁不让"地成为怀旧主体频频回首之所。美国学者戴维斯以更为理性的语言揭示了其实质:"它隐匿和包含了没有被检验的信念,认为过去比现在更好、更美、更健康,更令人愉快,也更振奋人心。它泰然自若地宣称'美好的过去和毫无吸引力的现在',尽管过去他们也经历了许多问题和困难,但总有一种内在的感情和不言而喻的认识前提,即'不管这个……'"①

　　但是这种怀旧中,有时会夹杂着复杂的迷茫感。在李逊《在黑夜中狂奔》中的成年回忆者的回溯中,童年时代充斥着为一个时代的精神所鼓舞的热情,那也许是一个不幸的年代,可也是一个有理想的年代,这是成年回忆者在面对此时此刻的现实——弥漫着金钱、权利、性等种种欲望的现在时的回归,实际上这是成年视角中的童年。但同时,孩子的视角中(在成年的回忆下),童年时代又充斥着大人的谩骂、同伴的提弄,充斥着一颗小小的敏感的心灵不断被伤害、被漠视的痛苦。回溯中的童年本身就是矛盾的,有痛有恨,有泪有爱,有明晰的目标也有无措的茫然,这种矛盾使怀旧者无法为童年罩上瑰丽的光环。在这里,回忆者和回忆中的孩子共同体验着找不到生存依据的迷茫。这种体验,一面是从孩子的角度描写的,一面是从成人的角度描写的,但它又不是在一种纯粹重复或主题引证的意义上出现的。在孩子眼中,这种迷茫是个体性的,是针对具体的事件的体验,孩子也试图为这种体验作出解释,

---

① F. Davis. *Yearing for Yesterday: A Sociology of Nostalaia*. New York: the Free Press, 1979. p. 19.

但孩子并不判断,这是认知轴上的儿童视角;而在成年者眼中,这种体验却是一个现时代的共性,是从一个时代的精神气质中感受到的某种气氛。这种气氛,只要人还未被缺乏信仰的现实世界完全吞噬,就应该有所感觉、有所判断。成人视角涉及了伦理道德层面。

那么时间呢？成人视角和儿童视角的不断转换,造成了时间描写上的多层次,只是这时,时间不再作为一种变化的力量存在,谁说时间可以改变一切呢？时间过去了,体验却一样。这样,回忆者在寻找精神家园的途中——其实并没有"途"——飘荡,无枝可依。他只能在黑夜中狂奔,不知道身后追来的是什么,也不知道前面有什么,仿佛除了黑暗,还是黑暗……"在黑夜中狂奔"成了一个时间黑洞的寓言。

视角转换造成的时间多维性会以另一种面貌呈现出来,这就是——

(3) 以李晓的《节日》、徐坤的《招安、招安、招甚鸟安》等小说为代表的童年回忆。

这些小说中的成年回忆者是反思者,在他们的视角中,小时候的一次次恶作剧,在大人、在时代精神的指导下一次次矫揉造作的"表演",或者一次无意的目睹,偶然的相遇,一缕懵懂的少年爱情,都蕴涵着经验的萌芽。当他们回首时,为之悔恨、自嘲、伤感,在这些复杂的情绪中,他们发现的是人性的无限深广和繁复。他们"用回望和前瞻性的姿态去设想过去的人如何看待过去的过去,以及将来的人如何看待今天"。① 不过这种反思又要通过儿童视角来将当年的事件"还原"。李晓的《节日》中,孩子"我"和小三去砸老反家的窗户玻璃,老反是个孤老头,"一年前,被抄了家",老反的沉默使孩子们觉得无趣,于是又去埋"地雷",挂着拐杖的鞋匠阿跷踩

---

① F. Dav. *Yearing for Yesterday: A Sociology of Nostalaia*. New York: the Free Press, 1979. p. 24.

上了"地雷",半边脸沾满了泥污,在坑里半天起不来,"我"和小三则哈哈大笑。在孩子的眼中,这些都不过是节日的"游戏"。在这些事件的叙述中,儿童视角基本上是客观视角。当孩子们哈哈大笑的时候,阿跷也在笑,并且说了一些"我们"不懂的话:"有趣吗?孩子,笑吧,多笑笑,有一天你们也要变成瘸子了,到那时再笑就难了。"对这些话的理解是在成年视角中进行的:"可是,每当过马路的时候,我就会感到紧张,我瞻前顾后,迈不出脚步,经常莫名其妙听到刺耳的刹车声。我想,也许在我的命里真有那么一辆卡车,它正像饿虎一样缩在那个角落,等着向我扑来的机会。而我呢,也将用一生的时间去抗拒它。这就是那个节日留给我的一切。"这是成年回忆者的忏悔,对曾经参与践踏人的尊严的忏悔。

在这里,成人视角和儿童视角对过去的某一事件、某一人提出了不同的看法,两者的转换呈现出时间所积聚的经验的力量,它以成熟和稚嫩展现出一个人的变化过程。这种童年回忆,是一种否定性的回忆。时间不是一种毁灭性的力量,而是具有建构性。

在徐坤的《招安、招安、招甚鸟安》中,时间的这种建构性表现得更为复杂。人长大以后,突然有一天,思前想后,觉得生活不应该是现在这个样子,自己也不应该是现在这个自己,问题究竟出在哪里呢?于是追溯就开始了。成人视角开始向儿童视角转换,那个循规蹈矩、对老师的说法绝没有二心,又有点小聪明,在老师那里受宠,在各大场合重复编讲着浸润时代精神的故事的小姑娘浮出记忆的水面。那种讲述,在小姑娘的眼中,是一种"风光",在成人回忆者的眼中,却是一种"傻气"。但是这种反思不是单纯的否定,回忆者一面嘲笑小姑娘的幼稚,一面又为今天的自己感到心酸:如果当年的小姑娘不是那么傻气,自己会走那么多弯路吗?可是这样的质疑是不能够被证实的,它远不是忏悔就可以解决的,因为不可能回到从前,重新长大。在这里,时间既是一种建构力量,又表现出不可抗拒的毁灭性。

上面三类童年回忆,童年都是叙事的"本事"。成人视角和儿童视角的转化所造成的时间厚度,是个人时间的厚度,但是在一些小说中,尽管有回忆视角(儿童视角和成人视角的转换构成回忆视角)存在,可是大量的其他人生图景会将孩子的生活推向幕后,童年于是成为一个场所。这就是——

(4)以梁晴的《大院》、李佩甫的《红蚂蚱、绿蚂蚱》、王祥夫的《沙棠院旧事》、熊正良的《乐土》等小说为代表的童年回忆。

在这些小说中,童年故事往往夹杂着一个时代、一个民族、一个村庄、一个大院粗糙、痛苦甚至乏味的生活,这种生活又往往包含着我们在优雅舒适、彬彬有礼因而可能矫揉造作、人际淡漠的生活中不可能窥见的人性深度。童年作为个人历史,折射的是民族的一段(种)公共历史,它为这段(种)历史提供了空间和时间的坐标。童年中的那个孩子成为这一段(种)历史的见证人。比如李佩甫的《红蚂蚱、绿蚂蚱》以"我"童年时生活的乡间的"舅"和"姨"为中心,描述特定历史阶段的人情事态、生存状况,揭示历史乖谬之中人的抗争与韧性。而对孩子"我"的"行动"的描写几乎见不到。这时,儿童视角所包含的时间不再是个人性的,童年与民族历史的"相遇"使它变成了公共时间,变成了历史时间。在这里,孩子是在历史之外的,客观的"看"是儿童视角的特点,它涉及的又是感知轴。或者这样说,孩子承担的是叙述主体的行为,但叙述主体的意识在成年回忆者那里。"观望"是这类童年回忆的主要"姿势"。那个孩子,仿佛站在小说时空之外,我们难以捕捉他藏在叙事情境背后的身影。

上面这些回忆,多多少少都是某种藉口,都不是本真意义上的回忆。

(5)在本真的回忆中,"过去之物(曾在之物)被理解为属我的,无法加以否认,也不能重新把它解释为当前之物。我就是我的过去——但恰恰以不再存在的方式"。① 在小说中,进行本真回忆的往往是这样一些人,当他们感到没有了未来(但不是在失望或绝望的意义上感到的),便只剩下了回忆。于是,过去越来越清晰,现在越来越模糊。童年时代的一片草、一朵花、一棵树、一潭水,全都熠熠生辉。甚至那时经历的痛苦、忽视、虐待全都在岁月的涤荡中变成了天堂。这些回忆者可能是一些老年人,他们在人生的风风雨雨中已经变得睿智,积累了足够的经验,却又在暮年时渴望回到故乡,童年是他们心灵的故乡。他们的怀旧不是出于对现在的不满,不是对作为成果的现在的追根溯源,回忆就是一切。这就是张斌《蔷薇花瓣儿》一类小说所描述的童年。这些回忆者可能也会慨叹:"如果那时不那样……""假如当时……"但这种慨叹是"哀而不伤",他们从未打算就此作任何反思,仿佛时光已塑成了他们,不需要再借反思积累经验。这是本真意义上的童年回忆。它所提供的,乃是回忆所特有的慰藉。

如同认同式的怀旧,在这类回忆中,儿童视角依然起着细化、诗化生活的作用,但是成年视角(主要在意识轴上)和儿童视角(主要在感知轴上)的转换所蕴涵的时间性,不再是"发展"、"积聚"这些词所昭示的动态。在这里,童年从时间流中被"截取"下来,成为审美的对象,成为静态的存在,这时,视角转换中的时间,是一段永恒的心灵时光。

前文已经指出,在童年回忆中,儿童视角的一个基本功能就是和成人视角的转换构成某种时间感。在这二十年间中国小说的上述五种童年回忆中,这种时间感,以自然时间、历史时间、永恒时间为基本形态,揭示的其实是人的时间命运。

自然时间是不以人的意志为转移的时光的自然流转,小说以

---

① [德]瓦尔特·比梅尔:《当代艺术的哲学分析》,孙周兴、李媛译,商务印书馆1999年版,第260页。

感知轴(客观、细腻、敏锐。主要呈现在认同式的回忆中)和认知轴(懵懂、无知。主要呈现在反思、否定性的回忆中)上的儿童视角和成人视角的从幼稚到成熟的转变来显示自然时间的建构性存在,又以这种转变中,感知轴上儿童视角的细腻、纯真、新鲜的丧失(主要呈现在回归式的回忆中)来显示自然时间的毁灭性力量;历史时间是与过去的某一历史事件(比如李晓《叔叔、阿姨、大舅和我》中涉及的皖南事变)、时期相关(比如反右时期、"文革"时期、60年代初全国范围的饥荒时期等)的某一特定历史时刻。小说以感知轴上的儿童视角的客观性(不涉及心理纬度的"看",主要呈现在童年作为场所的童年回忆中)来"观望"历史中的人。儿童视角在这里的客观性,再一次表明了儿童被当成是与特定历史自然疏离的力量;永恒时间是"凝固"或者说"定格"在心灵中的时间(刻),儿童视角在感知轴上的细微、单纯(主要呈现在本真的回忆中)在这种时间中实际上是成人视角关注的对象,"转换"变成了单向度的"凝视"。这时,时间也脱离了线性的物理纬度,童年显示了它的形而上内核:"童年深藏在我们的心中,永远在我们的心中。它是一种心灵的状态。"[①]这三种时间并非以单一的形态出现在小说中,而是以三者的相关性、共生性、交织穿插性构成了童年回忆叙事中时间描写的多层次性。由于儿童视角的存在,这种时间的多层次性是通过"人的生成变化"这种独特的方式表现出来的。

  需要指出的是,这些童年回忆基本上都是以第一人称叙事,以"我"自指的叙述者因为儿童视角和成人视角的转换,产生了主体分化,在时间的意义上,这个"我"是生成性的而不是给定性的,童年的"我"与成年的"我"在精神承继上存在着某种渊源,两个"我"依赖视角转换进行着童年与成年的"对话",这种对话基本上是"向

[①] [法]加斯东·巴什拉:《梦想的诗学》,刘自强译,三联书店(北京)1996年版,第166页。

内"的,是个体经验意义上的对话。还存在另一种对话,它是指向生存的,其中包含着价值评判。在这种对话中,就叙述方位来说,儿童是"仰角观察"。这就是——

陌生的成人世界

巴赫金在论述傻瓜、小丑、骗子在欧洲小说中的作用时说:"小说要负担起的一个最基本的任务,就是揭穿人与人一切关系中的任何成规,任何恶劣的虚伪的常规。"①这种成规,包括"日常生活中、道德中、政治中、艺术中等等的成规"。②他认为,由于这三个人物在自己的周围"形成了特殊的世界、特殊的时空体",他们独具的特点和权利,"就是在这个世界上作外人",他们的全部功用就归结于外在化。③巴赫金指出,对被揭露的成规的描述,所取的角度一般都是"不参与其中也不能理解的人",而傻瓜、小丑、骗子正代表着这种"不理解"形式。巴赫金的这些观点,同样可以适用在儿童身上。这个时候,儿童作为"不参与其中也不能理解的人",所面对的是成人世界的秘密。

成人世界的秘密是什么? 社会学家尼尔·波茨曼在《童年的消逝》一书中指出,对孩子来说,成人世界的最大秘密是性,其次是金钱、暴力、疾病、死亡、社会关系等等。事实上,也正是因为这些秘密,才使得童年这个概念得以形成。④ 小说正是利用孩子对这些秘密的正常的不理解(这种"不理解"与孩子的智力水平无关,仅仅因为儿童处于这个世界的外围,如果想一想成年人在面对儿童世界时也会产生迷惑,或许就会理解儿童的"不理解"了),将成人的生存外在化,公开成人生活中的某些私密和禁忌领域。但"揭

---

①②③ 《巴赫金全集》第 3 卷《小说理论》,白春仁、晓河译,河北教育出版社 1998 年版,第 357 页、第 359 页、第 355 页。

① [美]尼尔·波茨曼(Neil Postman):《童年的消逝》,萧昭君译,台北远流图书出版公司 1994 年版,第 58 页。

露"仅仅是形式,在更为深刻和原则的基础上,儿童的"仰角观察"所可能产生的理解错位,反对成人生活形式的肮脏、无能和混乱,反对违背真正的人性方面,有着特殊的意义。不过,肮脏、混乱并不是成人生活的全部,因此,儿童视角就不仅仅在于揭露"秘密",它还有其他的用途。

在这二十年间的中国小说中,儿童视角都"目睹"了哪些成人生活呢?

1. 政治生活

政治命运,是成人最感无力把握的命运。政治包含的强制性,在某些特殊的历史时期,以其乖缪的表现往往带给人无法言说的苦难。当小说以儿童的眼光去观照这种命运时,苦难的性质或程度发生了微妙的改变。

前文提到王不天的《一顶灰呢帽》,小女孩芬芬把右派帽当成了爸爸头上戴的麻包片帽子,"右派帽"这个概念及其内涵,是超出芬芬的生活经验范围的,这种从"精神"到"物质"的转变,在小说中是由词语"右"和"油"的同音转义完成的。而语言的"转义"又往往是那个时代人们罹祸的原因(在第一章中,曾经举了从维熙《远去的白帆》中的这样一个例子)。

一个大人所作的"语言转义"在一个特定的时代可能成为另一个人痛苦不幸的导火线,一个孩子所作的"语言转义"却消弭抚慰了创伤。小芬芬的爸爸听到她把右派帽当成自己头上戴的帽子时,竟激动得热泪盈眶,一下子抱起了孩子,不停地亲吻。段良工的《×》中,五岁的小翼子把铺天盖地的大字报上的凡是名字上打着"×"的人都理解为好人,好人的名字都应该打上叉,在村子写有毛主席语录的墙上,小翼子给毛主席的名字上全部打了叉,闯下"弥天大祸"。孩子的"语言转义"和成年人的"语言转义"同时发生了,小翼子的"转义"安抚了下放的"我"孤寂的心,成年人的"转义"则使"我"的处境更陷被动,被当成了教唆犯。

"语言转义"是儿童"仰角观察"的一种表现方式。尽管在社会认知的层面,儿童与小说家(隐含作者)发生了"冲突",在伦理道德层面上,小说家推崇这孩子的价值取向。在一个荒诞的时代,谁能说小芬芬和小翼子的眼光比成年人显得智力低下,能力不足呢——如果智力意味着一种理性精神的获得的话。在这里,儿童的仰角观察被主题化了。

　　利用儿童眼中对政治的无知,来消解苦难。这是苦涩的,同时又是温馨的。在迟子建的中篇小说《没有夏天了》中,男人的嗜酒如命、女人的火气冲天与低三下四,村人的生老病死、婚丧嫁娶,深藏的家族仇恨,全都被笼罩在"文革"这样一个特殊的时期,全都染上了政治的色彩。可是这一切全部是透过一个七岁的小女孩小凤的眼睛来展现的。爸爸的儒雅斯文被苦力和酒洗淡了,孩子不知道他的儒雅斯文其实是被政治运动的无常抹煞了;妈妈一边骂工宣队的王标,一边又要给他送上上好的羊肉,孩子无法体会母亲的无奈心境;爸妈在同一天的自杀在孩子看来是他们之间不断争吵的升级,孩子不知道这是两个大人在已无力承担政治命运所施加的精神重负下的最后选择……而政治运动的无常、母亲的无奈心境、死亡背后的真正原因,这些在小说中,都是未被明显加以说明的。孩子的无知,使得成年世界的日常生活形态,全都剥去了政治氛围赋予的深层原因,却在琐琐碎碎中呈现出世俗的喜怒哀乐。

　　儿童视角的这种过滤性,使得"叙述"成为书写政治生活的主要方法,既然个人与政治的相遇常常难以进行理性的解释,"叙述"就以"不追问"的方式进行着追问,这使苦难以温馨的形态散发着苦涩的味道。从另一个方面来看,以儿童视角来消解一定程度的生活苦难,也反映了作为写作主体的小说家对这一视角中所包含着的某些人性因素的肯定。这些人性因素,是以爱、亲情、善良、宽容为内容的,它们不仅是人在非常处境中的安慰,有时也具有足够的力量,使得苦难完全被消解,它的降临与承受反而促成了一次美好生存的机会。就像迟子建的另一篇小说《花瓣饭》所写的那样，一家人有可能在深夜团聚在桌子旁，吃起了花瓣饭。"谁也没舍得把那些花瓣挑出来扔了，我们把它们全都吃了。那是我们家吃的最晚最晚的一顿饭，也是最美最美的一顿饭。"

政治生活，这算是小说书写的大题材，而通过儿童视角来表现这种大题材，也许可以看成是小说家民间立场的一种表现。这种民间立场越过群体，将目光投注到个体、普通人的身上，关注的不再是政治运动的大波大澜，而是波澜之下人的生存。以儿童视角写大题材，或许难以在广度上拓展，但却因孩子对细微之处的关注，获得了深度的扩展。

2. 性和欲望

本书第一章中曾讲到与"性现实"相遇的孩子，这种相遇有时是以"目睹"的方式进行的。不过在那里，"目睹"本身是作为一种叙事情境被加以描述的，"目睹"这一行为是叙事的内容，它涉及了孩子在目睹的过程中所产生的自身精神与身体的变化，而他们所目睹的"性"本身并不重要。用术语来说，就是"看"这个能指成了叙事的重点，而"所看"这个所指退居其次。这是"模仿"层面的"看"。

还有另一种对"性"的"看"："主题"层面上的"看"。

就性而言，弗洛伊德的发现虽然对童年纯洁性这一传统观念产生了冲击，但在中国作家这里，这种冲击很少影响到他们对儿童的书写。相反，在以儿童视角观望成人的性现象时，小说家仍然赋予孩子天真和懵懂无知的眼光。通过孩子的眼睛，"性"这个成人世界的最大秘密被揭示出来。

"性"本身并不是一件可耻的事。从生理学和卫生学的角度来讲，拥有支配自己肉体的自由权是一个人性生活意义上的成年的开始。但是，"性"行为不仅顺从自然律，也还应该处在道德律的支配下。实际上，在当代小说中，成年人的"性"常常和金钱、权利、本能相连,成为欲望的表征。而儿童视角在这种场景中的在场,一方面使小说避免了直接、明显的伦理评判(因而含有了讽刺的意味),另一方面,儿童视角中的天真撕开了成人生活形式灰暗的一隅。

瓦当的中篇小说《逃离临河镇》中木匠吴四和"我娘"的私情就是在十一岁的孩子"我"的眼中展开的。吴四每次来家都会给"我"带点吃的东西,然后"我娘"就把"我"支使出去,好奇的孩子猫腰来到窗前,看到了娘坐在吴木匠的腿上,"满脸都是笑容,脸红得像一只苹果",吴四神神秘秘地掏出一样东西,塞到娘手里,"娘挡着我的视线,无法看清那是什么。但我看见娘像个小姑娘似的跳了起来,接着就抱着吴四的秃头亲了两下子。是什么东西?我的心里像着了火。好在这时,娘把身子转了过来。然后,她又一屁股坐在了吴四的腿上。吴四得意洋洋地捞起我娘的袖子,把那东西戴了上去。手表!一块金光锃亮的手表!"在这一幕场景里,孩子并没有看出其中的色情味道,或者说根本没有注意到,他只是被那块表吸引住了,对母亲和吴木匠的暧昧虽然有所感,但既不理解也没有放在心上。孩子的视角增加了场景的直接感,其注意力的错位,以"无视存在"(进入孩子视野的是那只表)的方式将两个成年人的通奸行为"展示"出来:

> 半夜里,我被一个奇怪的声音弄醒了。刚开始,我以为是在做梦。那声音远远的,低而尖锐,像是一个女人在哭泣,似乎还有一个粗壮的喘息声,像一头熊一样伏在前一个声音之上。我就突然醒了。我惺忪着双眼,恍惚看见身边蠕动着一大团黑乎乎的东西,吃了一惊。……我看见一个黑瘦猴赤身裸体地压在我娘身上,娘也全身赤裸!

这种展示同样出现在苏童的《舒农或者南方生活》、林宕《懵懂之秋》、刘西鸿的《自己的天空》等小说中。"孩子有所感但又完全无知的视线——剥去了一切掩饰的欲望场景"几乎成为这二十年间,小说以儿童视角观照成人在"性"的道德律上的迷失的基本模式。但在有的小说中,通过孩子的眼睛展示成人的性行为,并非是为了揭露成人生活的混乱和肮脏。杨争光的《杂嘴子》中的燕麦和群生是一对真心相爱的恋人,他们于深夜时,在废弃的砖瓦窑幽会。小说是以群生的弟弟民生的视角(民生是个不谙世事的小学生)来描述两人的幽会的:

> 突然,我看见高大的黑影向低矮的黑影扑过去。低矮的黑影发出一声短促的呻吟。我没听见过这种呻吟。我妈腰疼的时候也呻吟。我妈呻吟的声音和我这会儿听到的不一样。我妈呻吟的时候我心烦,也难受。可这会儿,我心里有一种说不清是恐慌还是激动的感受。那一声呻吟像受了惊吓的母鸭子发出来的,好听得让人怜悯。
>
> 他们纠缠在一起了。他们撕扭着,抖动着,发出一阵更大的喘息声。他们好像要挣脱,却纠缠得更为紧密。他们的脚像撒欢的牛犊,踩踏着地上的砖头,叭叭乱响。高大的黑影好像要干什么,低矮的黑影一下一下弯曲着,躲闪着。
>
> "燕麦,哦,燕麦……"高大的黑影痛苦地叫着。
>
> "哦,群生,哦,不……"低矮的黑影比高大的黑影更为痛苦。
>
> 我被他们奇特的扭打看呆了,浑身的骨头像硬柴一样。……

在民生不理解的眼中,哥哥和燕麦的行为是"奇特"的。燕麦和群生的幽会通过孩子细腻、新鲜的眼光散发出野性的气息。实际上这种野性的情欲,在被称为"杂嘴子"的民生所置身的那个虚伪、矫饰、脆弱的成人世界中,是惟一自然、真实、人性的东西。同上一段"我"眼中"我娘"和吴四赤裸裸的交欢比起来,民生视角中的不理解为群生和燕麦的性行为罩上了一层温情的面纱,这儿的描述并没有丝毫嘲笑的意味。

这样,在小说描写成人世界的性现象时,儿童视角的"不理解"起到了两种看起来正好相反的作用,一种因为孩子不理解,就不必遵循成人文化中对"性行为"、"性现象"进行公开谈论时的语言忌讳,因而能够毫无遮掩地展示出"性行为"的动物性,这是揭示。当小说利用儿童视角的这一特点时,在这种直白的叙述中,暗藏着小说家对混乱成人生活的批判、反对的立场,也暗藏着对成人受制于身体欲望的生存处境的怜悯;另一种,则因为孩子的不理解,反而将性行为"陌生化"了,它抹去了成人在谈论性现象时可能浸染的道学气息,把小说对爱情的描述越过精神的层面推向了"性"的物质层面,但又通过孩子的无知,使这种现象带上了一点诙谐、喜剧的色彩,这里面即使包含了讽刺,也是善意的。

3. 自然和历史

自然的秘密和历史的秘密并不是成人世界的秘密。对于孩子或对于成年人,自然的神奇与未曾经历的历史的不可证实性都是永在的。但是成年人在解释自然和历史的时候,理性大于感性,往往遵循的是已有的陈词滥调和日积月累的习俗、陈规。他们眼中的自然在习惯化的轨道上流转着,他们理解的人事变迁常常落入套路和模式。最初,孩子是通过成年人了解自然和人的,但他们很快就不满了。

比如海上日出这一自然景观。从个人来讲,大人可能和孩子知道的一样少,但是从集体来说,大人知道的却如此之多,因为他们有那么多关于海上日出的文字记载、文学描述可以查阅、可以阅读,以至于没有动机和兴趣从事个人的发现,但是孩子的单纯使他们保持着对自然的敏感。许谋清《孩子·大海·太阳》中的那一群出海游玩的作家,也许是读了太多有关日出的文学描写,他们已经对早早起床亲自看看没了兴趣。面对孩子小多的执著询问,这些大人凭着书本记忆,有的说:太阳"跳了一下"就出来了,有的说太阳是"沾了一下"海水才出来的,每一种说法都显得漫不经心。这时,小说转而用听了这么些描述仍然感到迷惑、于是自个儿爬起来的小多的眼睛描述海上日出:

> 突然,就在那粉红色的半圆的边儿上,一点亮晶晶的颤动,一闪,什么溅到天上去了。……一股金色的泉水从海天之间流出来了,溢出来了,一下子泄到他的脚下。他抑制不住了,低头来找,海,已经红金沸腾。他赶忙抬头,太阳,还在原来的地方,只是更大了,它在往上走。

小多欣喜若狂地跑回船舱,告诉刚刚起床的大人们:太阳是流出来的!海上日出究竟是怎样的一副景象对成年人来说,也许是一件完全不值得大惊小怪的事,而对孩子,却是一个了不起的发现。这种发现本身并无深刻之处,但它却是孩子探索的结果,洋溢着童真的愉悦。儿童视角对瞬间美的捕捉,使得在成人经验主义视角中已经定了型的自然景观焕发出新鲜灵动的气息。它也会使一只普普通通的红萝卜变得透明,会使老铁匠的饱经沧桑的脸色"像炒焦了的小麦",会使姑娘长长的睫毛闪烁着金黄色的光芒……(莫言《透明的红萝卜》)这是一种审美形式意义上的儿童视角,它是以孩子非经验主义的感知和认知特点为设定前提的。

不过,在这二十间的中国小说中,这种非经验主义很少针对自然物象,却常常用来表达小说家反对、揭示成年人在人、事方面成规模套的企图。邓一光的《她是他们的妻子》的主人公是"言"和她的丈夫"大老李"。这一对夫妇在军区的家属院里深入简出。在大人们的眼中,这是一对并不般配的夫妻。言不过是一个风尘女子,而在战争中功勋累累的大老李娶了这样一个女人,实在是让人感到遗憾。关于他们结为夫妻的来龙去脉有各种猜测,但都脱不了英雄难逃美色的套路,大人们的眼中交织着既鄙夷又嫉妒的双重目光。小说也通过两个孩子——男孩"我"和女孩旗子的眼睛观照了这一对夫妻。在孩子的眼中,这两个似乎只在黄昏时分出来散步的男女,是一对恩爱的夫妻。言年轻美丽、行为优雅,散发着高贵与温婉相融合的气质。孩子们也听到了关于这一对夫妻历史的闲言碎语,但是在他们的想像中,言的情感历程与美貌无关、与欲望无关,而是充满了生离死别的温情。实际上,在这篇小说中,言和大老李的真实生活经历究竟是怎样的并不重要。在这里,成年人的经验视角和孩子的非经验视角形成了对照,这种"对照"才是小说的主旨所在。这时,小说不再关注历史是否扑朔迷离,是否包含了更多的是非曲直,而是以儿童视角对生命本身的敏感"向内"探寻着历史的人性内涵;同时,又以成人视角"向外"的冷漠显示着过度历史对人性的无动于衷。这样,儿童视角和成人视角就多少有了象征的意味,前者象征着"非历史地感受生活的能力",后者象征着历史积淀的副作用,其中既有对直接感受生活能力的钝化,也有对作为观察者的成年人人性的异化。小说家(隐含作者)的价值取向是不难从这种对照中看出的。

小说儿童所"看"的还有另一种历史。

这种历史,不是童年回忆中的个人历史,也不是政治运动这样的集体记忆,而是关乎历史中的另一些人。这些人,与角心儿童并不产生直接的联系,他们或者阴阳相隔,比如方方《风景》中出生八个月就死了的角心儿童"小八子"和他的在生存的幕布背后艰难挣扎的父母、兄长、姐姐;或者生存在家族的传说中,比如莫言的《红高粱》中的"我爷爷"、"我奶奶",李晓《一种叫太阳红的瓜》中的父亲;或者在时间和空间上,叙事情境中的他们和角心儿童不在一个层面上,比如莫言《野骡子》中的"野骡子"……这时的角心儿童以不在"事"中的旁观者的位置,一滴不漏地"看着"这些人的劳碌奔波、艰辛凄惶,"看着"他们的爱恨情仇。它避开了对历史中的这些人加以道德评说或价值定位,甚至也难以推测出隐含作者的立场观点,几乎达到了只陈述不评说的"零度叙事"的效果。在这些叙事中,涉及观点、立场的地方,常常以转述语(转述他人的视角)的方式表现。《风景》中小八子"看"到的是"七哥说","父亲说","三哥想";《一种叫太阳红的瓜》中的孩子"看"到的是"我娘说","我娘想","村里人认为";《红高粱》和《野骡子》中的孩子"看"到的是听来的传说、流言……

有关这些人的叙事,常常采用的是第一人称,但是叙述眼光虽然是孩子的,叙述言语却是成年人的,"我"以孩子的眼光与这些人保持血缘、族脉、亲情等千丝万缕的间接联系,又以置身事外的冷静理性的成年人的言语与他们保持精神上的距离。在这种距离与联系的平衡中,这些不入正史的普通人的生命流逝,命运转折赋予历史以细节与感性的内容;同时小说这种若即若离的叙述姿态,也说明了历史叙述的难度与不可避免的个人建构性。

政治、性和历史中的人、事,这三者分别涉及了成人的公开生活、隐秘的私生活以及历史生活,这是三种儿童只能以边缘人身份观望的生活。当小说以儿童视角"展示"这些生活的混乱、苦涩、艰辛以及其中包含的复杂人性的时候,利用的是孩子在感知、认知和伦理价值取向上的单纯性、真实性,同时这些特点,也是一种设定,反映的是小说家对儿童的基本看法,这些看法既来自形态各异的个体儿童,也具有一定的抽象性。

然而,并不是所有的小说在利用儿童视角时,都对儿童的"童心"抱有绝对的信心。李佩甫的长篇小说《夏天的病历》的角心儿童是个女孩,王彪的《在屋顶飞翔》的角心儿童是个男孩,这两个孩子都不是"正常"儿童:女孩"我"具有特异功能,能够"看见"大人们心中的真实想法;男孩"我"经常头痛,脑子有毛病,被人们称为"傻蛋"。似乎童心的不染尘俗在揭示成年世界时,"力度"还不够,还需要借助于一些"非现实"的特点和权利,拥有了这种权利和特点,孩子们可以与所有的人(包括孩子们的生活。"傻蛋"的弟弟在小说中是正常儿童的代表,然而他也落入"傻蛋"的"揭示目光"中)保持距离。实际上,王彪的其他一些小说,如《病孩》、《阳光与风景》也有类似的角心儿童。时代的变迁、现代文明的烂熟,似乎已使小说家对"童心"难以自持。陈丹燕的小说《恶意满怀》中,成年叙述者(在这部小说中,实际上也代表着作家的立场)说:"孩子绝对不是大人眼中心里笔下的天使,大人被生活中的恶和肮脏吓昏了头,为了找一片净土,就想像孩子的温馨,关于孩子的温柔善良,是大人想像出来的,供成年人逃避片刻用的童话。"不过,这其中包含的对成年人想像儿童方式的"反动",在这二十年间的中国小说中,并不具有代表性。

第三节 说"我"是孩子

上一节所说的角心儿童,有不少也是小说的叙述者(部分或全部)。实际上,第一人称"我"的小说叙事自经历 20 世纪 80 年代初的"雨后春笋"之"景"后①,一直保持着方兴未艾的态势。在这林林总总,形形色色的"我"当中,有相当一部分是未成年人,是孩子。

赵毅衡先生曾提出过叙述学的一条公理:不仅叙述文本,是被叙述者叙述出来的,叙述者自己,也是被叙述出来的。② 这说明,叙述者和被叙述的世界是互构的关系。孩子"我"同样具有这种说者/被说者的双重人格。他/她在讲述故事的同时,通过叙述言语行为,"说"出了作为孩子的心声。

根据所讲述的故事的不同,儿童叙述者有两种:一是讲述自己

---

① 参看黄浩:《角色紧张:一个说得太多和太累的"我"》,载《作家》1990年第3期。
② 赵毅衡:《当说者被说的时候·自序》,中国人民大学出版社1998年版,第1页。

故事的儿童;二是以"他者"的身份讲述别人故事的儿童。前一种叙述是"自我陈述",后一种则是"仰角叙述"。

自我陈述

在第一章中,本书曾分析了小说儿童的历史性存在、自然存在、现实存在和诗性存在。这种种存在的面貌构成了有关孩子的故事。这些故事的叙述者有不少就是孩子本人。在这些故事里,以"我"自指的儿童叙述者常常处于这样几组二元性关联中:特殊的历史时刻/未进入历史的存在,精神/身体,儿童/成人,此时/彼时,此地/彼地,儿童/儿童,等等。每一组关联都是围绕着儿童叙述者的自我认知,包括对自我情感、心智、道德的认知(向"内"的认知)和对自我社会关系的认知(向"外"的认知)加以组织和叙述的。而这些关联,每一组又都包含着不同意义、不同程度上的"权力关系":强烈的历史氛围对处于历史边缘的孩子生存的侵染,精神个体面对物质个体的无奈,成人对孩子的权威,过去对现在的形塑……那么,儿童叙述者是如何在这些"权力关系"的缝隙中诉说着自己存在的每一个侧面?他们是怎样讲述自己的童年生活、自己的身体、自己的精神空间、自己与成年人的遭遇以及自己和同龄孩子的相处的?

本书将分别从几种典型的儿童叙述者形态来考察这些问题。

1. 忘"我"的"我们"

以"我们"自指的儿童叙述者是集体型的叙述者。集体型叙述"基本上是边缘群体或受压制的群体的叙述现象"。[①] 儿童,作为成人社会的"附属者",是一种边缘性的存在。这种边缘性尤其体现在成人世界出现"异常"时;事实上,儿童"我们"常常讲述的是"荒诞时代"的故事。在叙述层面上,"我们"要表达的是一种群体

---

① [美]苏珊·S·兰瑟:《虚构的权威》,黄必康译,北京大学出版社2002年版,第23页。

的声音,而在叙事情境中,"我们"常常又是"荒诞时代的儿童"。《树未成年》(贺奕)中的叙述者就是这样的儿童叙述者:

> 七八岁,我们人人梦想从军。我们不时听听广播里的新闻,然后跑去水塔下面,把一天来大人们的言论汇集在一起,借此揣摩共和国内外敌人的动向,看看战争有无可能赶在段考前爆发。我们都很清楚,和平只是表面现象,是磨刀者的迷魂汤。回到血雨腥风出生入死的年代,又是那般的让人神往。我们仅仅担心自己的忠诚,能不能经受住炮火以及被俘后严刑拷打的检验。当我们跑到水塔下面,心情变得比以往更加烦躁的时候,小二总叫我们拿半边耳朵贴在地面上听。(着重号为笔者所加)

"我们"这个集体性的称谓,既说明其叙述是群体的名义下的述说,也表明儿童叙述者对这个群体的自觉认同和融合。在这里,甚至标示个体性存在的"性别"这一最基本的类特征都不再明确,读者无法用"她(她们)"或"他(他们)"来指认该叙述者。在这篇小说中,"我们"的叙述是在"我们"与小二的关系中展开的。小二是一个"领袖式"的人物,儿童叙述者的口气充满了钦佩之情:

> "我们真希望自己能像小二一样,听见工兵部队挖掘地道的铁锹声。"
>
> "在小二对我们说过的话中,没有哪句我们不信。"
>
> "我们无不欣赏小二当领袖时发号施令的那套作派,让我们觉得地上的蚂蚁也随我们一道动、一道停的。"
>
> "我们也非常崇拜小二的哥哥大龙。"
>
> "眼看再也不能等待,我们一夜之间便揭竿而起,拥立小二为王。"
>
> "我们指天盟誓,要亲密如兄弟,不畏流血和牺牲,坚决服从小二的领导,万万不可生二心。"

"我们群情耸动凑到小二身边,单等他一声令下。"
……

在"我们"充当叙述的主体(主语)时,儿童叙述者用的是这样一些动词:"希望能像"、"欣赏"、"崇拜"、"拥立"、"服从"、"等",等等,这些包含着尊崇情感的动词都是指向小二的。在这个关于孩子们在特殊的时代气氛下"演习战争"的故事中,"我们"的活动跟随着小二的活动,而"我们"的叙述也始终追求着小二这个人物的言语方式。可以比较一下上面所引叙述者的叙述言语与小二的言语:

> 叫豆子的孩子被指派模拟临阵变节的俘虏,小二将豆子唤到跟前,问道:"你不知道自己的罪吗?"
> 豆子:"知道。"
> "什么?"
> 豆子:"没有宁死不屈。"
> "你不知道一个人宁死不屈的道理吗?"
> 豆子:"知道。"
> "那你做没做到?"
> 豆子:"没有。"
> "你不知道该受什么样的惩罚吧。"
> 豆子:"不知道。"
> "那么现在我告诉你,"小二面色沉峻。"先开除,后枪决。"

可以看到,叙述者的叙述和小二的言说一样认真、严肃。在作为人物的"我们"对"领袖"小二的行为的模仿的同时,作为叙述者的"我们"也沉浸在小二言语方式的魅力中,这种沉浸是以个性的丧失为代价的,它甚至痴迷到了完全忘却自己在叙事情境中的角色的地步。但是两者的郑重其事其实都是对被沉重的历史弄得神经质的成人世界的模仿("那个时候,全民皆兵"),这种模仿不以理解为前提,却透露着小小的儿童心理,比如希望战争爆发后,就不用参加考试了("看看战争有无可能在段考前爆发")。

在小说中,儿童叙述者庄重的口气和叙事情境的荒诞形成了鲜明的对比,既让读者对孩子的无知感到好笑,又不得不发出沉重的叹息,文本内部和文本外部均有一股张力在慢慢积聚。在内,酝酿着一场悲剧;在外,对悲剧即将到来的预感令我们恐惧:

> 我们还从未目睹过如此逼真的死难表演。它那般精彩,而且是无法重复的即兴创作,我们不禁为之击掌欢呼。我们等着小二结束示范从地上爬起,扑打掉自己身上的灰,重新归队。我们等,等。但小二没有丝毫动静。
>
> 终于我们注意到小二军服下摆一块渐渐扩大的血污。
>
> 人人吓得面容失色。难道因为某个疏忽造就了一位真正的英雄,他在倒下的同时变成了一具尸体?我们好不容易定下神,慢慢凑近前去,很长时间屏息敛气注视着。直到鲜血完全渗入地下的尘埃,干涸,大家不约而同地回转头寻那个开枪的刽子手。

这个时候,叙述者仍然以"我们"自居,和大家一起寻找是谁制造了这个悲剧,但是寻找的结果出乎叙述者的意料:

> 开枪的刽子手不是别人,正是我。

作为这个儿童群体核心的小二,以真实的"死亡示范"这个最后的领袖行为宣告了群体的瓦解。而"开枪"这一有异于群体的行为,使以"我们"自指的儿童叙述者出现了对群体的认同危机:首先将其从叙事情境中的群体里孤立出来,然后又使之在叙述层面上不再拥有群体发言人的特权,不能再以"我们"自指,而不得不换用个体性的"我"。但这时,故事结束了。

由还未真正进入历史存在的、非理性主导着其认知能力的孩子来叙述不在理性范畴之中的时代情状,儿童叙述者的自我认知最终也出现了危机。失去了小二,在群体中沉浸了如此之久、如此之深的儿童叙述者面对"开枪"这一个体行为,不知道该如何用"我"的方式叙述:"我只得立在当地,心中犯难。"

《树未成年》是关于荒诞时代的群体儿童的故事,这一类故事的第一人称叙事常常用人称代词"我们"、"我"、"他们(她们)"、"他(她)"的相互指示关系来谋篇布局(又比如范小天的《儿童乐园》),复数"我们"、"他们(她们)"所称谓的那些人在叙事中常常无名无姓。从文体学上来说,人称代词比真实的姓氏名称重要得多,因为它在抽象的意义上,指向了一个更普泛的人群,一种更普泛的生存状态。《树未成年》中儿童叙述者的叙述是从"我们"的忘"我"到"我"的发现,但最终成了"我"的迷失。这一表层的陈述过程结构性地象征着荒诞时代对个人性乃至人性的弱化。而《儿童乐园》的儿童叙述者则在"我们"的叙述与"我"的叙述的不断转化中,体验着被群体接纳与被群体孤立的无奈、辛酸、委屈。然后,在这种种复杂情绪的交织中,这个以为"信班"的学生就是要会写信,看到傅老师脖子上挂着的牛粪纸乌龟便哈哈大笑的叙述者渐渐长大,"我们"的叙述逐渐被"我"的叙述代替,"我们"语气中的没心没肺逐渐被"我"语气中的沉重、落寞所代替。从"我们"到"我"的陈述行为既象征着儿童叙述者的成长,也象征着个人性从群体中的逐渐诞生,它当然是以个人对群体的背离为前提的。

忘"我"的"我们"不是在对群体话语方式(这种话语方式的实质是对某一个领袖的话语方式的模仿)的沉醉中迷失,就是在自我的成长中对群体话语方式自觉或不自觉地遗弃。这两个相异的叙述过程虽然都反映出儿童叙述者在社会认知方面的不足,但是前者的叙述始终是不可靠的,后者的叙述却在不可靠与可靠之间摇摆。前者处于时间的纬度内,是彼时的儿童叙述者(也包括与之同时的成年世界)和此时的读者之间的认识差异,它既与孩子的认知能力相关,也不能忽视时代精神的浸染,甚至这种浸染是导致孩子不可靠叙述的主要原因,其实也是小说想要表现的主题;后者也处于时间的纬度内,但是却因为儿童叙述者本人在文本内部的"成长",除了不可靠叙述与置身那种时代之外的读者的差异外,其本身的可靠与不可靠叙述也产生了"差异性对话",这种"对话性"仍然在结构上寓含着一个荒诞时代,在整体(全体)或者说主流的精神趋向之外的异端、支流。

2. 对抗者"我们"和"我"

忘"我"的"我们"以丧失个人性为代价,努力与群体趋同。但是这种趋同,并非建立在对该群体在主导文化中的地位、该群体的特性认识的基础上,而仅仅是孩子的盲从。因此,才会有面对群体"分崩离析"时的尴尬无助,才会有个体性觉醒时的忧郁和迷茫。忘"我"的"我们"的叙述是不自信的。但是,也有这样一类儿童叙述者,其以"我们"自指的叙述,不是呈现为一种追逐群体的过程,而是一开始就自觉地以"群体性的角色"作自我体认,目的是要传达自我身在其中的这一受压制群体的独特体验,并为这种体验争取"生存权"。比如陈予的《我们走在大路上》中的儿童叙述者"我们"以从容、自信的语气讲述着自己置身其中的三个男孩在荒诞时代的真挚的友谊,其中又以似乎事不关己的随意加进对他们周围成人世界的混乱的叙述,两相对比呈现出巨大的反差,孰是孰非,不难从中体会得到。其实,这种叙述,往往是在与成年人的对抗中进行的。在这些对抗的"我们"的叙述中,成年人的权威受到了怀疑:《她是他们的妻子》(邓一光)中的儿童叙述者"我"说:"可是你不能相信大人,你仔细地想想,大人什么时候说的话是对的?他们从来就没有对过,他们说,别去摘那葡萄,葡萄是酸的,可是我们摘了,我们尝了,结果怎么样?葡萄是甜的;他们说,别去碰那只脏兮兮的狗,你会传染上病的,我们碰了,我们还抱着它,和它贴脸儿睡觉,结果呢,我们从来就没有生病;……他们总在说话,总告诉我们每一件事相反的那一面,他们说,事情就是这样,可那是错的,从头到尾都是错的。我们为什么生活得不快乐?我们为什么老是有那么多疑惑?现在让我来告诉你,问题就出在这里,是他们把事情弄乱了,他们自以为是,他们想让我们成为听话的孩子,好让他们可以继续撒谎,我们凭什么要相信他们编的那些故事呢?"在这里,孩子"我"以集体性的"我们"发言,试图表达所有儿童的共同心声。这种对抗性的姿态是与成年人同行的弱势孩子获取更多主体性的努力。

在"故事"一章的"与成年人同行"一节中,我们曾见到了一个因为老是管不住自己的嘴,好说爱说,因而被称为"杂嘴子"的孩子(杨争光《杂嘴子》)。大人们一度禁止这个孩子说话,他甚至因此而产生了癔症。然而,作为叙事情境中的一个角色,孩子的声音虽然被遏制,但他同时也是小说的叙述者,这一身份又使孩子争得了发言权。在他的叙述中,与己同行的那些大人的所有优势:道德、智力、理性等等,全都变成了成年人关于自己的"神话"。这个质疑、解构成年人权威的儿童叙述者,也是一个对抗的叙述者。只是这时,他不再从集体性的称谓"我们"中去获得某种力量,而是以对个人体验意义上的具体事件的叙述,在"呈现"中,将儿童的世界与成人的世界对立起来,以示弱的姿态构成批判成人主导文化的基础。有时,"我"对抗的意图如此强烈,以至于他/她对自我的认识会以一种极端的方式体现出来。看下面一段叙述:

> 我把我妈杀了。
>
> 就是那个生我、养我,每天给我做饭每星期带我洗澡每个早晨叫我起床的妈杀了。
>
> 这会儿我心情好极了,舒畅得就像一只小金鱼在缓缓游动。我抬眼朝窗外望去,正对着我家窗口的那棵杨树上已经没有几片叶子了,枯黄枯黄的,虽然天上没有

风,可它们还是来回摆动,好一副悠哉游哉的模样,大概是在研究刚才还那么喧嚣的世界怎么一下子如此安静。

(丁小琦的《我要剪手工》)

第一句话先让人对儿童叙述者的可靠性产生了怀疑,"杀母"的行为与尊敬长辈、孝顺父母这一中国文化中根深蒂固的伦理标准如此格格不入,儿童叙述者似乎在道德伦理方面并不可靠。但是读完小说,我们会发现,隐含作者是站在儿童"我"这一边的。小说包含的是这样一个故事:"我"妈妈是非常爱"我"的,可她却完全忽略了孩子的感受,她按照自己的爱好让"我"去学自己并不喜欢的钢琴,极其霸道地不准"我"动剪刀去剪什么手工纸,而这不仅是"我"的爱好,也是"我"的天赋所在。并且,"我"的耳边,常常充斥着母亲的叫骂声,这声音让"我"变得极度神经质。妈妈不在家的一天下午,"我"沉浸在剪手工的快乐中,等听到开门的声音,躲藏已经来不及了,在妈妈气急败坏的喊骂声中,"我"几乎不能控制自己的行为,一种想要遏制母亲声音的冲动使"我"把剪刀伸向了她的喉咙。在本书引述的这一段叙述中,儿童叙述者的口气颇为轻松,看不到任何忏悔之意,她以"生我、养我、每星期给我做饭每星期带我洗澡每个早晨叫我起床"的叙述塑造了一位慈母形象,但同时又以对"杀"这一行为的轻松叙述将这种慈爱解构掉了。因此,"杀母",就成了与成年人权威抗争一种象征性叙述。

对抗性的叙述其实是儿童与成人、童年与成年的对抗。关于这种对抗的实质,本书第一章中已有所分析,在此不赘。需要指出的是,自我陈述的儿童叙述者的对抗叙述,不是小说家(隐含作者)在道德的范畴中对成年人的指责,而是对成年人庸常、世俗、脆弱的生存状态的叹惋。

3. 独白者"我"

儿童叙述者的对抗之路其实是荆棘密布的,叫"杂嘴子"的孩子最后要离开故乡,外出求学了,母亲还嘱咐他:"管好你的嘴!"也许像杂嘴子这样的叙述者的最好出路是沉潜到自己的内心去。于是,我们又看到了进行独白的儿童叙述者。

独白者"我"有两种,一种是作叙述化独白的"我",另一种是作内心独白的"我"。前者常常是讲述他人故事的叙述者,其叙述化独白或者表现为被叙述的他人意识,或者在语言形态上表现为自由间接引语;后者是我们在这一部分要讲的自我陈述的叙述者所作的内心独白。当自我陈述的儿童叙述者作内心独白时,其叙述者身份和角色身份重合了,叙述者的意识和角色的意识之间不再有界限。这时,孩子"我"不再叙述人物、事件,而是描写这些事件或人物在自己的内心引起的感受。

> 很长一段时间里,我躺在黑暗的床上不敢入睡,四周的寂静使我的恐惧无限扩张。我一次次和睡眠搏斗,它强有力的手使劲要把我拉进去,我拼命抵抗。我害怕像陌生男人那样,一旦睡着了就永远不再醒来。可是最后我总是疲惫不堪,无可奈何地掉入了睡眠的宁静之中。当我翌日清晨醒来时,发现自己还活着,看着阳光从门缝里照射进来,我的喜悦使我激动无比,我获得了拯救。

(余华《呼喊与细雨》)

> 我渐渐觉得怪有意思,万万不可撒手,不然什么都飞了。大人们原来不是个个都了不起,小孩子也能牵着他们走。没有长大的时候,就先从这里捞够好处和威风。还有天空、云彩、大山,没准都有制他们的招儿。虫子,妖怪,狼什么的,原来也不可怕,最难对付的就是抓住听诊器死活不肯撒手。

(滕锦平《儿戏》)

这两段引自不同作品,语气和感受不同的内心独白有一个共同的特点,就是它们似乎都没有话语对象,作为叙述者,独白的

"我"既不报道信息,也不阐释和评价人、事。这时"我"的叙述都是不及物叙述,与主体行为有关的陈述往往采取这样的句式:"我和……搏斗","我抵抗","我害怕像……一样","我觉得……"等。形容性的语言多于判断性的语言,表达着儿童叙述者对在成人世界的倾轧、压迫下,越来越潜入到自己内心中的那个孩子"我"的同情。儿童叙述者通过这种独白的方式,最大限度地与叙事情境中自己的角色身份认同,在他们对自我意识的关注中,试图以示弱的姿态减少来自外部力量的伤害,同时也获得一点点慰藉。其实,这已经难以分出作自我陈述的独白者"我"是叙述者还是人物形象了,或者说这时儿童叙述者的功能就是"模仿"。

独白者"我"往往很难贯穿小说全文,除非是完全的意识流小说,但就本书的阅读视野而言,与儿童意识相关的这类小说,几乎不见。更多的时候,儿童叙述者是在叙述的同时,"抽空忘掉"自己的叙述职责,讲述的那一部分主体(叙述者人格)向被讲述的那一部分主体(被叙述者人格)转换。这种情况,常常发生在——

4. 成人视角凌驾其上的"我"

儿童叙述者的叙述有时不是自足的,常常有一双成年者的"眼睛"凌驾其上,牵引着他们的叙述。这样的儿童叙述者,一般出现在"童年回忆"的叙事中。

本书上一节在分析童年回忆中的儿童视角时曾指出,童年回忆机制的不同,儿童视角和视角的转换形态与内涵也不同。同样,回忆中的儿童叙述者的叙述方式、语气也会随成年回忆者的回忆心态的不同而有所不同。由于这里讲的是自我陈述的儿童叙述者,所以暂不将第五种,即"童年作为场所"的回忆中的儿童叙述者包括进来。

在认同式的回忆中,成年回忆者把当前的自我看成是成长过程中一系列"我"的自然结果,童年当中的那个"我"在这个系列的最前端,因此,这种回忆中的儿童叙述者自然就以孩童的口气、孩

童的语言进行叙述。比如《北极村童话》中儿童叙述者的陈述:

> 妈妈走了,还有姐姐和弟弟。我真想哭。妈妈真狠,把我一人留在这里了。瞧她在甲板上向我招手,还不时抬起胳膊蹭眼睛。她哭了。
>
> 留下我,刚走,就想了? 真好玩。

叙述语言全都是简单句,符合六七岁孩子的言语方式,这种简单句是认同式回忆中的儿童叙述者所用的典型句式。这种叙述的特点是天真、单纯。如果考虑到这种叙述背后的那个成年回忆者,它其实想表明的是儿童那种没有被文化或文明所修饰的纯粹视野。

在回归式的童年回忆中,成年回忆者在过去的时空里流连忘返,认为现在是乏味的,而童年包含着绝对的美。当前的"我"与童年的那个"我"形成了对照。由于成年回忆者对童年怀着虔诚的怀恋,同时又陷在当前的虚妄中难以自拔,童年中的那个"我"的叙述就不断被成年者打断,整个叙述流呈现出一种漂浮的时间感,一种伤感。比如《绿毛水怪》:

> 我拿回了《在人间》,真比老虎嘴里抢下了一头牛还高兴,赶紧就跑。我根本不敢回家去说,家里知道和老师顶了嘴准要揍我。我赶快跑去找妖妖,可是妖妖已经走了。我又想去书店,可是已经晚了。于是我就回家了。老王,你看学校就是这么对付我们:看见谁稍微有点与众不同,就要把他扼杀,摧残,直到和别人一样简单不可,否则就是复杂!好了,我要告诉你,我们不是天天上书店的:买来的书先得看个烂熟。而且还要两个人凑够七八毛钱时才去。我经常两分、五分的凑给妖妖存着。她也从来不吃冰棍了,连上天然游泳场两分钱的存衣钱也舍不得花。我和她到钓鱼台游了几次泳,都是把衣服放在

河边。那一天我被孙主任叫去训的时候,她一个人上书店了,后来我看见她拿了一本薄薄的书在看。过了几天她把那本书拿给我说:"陈辉,这本书好极了! 我们以前看过的都没这本好! 你放了学不能回家到我家去看吧,别在教室里看。"我一看书名:《涅朵奇卡·涅茨瓦诺娃》。我看了这本书,而且终生记住了前半部。(着重号为引者加,下同)

　　<u>我到现在还认为这是一本最好的书,顶得上大部头的名著</u>。我觉得人们应该为了它永远纪念陀思妥耶夫斯基。<u>我永远也忘不了叶菲莫夫的遭遇,它使我日夜不安。并且我灵魂里好像从此有了一个恶魔,它不停地对我说:人生不可空过,伙计! 可是人生,尤其是我的人生就要空过了,简直让人发狂。还不如让我和以前一样心安理得地过日子</u>。不过这也是后话,不是当时的事情。当时我最感动的是卡加郡主和涅朵奇卡的友谊,真让我神醉魂消!

这段引文中的"我"从叙述主体上来说,有两个。加着重号部分是当前成年回忆者的评论、感慨。而回忆中的儿童叙述者满足于简单的叙述,沉浸在买书、看书的瞬间快乐中,这种叙述方式连同童年时的那个孩子,其实是成年者在完全否定现在的落寞回忆中对当年自我的"再现",它在成年回忆者的眼中,成了一个静止的、永恒的,时光不会再留下刻痕的客观存在。

回归式的童年回忆否定现在,而在否定性的童年回忆中,成年回忆者否定的是过去。时间作为一种改变人的命运的力量,在这种回忆中,是被当成建构性的力量的。这种建构性主要体现在回忆者伦理价值感的发展、完善上。因此,回忆中的儿童叙述者表现出的就不再是语气方面的稚气:

> 我就这样讲啊,讲啊,直从街道讲到区里,又从区里讲到市里,捧回来的奖状一张又一张,一批又一批。……上台发言、主持会议、代表同学表决心、参加革命大批判……这些活动对我来说,逐渐成了家常便饭,也逐渐成了老生常谈,我跟那些形形色色的麦克风、小喇叭筒等等道具成了朋友,只要灯光一亮,我往前边一站,众人目光往我脸上一聚焦,喇叭电源接触不好吱吱哇哇一叫唤,我就立刻精神亢奋,开始做身段,比划动作,讲现成的那些假话,那些屁话,假话屁话顺口而出时真是溜光水滑,愉快得果真像放屁一样。……
>
> (徐坤《招安、招安、招甚鸟安》)

这个叙述者"我"产生了主体分化:讲述者是儿童"我",讲述的语气却是成年回忆者的。有意味的是,儿童"我"在叙事情境中的身份也是一个讲述者,成年者嘲讽的口气不仅是针对当年的"我"的幼稚行动的,同时也否认了儿童叙述者的叙述方式,最终否认的是童年自我的社会认知和价值观念。

无论是认同式、回归式还是否定式,由于成年视角的存在,"我"这个人称所表明的叙述者在童年回忆叙事中,必然是一个人在时间流脉上的两种状态,童年的那个"我"由于回忆主体(成年"我")的回忆心态的不同,叙述的面貌也不同:或者以孩子天真可爱的细腻描述体味那种"幸福感"(认同式);或者用孩子的无知无觉客观叙述,而把评论留给成年者(回归式);或者在成年者的强烈否定中,只剩下了行为意义上的"看",而完全把叙述声音交给了成年者(否定式)。

此外,在本真的童年回忆中,也有作自我陈述的儿童叙述者,由于这时成年回忆者试图获得回忆所特有的那种慰藉,也由于在这种回忆中,童年具有形而上的特点,那个儿童的"我"所作的陈述其实已经被内容化了。不过这种回忆中儿童叙述者表现出的"懵懂"在另外一些小说中,是一种策略。

5. 懵懂的"我"

"懵懂"的儿童叙述者,常常是自我认知不足的孩子。

申力雯的《叔叔,你为什么要搬家》讲的是儿童叙述者和她的邻居叔叔的故事。其中,十五岁的叙述者在心智上比其正常年龄要幼稚得多。当她叙述与叔叔的友情时,把自己看成是幼童,其语气、心态似乎要低于十五岁的孩子正常的状态。叙述者在转述叔叔的话("不行,大人去的地方,小孩子怎么可以也去?")时,对叔叔将自己看成是小孩子并不表示异议(叔叔是个二十岁出头的青年)。她想要和叔叔一起外出,对叔叔说:"叔叔,我不怕黑,也不让你给我买冰砖和雪人。"这分明是六七岁孩子的口气。而且,叙述者不知道自己的成长已悄悄跨越了幼童的无知无觉,不知道自己性意识的萌动,也不知道自己情窦初开,已经不知不觉中爱上了叔叔。当叔叔有所察觉,悄然搬了家之后,叙述者似乎仍然不明原因,而发出"叔叔,你为什么要搬家"的疑问。在这里,儿童叙述者在故事中的"人物角色"——一个心智极不成熟的十五岁女孩——严重影响了她的"叙述者角色"。这个儿童叙述者实际上是"无力"讲述自己的故事的。不过,这种自我认知严重不足的懵懂的儿童叙述者,主要出现在以儿童文化的本质描述为旨归的儿童小说中(这时,孩子的"懵懂"就是小说要表现的内容),而像《叔叔,你为什么要搬家》这样作自我懵懂陈述的儿童叙述者在本书所讲的小说中并不多见,这些小说中当然也有不少懵懂的"我",不过他们常常是讲述他人故事的儿童叙述者,这些孩子在年龄上常常是幼童,比如,长篇小说《晨钟响彻黄昏》(迟子建)中的叙述者之一宋飞扬,只有五岁,中篇小说《球状闪电》的叙述者之一妲妲也只有四五岁。这时,儿童叙述者已经不是自我陈述,而是"仰角叙述"了。

仰角叙述

"仰角"本是表示相对位置的一个概念。一个人站在高楼下向上张望,这是仰角观察;一个人站在高楼下冲着站在阳台上的某个人说话,这是仰角叙述。那么,在小说文本中,"仰角"意味着什么呢?赵毅衡先生在《苦恼的叙述者》一书中说:"当角心人物是'成问题'人物时,即道德上或智力上比较低下的人物,就出现了仰角观察。"①"叙述者在叙述格局中(地位很特殊),处于很低位置,(似乎)以仰角方位作叙述"②。赵先生界定的"仰角"包含了一个价值判断:观察者和叙述者处于道德和智力上低下的位置。在本书中,这个价值判断不是一个必然前提条件,即使是对心智发育还不完善的儿童而言。"仰角叙述"只是用来指儿童叙述者所讲述的故事是他人的(常常是成年世界的故事),因为对不在自己的经验范围之内的人、事,即使是一个心智健全的人也有可能产生"误读",产生不理解。虽然,从见识见解、所受的文明文化的熏染以及自身的生活阅历等方面来说,儿童都与成年人有着巨大的差异,但这种差异不仅是"量"上的,更多地也反映在"质"上。这一点,是有心理学方面的依据的。儿童心理学家皮亚杰在大量的"临床"观察中,把重点放在儿童具有的东西而不是缺乏的东西上(与成年人相比较),他得出了一个重要的结论:儿童与成人之间的差异表现在质的方面而不是量的方面。③ 实际上,不管是有意还是无意,当小说家让儿童作叙事情境的叙述者时,都表现出了对皮亚杰这一思想的认同或暗合。不过,儿童所作的"仰角叙述"与其他人(比如鲁迅小说《伤逝》中软弱无力的叙述者涓生)所作的"仰角叙述"对小说主题的贡献是不一样的。

作仰角叙述的儿童叙述者以两种方式体现着儿童的"质":一种是通过其叙述的可靠性,一种则是通过其叙述时表达出的情感、

---

①② 赵毅衡:《苦恼的叙述者》,北京十月文艺出版社1994年版,第92页,第81页。

③ [俄]列夫·谢苗诺维奇·维果茨基:《思维与语言》,李维译,浙江教育出版社1997年版,第9页。

语气。前者在叙事情境中的角色,常常是一个旁观者,他处于所述的人事当中,但并不参与到正在发生的事件中去;后者在进行叙述时,所处时空与所述的人事不发生"相遇"。前者,我们称为"旁观叙述者";后者,我们则称为"传说者"。下面分别来看。

1. 旁观儿童叙述者

俗话说"旁观者清"。这个"清"有多重含义。首先,因为观者置身事外,在自己和被观者之间形成的仰角角度比较大,有可能较全面地从各个侧面窥见对方;其次,因为事不关己,旁观者可以在观看中不过分投入自己的喜怒哀乐,采取较为客观的姿态;再者,因为与所见不发生纠葛,旁观者可以较为自由地对所见的人、事进行品评。在小说中,倘若这个旁观者是个孩子,这个"清"又意味着什么呢?

作为叙事信息的传播者,儿童叙述者的"旁观"主要体现在他对故事的报道、评价或阐释上。"报道"是一种表述行为,是对事实或事件的描绘;"评价"则牵涉的是叙述者所持的伦理价值态度,是叙述者对所述采取的立场;"阐释"则牵涉叙述者所拥有的知识、感知和阅历等方面的"资本"。举个例子来说,韩向阳的中篇小说《斑斓的花冠》中的儿童叙述者"我"在小说中,大部分时候都是一个旁观者。他是如何充任"传播者"的?

"报道":

小说中有这么一个情节:罗丽母亲的被捕。但是"我"对其被捕的原因始终没有说明,"我"只是站在原处"看":罗母被捕之前,罗丽的姨妈找到罗丽,声泪俱下地痛斥她:"你可把你妈害死了!"警察从罗家搜出一把带血的斧头;还有"我"听说罗丽这个女孩年纪轻轻,已经与不少男人发生了性关系,并不以此为耻。"我"仅仅是如实描述了所见的情景,但是这些叙述却可以使读者推测出可能罗丽与继父之间发生了什么不正当关系,被罗母知晓,在极度愤怒中罗母用斧头杀死了继父。"我"的"人物身份"使"我"作了不充分报道。按照叙事学家费伦的说法,"不充分报道"是不可靠叙述的一种。① 不过,这种不可靠性,与叙述者是不是一个孩子没有关系。

"阐释":

小说(前面一段已指出)中,张、苏两位老师是一对恋人,但是在特殊的政治氛围下("文革"时期),两人只能偷偷地约会,偷偷地表达爱慕之情。可是"我"却认为张老师在欺负苏老师,并且害了她(苏老师后来自杀),"我"并不理解使苏老师自杀的真正原因是混浊的成人世界、复杂的政治因素。这与"我"作为一个孩子的社会认知不足、不够世故有关。

"评价":

由于对张、苏的关系作出了上述解读,"我"把张老师当成是一个坏人。

在这里,这个旁观的儿童叙述者对他人他事的感知、认知甚至价值判断方面都表明了他叙述的不可靠,旁观儿童叙述者的这种不可靠有什么意义呢?接下来这个孩子以完全报道的口吻(孩子似的没有心计),讲述他的这些"阐释"和"评价"被前来调查张、苏两人的另外一些人(这些人在一个荒诞的年代,就是"权威"的代表,他们掌握着他人的命运,甚至生死)当成证词(这些有理性的大人并不考虑孩子的叙述是否可靠),成了张老师罪行的"证据":作风不正,欺压女同志。孩子社会认知的不足在这里几乎有了反讽的意味,他的不可靠叙述被主题化了。这一点,在陆涛的小说《我爱我爸》中表现得更为明显。小说中,以"我爸"为代表的大人们在官场上的勾心斗角,是儿童叙述者"我"根本不能理解的。在"我"的叙述中,从中学教师转而担任市委办公厅秘书的"我爸"的小心

---

① [美]詹姆斯·费伦:《茅威斯经验》,被收入戴卫·赫尔曼主编的《新叙事学》一书,马海良译,北京大学出版社 2002 年版,第 42 页。

翼翼、如履薄冰全都成了"我爸"恪守职责,竭力为民服务的崇高,因而在父子之情以外,"我"对"我爸"又有一种尊崇。"我爱我爸"的表达正包含了儿童叙述者对其所述的情感取向和价值判断。不过在这里,隐含作者对"我爸"的态度其实是温婉的,读者看到的更多是"我爸""人在江湖"的无奈,嘲讽指向的是事(官场的荒诞)而不是人。

叙述不可靠,但在文本更大的伦理框架内,这种叙述上的不可靠构成了小说主题的一部分,这是旁观的儿童叙述者之"清"的一种表现。另一种表现看上去正好相反,因为一个叙述者在充任叙事信息的传播者时,会出现误报、误读、误评,可是这些误报、误读、误评却可能与隐含作者所拥有的价值体系是一致的,这时叙述者的叙述反而会更加可靠。不过这种情况下,儿童叙述者的可靠性并不依赖其在道德和价值判断上的优势,因为一个孩子其实是很少对与己无关的人、事作判断和评价的。这时旁观的孩子,常常是"懵懂"的儿童叙述者。

懵懂的旁观儿童叙述者往往也是事件的参与者,但他们只是盲目地被牵着走,仿佛只是安插在事件中的一个"声音"。但是与前述作我陈述的自我认知严重不足的懵懂者"我"不同,旁观的懵懂儿童叙述者对其所述往往并不加道德、伦理价值的评论,作为孩子,他们完全不能理解他们无意中闯入的、不在他们经验范围的成人世界的某些角落,比如性、复杂的情感变迁等,这时儿童叙述者的叙述可靠性体现在他们无所顾虑地说出所见到的一切,在"报道"轴上,客观细致,避免了一个成年叙述者可能因为种种顾忌而作的不充分报道,而隐藏在他们所述人、事中的"秘密"正是小说试图揭示的,懵懂的儿童叙述者在叙述"行为"上与隐含作者达成了一致。

那些关于成年人的日常生活的叙事中的角心儿童,当他们同时以第一人称自指时,这些儿童就多是这样的旁观的懵懂叙述者。

2."传说者"

之所以是"传说者",是因为这些儿童叙述者所讲述的故事并不是他们亲眼所见,在时空上,儿童叙述者与他们所讲述的事件永远不可能"相遇"。他们通过讲述,或者通过对故事的另一种"编造"来表达他们与成人不同的观点。一个这样的儿童叙述者不无道理地诘问道:"既然所有的大人都在制造着言的故事,那么我们也有相同的理由来这样做。"(邓一光《她是他们的妻子》)这个儿童叙述者说:"现在,该轮着我和旗子来编言的故事了。我知道这是我和旗子的权利,就像所有的人都拥有给别人编故事的权利一样。这是一件快乐的事情,也是一件具有冒险性的事情,我们肯定不会让别人来剥夺我们的权利。说实话,我很喜欢这样的事情,这样的事情相当有趣,它把某些人统治着的世界还给了所有的人,包括我们这些孩子,包括那些傻子。"小说《她是他们的妻子》因为包含了故事中的两个孩子对"言"的过去经历的故事性"编造",而产生了叙述流上的分层。他们的讲述表面上看是以第三人称全知方式进行的,但所谓的"全知"其实都是孩子的想像,故事中人物的语气透露出讲述者的孩子气:

> 大老李对言说,你别为他们难过,他们是军官,军官注定要死在枪口下。言说,你不也是军官吗?那你不也会死在枪口底下吗?大老李说,本来我也应该死在枪口下,可是现在仗打完了,枪都送给剧团演戏去了,没有枪,我就永远不会死了。言想,大老李说得有道理,言就快乐起来了,再也不流眼泪了,言于是又恢复了成了新鲜的言。

故事中,言和大老李完全像两个无知的孩子,"枪都送给剧团演戏去了","没有枪,我就永远不会死了",这种幼稚的语气其实是故事的讲述者孩子的,历史的纷繁复杂、细枝末节全都弥散消逝在这种语气中,儿童叙述者天真地想把快乐还给她的主人公。小说当然并不是要为历史中的人做真实性的求证,儿童叙述者的叙述是在争取一种权利,一种"编造"的权利,一种"说话"的权利,一种以儿童(儿童其实是历史讲述者中"弱势力量"的象征)的方式解释历史的权利。

还有另一种儿童"传说者"的叙述则是"道听途说"加上一点自己的想像,他们常常以"叙述化独白"的方式,想像着那些在时光的迷雾中已变得扑朔迷离的先辈往事以及往事中的那些人,在讲述中,通过语气口吻、情感倾向,这些叙述者进行着精神上的寻根问祖。不过这时,以严格的叙述学标准衡量,这些叙述者其实是采用了孩子的眼光,但叙述声音却是大人的。这一点,本书在分析儿童视角时已有所说明,此不赘述。

至此,我们已大致看到了小说儿童具有策略意义的"看"与"说"的各种情况。儿童的"构形"价值体现在感知、认知以及心理伦理三个方面,它们分别代表着某种"不理解"形式。在小说中,儿童或者充当角心人物,或者自己"发言",做叙事的叙述者;或以目光的澄澈细化生活、消解苦难;或以天性的单纯真实揭露一切"成规";或以无知无畏,争取在成人世界的发言权;或者退到内心寻找孤独的慰藉……这些"看"和"说"体现着小说儿童的"主题"因素。

这二十年间的小说中,还有一些儿童,他们在小说的叙事进程中要么反复出没,要么在情节的关节点出现,要么性格单一。这些儿童,其实是小说家安插在叙事中的具有象征意味的意象,他们也具有叙事策略方面的价值。

第四节　意象化儿童

意象化儿童,不同于小说中一般的儿童形象,他们虽然带有形象性,但是又不像儿童形象那样,"长于经验世界的形形色色。"①比如,迟子建的《日落碗窑》中的孩子关小明就是儿童形象,而诞生在碗窑废墟上的那个婴孩,则是意象化儿童。意象化儿童与儿童形象处于不同的叙事功能层面。在叙事情境中,意象化儿童往往并不具有一般儿童形象的心理纬度,或者即使有心理纬度,也是单一的、恒定的。也就是说,意象化儿童不大是对现实中可能有的儿童的模仿。这些孩子以其有意味的显示,对叙事起着点缀、装饰的作用,并常常指向小说的某一个主题。

根据意象化儿童的形象化程度的深浅,这二十年间中国小说中的意象化儿童有三种基本类型:实象儿童、灵象儿童和情象儿童。

实象儿童

实象儿童在小说中,基本上还是"写实"的。他们多多少少具有经验儿童的某些特点,甚至有可能是小说的"主人公"。但是,小说家在他们身上赋予了外在于经验儿童的象征或隐喻意义,这些意义才是这些孩子在叙事情境存在的"理由"。他们的存在,常常会使整个小说寓言化。

王安忆《小鲍庄》中的捞渣、韩少功《爸爸爸》中的丙崽就是这样的意象化儿童。

《小鲍庄》有好几条叙事线索:小翠子和文化子的故事,鲍秉义和他的妻子的故事,拾来和姑姑(其实是拾来的生母)的故事。这些相对平行的故事,分别以对爱情的忠贞、对婚姻的承诺以及对亲情的眷顾指向了"有情有义"这样一个人们的理想生存关系的不同侧面。而捞渣的故事,不仅起着连缀情节的作用,而且使得这些在时间和空间上看起来并不发生直接联系的叙事情境有着更深层的精神气质上的联系。

---

① 杨义:《中国叙事学》,人民出版社1997年版,第276页。

实际上，捞渣在这些故事中的活动是很少的。比如，在小翠子和文化子的故事中，捞渣还是一个被小翠子抱在怀里的幼儿。可就是这个还不大会走路、不会说话的孩子的纯洁的笑容每每使得为自己将来的婚配黯然伤神的小翠子也"不得不笑起来"。在小翠子和文化子波折的爱情经历中，捞渣基本上只是以"笑容"出场，这个纯洁的、不搀杂任何世俗成分的笑容预示着小翠子和文化子因忠贞不渝而有情人终成眷属的喜庆命运；而在鲍秉义和其妻的故事、拾来和姑姑的故事中，捞渣基本上是不"在场"的，但小说在这些故事的情节安排中，不断插入捞渣和鲍五爷的故事。捞渣不论是咿呀学语的孩童还是上了学的小学生，作为一个人物，他在这个故事中具有的性格是惟一的，那就是"仁义"。不管是歪歪扭扭能走路时"小手里捏着一块煎饼，捏成了团，直送到他（鲍五爷）嘴边"还是请鲍五爷将捉来的蛐蛐放生，或是在与其他孩子玩"斗老将"的游戏时，将自己的"比麻还韧"的杨树叶梗子换给二小子，以及人们谈论中捞渣的种种善行，捞渣的这些行为先是为"仁义"这一中国古老文化的精要作了日常生活的诠释，而在大水中，捞渣为救鲍五爷的牺牲最终又以舍生取义的壮行展示了"仁义"所具有的最高点。作为一个对社会几乎无知无觉的孩子，捞渣的"仁义"似乎来得毫无源头，并不以任何附加的条件为前提。正因为这个没有原因的"原因"使得捞渣及其行为获得了一定程度上的"抽象性"。捞渣本人成为"仁义"这一古老文化的一种象征，而且他在小说中点点滴滴、大大小小的善行串接着的那些故事，又为"仁义"这一概念化的文化"骨架"塑上了血缘、亲情、爱情等具体的血肉。或者这样说，捞渣这个孩子其实是"仁义"这一古老文化的"灵魂"（捞渣长相仁义，举止仁义，又为仁义而死），而鲍氏家族里的那些故事则是这一古老文化的物质载体。"小鲍庄"因而成为一个以"仁义"为其文化准则的社会的缩影。尽管小说有比较明确的时代背景（"文革"）的提示，"小鲍庄的故事"还是被寓言化了。

"捞渣"所象征的自然是古老文化中值得留存和肯定的一面。与之相反,《爸爸爸》中的丙崽则指向了一种古老文化中滞重、否定的方面。这个眼目无神、行动呆滞,有着一个畸形的大脑袋的孩子实际上根本就不在普通人的"成长"纬度上存在。从小到大,他的神情、外貌、身高都没有变化,而且始终只会说两句话,要么见人不分男女老幼,都会亲切地喊一声"爸爸";要么在别人冲他瞪眼时,咕噜一声"X妈妈"。丙崽是寨子里人们打趣和捉弄的对象,在小说的叙事情境中,丙崽每一次的出场都是相似的。小说并没有什么严格意义上的故事,而是讲述了比邻而居的两个寨子的人们在神秘的自然物象、天气的风云变化以及传统习俗下的喜怒哀乐,诚惶诚恐。面对无法解释的自然变化或是人事纠葛,丙崽的古怪很快就被视为异端,甚至他惟一可以发出的"爸爸"和"X妈妈"都被怀疑成是阴阳二卦,丙崽于是成为寨子人眼中的"丙仙",被加以伏拜。丙崽是具有"二度象征性"的:对于叙事情境中的寨中人,丙崽的"爸爸"是吉兆,"X妈妈"则是凶兆,丙崽的这两句言语具有"谶言"性质;同时,丙崽这个人也的确是小说家安插在文本当中的一个象征物,他象征的是古老文化中迷信、愚昧的一面。当饥饿袭击了寨子,人们不得不喂毒药给老人和儿童,"以殉古道",当死亡弥漫了整个寨子时,被喂了半罐毒药的丙崽"不知从什么地方冒出来了——他居然没有死,而且头上的脓疮也褪了红,结了壳"。"鸡头寨"毁灭了,丙崽却活了下来,"鸡头寨"原始落后的文化习俗必然随着丙崽的不死而继续存活。这一笔丙崽"重生"的描述,正象征着传统文化顽固的惰性及其巨大的生命力。

　　捞渣和丙崽这两个实象儿童,前者以单一的行为,后者以单一的语言完成了他们在小说中的"象征化"存在。他们的现实性体现在捞渣和丙崽都是诞生与生活在一个实实在在的文化环境当中,小鲍庄的一个个人、一件件事都是贴近生活的,鸡头寨虽然是一个荒谬愚昧的存在,但却也是一个具体的文化处境。然而,实象儿童的"现实性"是不同于通常意义上的现实性的,它是一种"特殊的、纯假定的、读者自愿陷入其中的幻觉的现实性"(拉封丹语)。这些儿童在小说中不是展示性格,而是符号式地寓含着小说的主题。在一定程度上,这种"幻觉的现实性"是由实象儿童的"儿童"身份决定的,"儿童"的人之初地位,使他们的"入世"和"出世"本身就带上了文化原生态的因素。另外,实象儿童的象征性是通过"隐喻"的方式完成的,作为本体的孩子是具体的,而他们所指的对象、内容、意义(即"喻体")往往是笼统的,带有抽象的属性,比如丙崽和捞渣这两个孩子所寓含的文化内涵,本体和喻体之间的距离是较远的,读者是以意会的方式领悟的。

灵象儿童

与实象儿童不同,小说中还可能有一些孩子,他们根本并不具有实象儿童的那种现实性,但在叙事情境中,他们拥有"灵性"。所谓"灵性",就是"精神、意识或类似精神、意识的一种性质或力量"。① 莫言《铁孩》中的"铁孩"、余华《夏季台风》中的"星星"就是这样的灵象儿童。

在《铁孩》中,被大炼钢铁的"宏伟目标"弄得群情激昂的大人们将孩子圈在铁丝网围成的"幼儿园"里,交给三个巫婆样的老太婆看管,孩子们此起彼伏的哭声弥散在狂热的时代精神浪潮中,激不起任何回应。一个铁孩出现了。这个非现实的、全身不着一丝一缕,浑身铁锈红的孩子以吃铁为生,他随意出入炼钢产地,随意出入堆砌的废铁场、废钢管,他带着现实的孩子"我",吃铁锅、吃铁轨、吃一切铁"物",他们蹦蹦跳跳,与吃大葱、喝大米粥就大肉馅饼的、在炼钢现场的成年人"玩"捉迷藏,现实的童年转成精灵的童年,他们精灵般的出没令那些成年人吃惊恐惧。在这里,铁孩"吃铁"的嗜好与轻盈脱俗的活动寄托着小说家对荒诞时代人们的盲

---

① 刘文英:《漫长的历史源头》,中国社会科学出版社 1996 年版,第 182 页。

目与狂热的嘲笑与讽刺。铁孩既是一个孩子,又具有超出铁丝网圈住的那些孩子在成人世界无助无奈的力量。这个铁孩也可以说是小说的叙述者、孩子"我"在饥饿、无助中的想像,在非常的成人世界,"我"是脆弱无力的,不断暴露在危险当中,但是铁孩的出场,又使孩子具有了超越普通人性的力量。这样,"铁孩"这个灵象儿童,就连接着儿童的现实和超现实两个世界,他与这样一个心理事实有着密切的关系:即儿童可能是不重要的、无知的,但同时也是神圣的。这种神圣性在《夏季台风》中那个精灵般游荡的孩子星星身上,体现得更为明显。

《夏季台风》的叙事背景依然是荒诞的时代,但对时代荒诞性的揭示或讽刺并不是小说的主旨。小说中的人们为躲避传闻中即将到来的地震忙碌着,而星星却追随着美妙的音乐声,四处游走,"无视"可能的危险。实际上,孩子星星的出场是被"虚写"的,每当人们被要来却未来的地震弄得心烦意乱时,小说就会出现一个呼唤"星星"名字的疲惫的声音,这个犹抱琵琶半遮面的孩子其实从来就没有出现在读者的视线中,像小说中在半空漂浮的音乐声一样,星星也是无形的精灵,他灵动和从容的存在,映衬着尘世生存景象的荒谬与滞重。

灵象儿童实际上是一种诗性、超越性生存的象征。他们跟"故事"一章中谈到的"神秘的儿童"一样,代表着对庸常生活的诗性超越,但"神秘的儿童"是以对经验儿童的种种活动的再现来完成这种超越的,他们突现的是其神秘性的"模仿因素",是有心理纬度的"形象",而灵象儿童则是小说家安插在叙事情境中的一个"符码"。这些儿童的特异之处在于,他们既具有人的生命意识,又能够随意出入人体或物体而随意飘荡,他们以非现实的灵性指向或映衬着人类生存的某种状况。

情象儿童

灵象儿童常常是作为叙事情境中其他的人或事的对立面、对照物出现的,在精神上与这些人、事保持着足够的距离。而情象儿童虽然也具有某些灵性,这些灵性却凝结着浓重的感情色彩。情象儿童的功能不是象征,也不是指向生存的状态,他们不是要为读者提供什么信息,而是寄托和表达着主体的(这个"主体"有时是指作为写作主体的小说家,有时是小说中的某一个人物)情感心境。前文中提到的迟子建的《日落碗窑》中那个诞生在碗窑废墟上的婴儿以及莫言《拇指铐》中的那个从阿义身上诞生的小小孩就是这样的情象儿童。

关于《日落碗窑》中的那个婴孩,其实本书在"老人与孩子"一节中已经进行了分析。这个婴孩的孕育和诞生都是非常不容易的,王张罗的老婆数次流产,生下来的孩子也都不过存活几天就死了,废弃碗窑埋葬着好几个这样的孩子,这使得碗窑本身似乎成了一个"死亡"之地,而关老爷子就要在这片"死亡"之地上重新生火起炉。"烧碗"的过程和王张罗媳妇的怀孕过程互相映照着,彼此成为对方"新生命"孕育的喻示,而这个婴孩的诞生与一只完整的红碗的烧成在同一时间的完成,既是对小说中老人的馈赏,也表达着对新生命力的赞叹与欣喜之情。

从被不义困在树下的阿义的身体里钻出来的那个小小的赭红色的孩子,则寄托着更为复杂深邃的情感。这个小小孩就像小鸡从蛋壳里钻出来的一样,"身体光滑,动作灵活,宛如一条在月光中游泳的小黑鱼。他站在松树下,挥舞着双手,那些散乱在泥土中的中药——根根片片颗颗粒粒——飞快地集合在一起。他撕一片月光——如绸如缎,声若裂帛——把中药包裹起来。他挥舞双臂,如同飞鸟展翅,飞向铺满鲜花月光的大道。从他的两根断指处,洒出一串串晶莹圆润的血珍珠,叮叮咚咚地落在仿佛玛瑙白玉雕成的花瓣上。他呼唤着母亲,歌唱着麦子,在瑰丽皎洁的路上飞跑。他越跑越快,纷纷扬扬的月光像滑石粉一样从他身上流过去,馨香的风灌满了他的肺叶。一间草屋横在月光大道上。母亲推开房门,张开双臂。他扑进母亲的怀抱,感觉到从未体验过的温暖与安全"。这个小小的孩子凝结了阿义在被困的长长时光中的全部心绪,有对母亲病情的极度担忧,有对温馨母爱的眷顾,也有在无助中对安全、对力量的渴望。在这个小小孩的身上也寄托着小说家的乌托邦梦想,他"要让天地、现实翻一个个儿,他要帮这个孩子实现他回家侍母的愿望,他让那个更小的小小孩从这个昏死过去的小孩身上诞生,他让他奔跑,直到逃离这个世界,扑进母亲温暖的怀抱"。①

与实象儿童和灵象儿童在小说中"有规律"的反复出现不同,情象儿童往往是"一次性"的瞬间展现,他们常常是在叙事发展到某一个关节点或是一个高潮时出现,为这个关节点或是高潮作点缀与说明。不过这三者的区分不是绝对的,实象儿童捞渣也有灵性在闪烁,灵象儿童和情象儿童常常交织在一起,他们虽然具有非现实的特点,却也有着人的形态与面貌。不管这三者的差别有多大,他们都是意象化的儿童,都跟"儿童"的某一方面相连,实象儿童利用的多是儿童身上的原生态质,他们常常与一个更大的象征物相关。对比而言,灵象儿童则是对儿童身上潜伏着的灵性与神性的提取,他们往往指向人类的生存图景,而情象儿童是个人性的,与小说中具体的人、事相关,离开了这些人、事,情象儿童就不会"诞生"。

这三种意象化儿童不仅有着"凝聚意义、凝聚精神"的功能②,而且也在意象人物与形象人物的相互间隔和节制中,以闪光点与非闪光点的疏密对照,使得作品的色调、节奏和旋律获得了诗性的浓郁与圆润。

---

① 何向阳:《12个,1998年的孩子》,见张炯编:《第二届鲁迅文学奖获奖作品丛书:理论评论》,华文出版社2002年版,第64页。
② 杨义:《中国叙事学》,人民出版社1997年版,第317页。

第三章
意　象

> 当我认为在回忆时
> 我只要一点盐
> 再认识自己并重上征途
> ——[法]埃德蒙·旺代卡芒《没有记忆的门》

第一节　儿童意象

对于1980～2000这二十年间的中国小说来说，有两种儿童意象：一种是上一章说的"意象化儿童"，它在单个文本中或重复出现，或瞬间显现，具有特殊的含义，对小说的主题起着点化的作用，从某种角度说，是小说的"文眼"。这是文本内部的儿童意象。另一种是文本间的儿童意象。

本书序章中曾经指出，不只一位作家在不止一篇小说中涉及儿童。而在同一作家的不同作品或不同作家的不同作品中，这些儿童的存在在这方面或那方面存在着相似性。这种相似既以经验儿童的现实以及人们对儿童的基本文化想像的共同性为前提，又蕴藏着心理模式、审美定势、道德观念、思维方式、美学情趣等创作主体方面的因素。这样，儿童作为小说家作品的一种文学构因，它在文本间反复出现或普遍发生的某一类转化方式、某一种象征或隐喻意味、某一个角色的呈现形态就构成了文本间的儿童意象。正由于它在文本间的反复性、普遍性,使之具有了"原型"的意味。它以"儿童"这个能指,牵涉出了儿童的呈现模式、经验儿童在小说中发生的诗学转化模式、小说家的创作思维模式等多重所指。所以,在文本更大的建构内,这种儿童意象实际上是一个关系化的符号体系,它对身为客体的某一个(些、类)具体叙事文本的生成,起着特殊的作用。

儿童意象在文本间的重复出现和普遍发生,在这二十年间的中国小说中,有两种基本的表现方式。

其一是在某一位作家的不同小说文本间重复出现。在经常把儿童作为叙事因子的小说家的不同作品中,儿童的呈现方式存在着相通性。评论界不乏对个别小说家的"儿童(童年)情结"的研究(比如莫言、迟子建等),但这些研究要么是有传记倾向的,要么是精神分析式的,关注的重心落在作家本人身上。这种研究方式不仅无形之中降低了作家作品的重要性,而且也忽视了作家本人的创造能动性。就我们的论题而言,重要的不是这些作家的童年经验如何影响了他们的创作,而是儿童进入小说以后发生的诗学转化以及对小说作品品质的影响。

在诸多在作品中涉及儿童的小说家中,莫言、苏童、迟子建、王安忆这四位作家文本间的儿童意象具有代表性。莫言的"异象儿童"穿行于他的叙事情境的时间和空间都相去千里的不同作品中;苏童的"香椿树街的顽童"游荡在一系列香椿树街的庸常故事中(其实"香椿树街"在苏童的小说中隐喻着"城市");迟子建的"永恒的孩童"在每一篇时代、地点都不确定的小说中负载着人性内涵的点滴;王安忆的"成长女孩"在每一种时光的流转中寻找生存,发现生活的偶然和必然,体味宿命的无奈。并且,这些儿童意象所包含的诗学转化方式、创作思维在其他小说家那里也有所体现。

儿童意象在文本间反复出现的另一个表现是：女作家和男作家在把儿童作为他们小说的一种艺术建构手段时，表现出了明显的"性别差异"。在不同性别的小说家那里，有关儿童的某一"模式"存在着"同"和"异"。"同"是指在同一性别的不同作家的小说文本间，儿童呈现方式的相似；"异"则是指不同性别的作家的文本间，儿童呈现方式的差异。"同"意味着这一儿童意象表现着同性别作家类似的情感体验、相通的心理需求、共同的文化氛围，以及某种理想的寄托和期待；"异"则意味着这些情感体验、心理需求、文化氛围以及理想和寄托在男女作家那里的差异。这时，儿童意象是一种集体意象。在这二十年间的中国小说中，女作家的这一集体意象可以称为"落日情节"，男作家的这一集体意象则可以称为"儿戏"。① 本章的第二节将分三步分析文本间的儿童意象的"性别色彩"：第一步，论证"同"和"异"现象在不同作家文本中的存在；第二步，说明在把儿童作为文学构成因素时出现"性别差异"的可能原因；第三步，对"落日情节"和"儿戏"两种儿童意象群作内涵的说明，并对其作深层的结构分析。

前文已经指出，文本间的儿童意象是一个关系化的符号体系。这不光是指"儿童"这一表象在不同小说中的重复出现，而且也指某些出现模式在文本间的普遍性，其中也不仅包含着作家对"儿童"的主观运用与生发，还潜藏着与儿童相连的文本外部的心理根源、集体无意识以及文化语境的内容，所有这些因素相互作用、相互影响、相互牵制，使得文本间的儿童意象实际上成为小说对儿童的反应机制和文化模式的功能性显现。换句话说，当儿童进入小说，不仅自己发生了一系列变化，而且也改变了小说的某些重要品质。这就是小说儿童的"综合因素"。

---

① 《落日情节》是女作家蒋韵的小说；《儿戏》是男作家滕锦平的小说。

第二节　个体的儿童意象

个体的儿童意象是单个作家的不同文本之间的儿童意象。本书将选择上面提到的莫言、苏童、迟子建、王安忆四位小说家的作品作为主要的分析对象,这种选择的原因在于:在当代小说的发展与现状中,这些小说家和他们的作品,都占有重要的分量;其次,在当代小说家中,这几位比其他作家更多地把儿童作为作品的构成因素;再者,"异象儿童"、"香椿树街的顽童"、"永恒的孩童"、"成长女孩"虽然不是全部但却分别是这几位小说家作品中主要的儿童存在方式;最后,这几种儿童意象在其他小说家的作品中也有所体现。本节将分析这几种儿童意象的构成"成分",它们得以形成的依据,小说家对经验儿童的现实和关于儿童的文化想像进行诗学转化和运用的原则(也就是这些"现实"和"想像"是如何获得诗学的有效性的),以及同一类儿童意象群在不同作家那里发生的差异。①

首先是莫言的"异象儿童":

莫言小说中的大部分儿童的根本特质不在于他们的写实性,而在于其抽象性。也就是说,莫言以"添加"的方式,在对经验儿童的现实的生发中,赋予其某种特殊的"标记",以此去表现特定的思想、意义。因此,象征、隐喻就成为莫言在小说中运用和生发经验儿童的现实以及文化想像中的儿童的各种价值的基本精神。

在一篇名为《小说的气味》的创作谈中,莫言说:"作家的创作,其实也是一个凭借着对故乡气味的回忆,寻找故乡的过程。""小说

---

① 需要指出的是,这个分析不是对这些作家所有与儿童相关的作品的分析,也不是对他们作品主旨的分析,仅仅是就他们在把儿童作为一种文学构因时所表现出来的主要倾向而言的。

中存在着两种气味,或者说小说中气味实际上有两种写法。一种是用写实的笔法,根据作家的生活经验,尤其是故乡的经验,赋予他描写的物体以气味,或者说是用气味来表现他所要描写的物体。另一种写法就是借助作家的想像力,给没有气味的物体以气味,给有气味的物体以别的气味。"①(着重号为笔者所加)所谓"气味",就是小说的神秘色彩、神奇色彩以及非经验现实色彩。莫言小说的"气味"在很大程度上是由小说中的儿童造成的。"添加"和"赋予"暗示了莫言的"意象化"创作思维方式。

"意象化"作为一种创作思维方式,在小说中处理儿童时可能从两个方向进行:一是借助人们对儿童在各个纬度的文化想像上的特定的象征、隐喻、暗示等语义功能,将儿童消解为小说的潜在媒介。比如20世纪初的女作家冰心、陈衡哲、苏雪林小说中天真、纯洁的儿童就表达着这些女作家对童心精神的推崇;二是通过各种手段,"赋予"儿童特殊的象征或隐喻意义。莫言是从第二个方向入手的。他小说中的儿童常常具有文化象征意义。比如,《透明的红萝卜》中的黑孩所象征的阴性文化(母性文化),《生蹼的祖先》中的天和地兄弟俩、青狗儿所隐喻的地域、家族文化,《拇指铐》中的阿义所象征的古老、传统的民族文化等。

这种"意象化"思维渗透在莫言小说中儿童的诞生、名字、行为、外貌体态、性格、"看"、"说"等细节当中。他作品中的儿童有这样几类:(1)哑默者:语言对这些哑默的孩子要么是多余、要么是苍白无力。《透明的红萝卜》中的黑孩并不是哑巴,可在叙事情境中未发一言。除了对小石匠和菊子姑娘表现出亲近外,几乎完全专注于自身。《拇指铐》中的阿义想要为自己的无辜被困申辩,却没人听他讲,也没人相信。但是对语言的"弃绝"或者被语言"弃绝"却发展了哑默儿童敏锐的感觉。他们也常常是——(2)有着奇异

---

① 莫言:《小说的气味》,载《小说选刊》2002年第6期。

感觉的儿童:一根头发掉到地上的声音黑孩都能听得到;阿义在昏迷中看到一个小小孩的诞生。(3)小小孩:小小孩是一些只有拇指大小或侏儒似的孩子,而且这些孩子都有一些非现实的特点。如《拇指铐》中那个从阿义身上诞生的赭红色孩子,《酒国》中那个带领被卖到烹饪学院的男婴与大人作对的、有着鱼鳞一样粗糙皮肤的红头发男孩以及那个神出鬼没的骑驴的黑衣小侏儒,《生蹼的祖先》中的青狗儿是母亲与魔鬼的后代,他亲近的那一群"小话皮子"也是只有尺把高的小小孩。(4)懵懂无知、无动于衷的儿童叙述者:莫言小说中的儿童叙述者常常是第一人称旁观叙述者,而且他们的叙述往往是客观叙述。边缘人的身份使他们无所顾忌,而无所顾忌有时候会是一种令人汗颜的力量。①

  这些儿童,构成了一个可以称之为"异象"的意象群。"异象"意味着这些儿童身上的非经验化、非现实化色彩。对于莫言来说,经验概念之"儿童"只不过是一种手段,他为他们添加了一些神秘的色彩,借以表达隐藏在叙事进程中的难以直接说明的意义。莫言的这种"添加"或者说"赋予"的意象化思维,实际上是对神话中的儿童的"移用"(弗莱的术语)。他的这些"异象儿童"与神话故事中的儿童有着相似性,比如两者都常常是具有奇才的儿童,是个神童,他们可能在极为异常的环境中投胎、出生、长大,不是凡间的普通儿童。他们的行为与他们的性格和躯体一样,令人赞叹、惊异或令人感到荒谬之极,即使是写实化程度较高的孩子如黑孩,也因为具有特异的感知能力而可以看成是"移位的神话儿童"。而且,在神话中,儿童有着各种不同的形式:他忽而是位神祉,忽而变成巨人等,而莫言的"异象儿童"也要么轻盈飘逸(如《拇指铐》中的赭红

---

① 这里没有包括莫言的那些家族传说的叙述者(其中也有一些儿童)。这些叙述者,用莫言自己的话说是"不肖子孙"。他们不是无动于衷,而是在自己生活状态的萎缩中对祖先的雄健满怀钦慕之情,他们既然不是自己生活的强者,于是便陷入肤浅的怀旧中。

色小小孩),要么拥有邪恶的咒语,如同巫师(如"青狗儿")。荣格在《儿童原型心理学》一文中曾经说:"神话中的儿童概念绝不是经验中儿童的复本,而是一种可以明确辨认出来的象征。"在指出了神话儿童的种种特点后他说:"它(指神话中的儿童——引者注)的诱发因素绝不是有理性的东西或具体的人,'父亲'和'母亲'原型也一样。从神话的角度来说,这两种原型同样是非理性的象征。"①由此看来,莫言小说中的这一系列"异象儿童"无论其在具体文本中的象征意义如何,这些象征性都建立在对"非理性"各个侧面反映的基础之上,莫言"添加"式的意象化思维,根本上是一种创作心理意义上的"神话思维",重复出现在其作品中的"异象儿童"是一种"神话意象",它的象征性与具体小说文本的主题密切相关,它所表现的是一种充塞着强烈主观意图的神奇的世界,在其中,人的愿望、希冀(比如阿义身上诞生的那个小小孩)、人的文化变迁被改造为神灵,或与神灵般的儿童融合在一起(比如那些有着文化指符意味的孩子)或投射到孩子身上(阿义的名字"义"),它以非经验的形象,表达着经验的点点滴滴。

"异象儿童"在其他作家的小说文本中也有体现,比如李佩甫《夏天的病例》中的女孩"我",王彪《在屋顶飞翔》中的傻孩,能够穿越时空地见到、听到常人所不能见、不能听的声音和人、事。阎连科《鸟孩诞生》中的鸟孩死后化为精魂,能够以他者的目光重新目睹自己短短九年辛酸的生、艰难的活、惨痛的死。这些都是有特异感知能力的儿童,他们都是对"异象儿童"某一个侧面的借鉴,但是这些儿童,基本上还是写实的。在我们的阅读视野中,莫言的"异象儿童"在1980~2000年间的中国小说中,具有树立一种"模式"

---

① C. G. Jung. *The Psychology of The Child Archetype*. In: *The Archetypes and the Collective Unconscious*. translated by R. F. Hull. London & Henley: Routledge & Kegen Paul, 1981. p. 160.

的意义,在以后作家的作品中,它得到了进一步的发展。①

上文提到"意象化思维"处理小说中的儿童可以有两个方向,莫言用的是"赋予"的方式,而另一位也是非常擅长"意象化"构思的小说家苏童②,却是从第一个方向进行的。其实,在苏童的小说中,也有"异象儿童"的影子,在中篇小说《舒农或者南方的生活》中,十四岁的男孩舒农的眼睛被父亲用黑布蒙住、手脚被绳子捆住、耳朵被棉花塞住,无数个夜晚,"父亲和丘美玉就在他身边做爱","什么也看不见,什么也听不见"的舒农却感到有一种"强烈的蓝光刺穿沉沉黑夜"弥漫了自己的眼睛。舒农也是一个有着特异感知能力的孩子。不过,苏童更经常地从人性的、日常化的角度切入,他借助了传统对儿童的文化想像,但却是对文化想像中儿童的象征、隐喻意义,特别是对真、纯、善的"童心观"的颠覆。苏童以抽象的精神对待儿童,通过对写实性很强的儿童的日常活动的描写,将这些孩子塑造成"人性之恶"的载体。这就是——"香椿树街的顽童":

"香椿树"这一地点,在苏童的系列小说中,本身就是一个有着象征性的意象。香椿树街是一条"狭窄、肮脏,有着坑坑洼洼的麻石路面"的街道,它跟以"枫杨树"这一地名指示的"乡村"、"家乡"对立,代表着城市,是弥漫着腐烂气息的城市的代名词。乡村是宁静的停泊地,而"城市与人性恶似乎有着一种对应互等的关系"。③在香椿树街的故事中,那些有着暴力倾向的男孩就展现着人性之中的恶。

实际上,"暴力"是当代小说,特别是 90 年代以来的新潮小说的"主题话语"。暴力不仅在特殊的、极端化的状态下存在,而且也

---

① 在发表于《花城》2003 年第 3 期上的残雪的短篇小说《男孩小正》中的男孩小正那里,我们可以从更本质的意义上看到这种"异象儿童"的"再现"。
② 可参见王干《苏童意象》一文的有关论述,载《小说家》1992 年第 6 期。
③ 王干:《苏童意象》,载《小说家》1992 年第 6 期。

潜藏在日常生活当中,对每一个普通人的生存中所潜隐着的暴力倾向的表现,更能代表新潮作家探索"暴力"主题所达到的深度。①苏童小说中的"香椿树街的顽童"就寄托着小说家对这种日常形态的暴力加以挖掘和展现的企图。"香椿树街的顽童"是"一群处于青春发育期的、有着不安定的情感因素的南方少年,一些在潮湿的空气中发芽溃烂的年轻生命,一些徘徊在青石板路上的扭曲的灵魂",《乘滑轮车远去》中分别以猪头三和癞八为头的那两群少年,《伤心的舞蹈》中的"我"和李小果,《刺青时代》中那些擅长恶作剧的少年,以及《城北地带》中的李达生和东风中学的那些中学生们等都是这样的"顽童"。这些少年,拉帮结派,互相斗殴,彼此追杀,在他们年轻的血液中一点点渗漏着暴力的毒汁,而当我们看到一个一个年轻的生命也在这毒汁的散发、浸透中被毁灭时,也不禁悚然心惊,"而不得不对我们自身,对'人'这个概念进行重新的审视和思索"。②审视和思索的结果就是让我们意识到人性之中的毫无缘由的"恶"、毫无缘由的施虐倾向。这种"恶"在"香椿树街的顽童"身上锋芒毕露,成长滋生,正一点一点形成"香椿树"所隐喻的城市的腐烂。

不过,"香椿树街的顽童"在苏童的笔下并不是道德、伦理批判的对象。相反,人性的畸形变态始终是在充满抒情意味、充满诗意的氛围中展开的,苏童似乎想跟法国诗人波德莱尔一样,在对丑恶的描写中发现美感。这种"审丑"的创作心理,也影响了"香椿树街的顽童"的故事中儿童叙述者的叙述。这些叙述者,无一不是以松松垮垮、无所顾忌又无可奈何的语调进行叙述。比如:

  阿福真他妈是个怪物,你见了他就会觉得情绪很低落。

——《金鱼之乱》

---

①② 吴义勤:《新潮小说的主题话语(续一)》,载《文艺评论》1996年第4期。

>　　他们跳跃着碰撞着怒骂不绝,相互殴打,在正午的太阳下仿佛奔马嘶鸣,蔚为壮观。
>
> 　　　　　　　　　　　　——《乘着滑轮车远去》

>　　我想李小果的心情大概也一样气势汹汹。"东风吹,战鼓擂,现在世界上究竟谁怕谁?"有一首歌曲就是这样唱的。
>
> 　　　　　　　　　　　　——《伤心的舞蹈》

　　……这些跟美国作家塞林格的小说《麦田里的守望者》中的儿童叙述者一样有着"垮掉派"的某些风范的儿童叙述者在言语方式上为"香椿树街的顽童"这一意象增添了新的"成分"。

　　隐喻着人性之恶的"香椿树街的顽童"这一儿童意象以暴力行为这种展现模式在苏童不同的小说文本中重复出现,甚至也发生在并不以香椿树街为地点背景的文本中,比如《稻草人》在时空倒错中描写轩和另外一个男孩在光天化日下打死男孩荣,并从容不迫地将尸体埋掉,还在上面插上了一个稻草人,叙述的冷静更令人为人性的恐惧之处战栗不已。与莫言的"异象儿童"作为象征形式不同,"香椿树街的顽童"是一种作为主题的意象。在其他小说家的作品中,这一意象的"人性之恶"主题,也以几乎相同的方式存在。比如余华《现实一种》中的皮皮虽说只有四岁,但他对于堂弟的施暴却充满了激情:

>　　这哭声使他感到莫名的喜悦,他朝堂弟惊喜地看了一会,随后对准堂弟的脸打去一个耳光。他看到父亲经常这样揍母亲。挨了一记耳光后的堂弟突然窒息了起来,嘴巴无声地张了好一会儿,接着一种像是暴风将玻璃窗打开似的声音冲击而出。这声音嘹亮悦耳,使孩子异

常激动,然而不久之后这哭声便跌落下去,因此他又给了他一个耳光,堂弟为了自卫而乱抓的手在他手背上留下了两道血痕,他一点也没觉察,他只是感到这一次耳光下去那哭声并没窒息,不过是响亮一点的继续,远没有刚才那么动人,所以他使足劲又打去一个,可是情况依然如此,那哭声无非是拖得长一点而已。于是他放弃了这种办法,他伸手去卡堂弟的喉管,堂弟的双手便在他手背上乱抓起来。当他松开时,那如愿以偿的哭声又响了起来。他就这样不断去卡堂弟的喉管又不断松开,他一次次地享受着那爆破似的哭声,后来当他再松开手时,堂弟已经没有那种充满激情的哭声了,只不过是张着嘴一颤一颤地吐气,于是他感到索然无味,便走开了。

在这一段描写中,皮皮的暴力与"香椿树街的顽童"毫无缘由的打架斗殴如出一辙。余华在一个根本还不知道生存为何物的幼童身上将人性之恶的放大,已经为生存的前景投下了阴影。在余华关于暴力儿童的描写中,弥漫在"香椿树街的顽童"那里的抒情氛围已经没有了,这个一向关注生存的小说家的"顽童"叙事,倒是充满了对因人与生俱来的"恶"而将无可逃遁的生存苦难的悲悯。

"香椿树街的顽童"颠覆了人们对"童心"的推崇,不过这种颠覆依然是从文化想像中的儿童的一个侧面进入的。这就是"儿童"想像的哲学层面。儿童与人的生存哲学的建构相关。人的生存有"真"、"伪"之分。这里的"真"和"伪"并不是在道德判断的意义上说的,而是指人的两种生存性状。人的生存有着生物学的前提,但人的自然本能经过"人化"、"文化"而被修饰、改造过了,一旦这种修饰和改造在缺乏反省、批判和超越意识这样一种机制下进行,人的生存就可能会丧失生存的真谛,就会呈现出庸俗、自私、狭隘、麻木、苟且、市侩、伪善、贪婪和腐化的面貌,这就是"伪生存"。① 英国19世纪浪漫主义思潮中,人们对自然的回归,是以工业文明的发展导致了诸多人性的丧失、"伪生存"的泛滥为背景的,在这种回归中,儿童在很多时候充当了通往自然的媒介。

不过,"真生存"并不是前在于"伪生存"的,并不是说人的生存本来是"真"的,是"伪生存"将其遮蔽了,赤子般的"绝对真诚"只是"一个在中国大地上流传了数千年的古老神话"。② "所谓真生存,就是意识到生存自身的各种弊与蔽包括人性中的虚伪、残忍、阴暗而努力战胜之、消除之的过程。这个过程不仅是对自己的动物性,对源于动物性但却在社会中膨胀、恶化了的各种欲望和心性的改造和祛除,而且是对人生的一切现存状态的批判性审视和超越。"③ 然而,在人的生存可能经历的"自然本能"——"伪"——"真"的流程中,儿童的生存最接近自然状态,这种生存包含着另外两种生存状态的一切萌芽。所以,人们对"现存状态的批判审视和超越",对"真生存"的建构,必然又首先要通过儿童作自然生存状态的"还原"。因为人之初的无知无觉既有可能演化为人性的"善",也有可能膨胀为人性的"恶",这个演变的过程和导向暗示着人生存的内在矛盾性与生成性。苏童的"香椿树街的顽童"无疑为人生存的生成性作了否定方面的"还原"。

女作家迟子建的中篇小说《岸上的美奴》中的女孩美奴,在一个夜晚将母亲骗上小船,乘其不注意时将她推入江中致死,似乎也表现了一定的暴力倾向,但是与"香椿树街的顽童"无缘无故的施虐行为相比,美奴的残酷是因为不能忍受母亲跟语文老师的暧昧关系。在迟子建细腻的笔触下,美奴内心怨恨的积聚过程丝毫不激烈,反而在叙述者从容不迫地对美奴细微的心理琐碎的描述中

---

①③ 张曙光:《生存哲学》,云南人民出版社2001年版,第167页。
② 邓晓芒:《灵之舞》,东方出版社1995年版,第24页。

显得不动声色。迟子建关注的是潜藏在美奴心灵事变中的人性内涵。她不是"赋予"自己笔下的儿童以象征性,也不是将这些儿童变成某一具体人性的人格化隐喻,而是怀着美好的理想,"发现"和"挖掘"本来就蕴藏在他们身上的人性的点点滴滴,特别是高贵的人性。人性不像在"香椿树街的顽童"那里以反常的面目被表现,迟子建关注的是正常的人性。正如批评家谢有顺所说:"迟子建常常在平凡的生活中坚持高贵的人性立场,发现人性的光辉。"①

"发现人性的光辉"的写作立场,使得迟子建笔下的人物常常带着为庸常的世俗生活所不能理解的灵气、灵性。关于这种灵气,迟子建自己说:"我所理解的活生生的人,不是庸常所指的按现实规律生活的人,而是被神灵之光包围的人,那是一群有个性和光彩的人。他们也许会有种种缺陷,但他们忠实于自己的内心生活,从人性的角度来讲,只有他们才值得永久地书写。"②在迟子建众多的有灵性的小说人物中,最令人难忘的是那些在文本间反复出现的儿童。比如,《北极村童话》中感觉敏锐、想像力丰富的女孩迎灯,《麦穗》中野性、善良、宽容又惊俗的西西,《雾月牛栏》中与牛心灵相通的宝坠,《五丈寺庙会》中天性向佛的放鸟少年仰善,等等。他们构成了本节所说的第三种个体的儿童意象,即——

"永恒的孩童":

"永恒"既是指这些儿童在叙事的进程中,有一种始终保持不变的突出的特点,迎灯的敏锐,西西的宽容,宝坠的"痴",仰善的"善",在故事中无论经历怎样的变迁都不会被破坏;"永恒"也指迟子建始终从心灵的角度观照这些孩子,从不将他们放在发展的纬度上加以书写。即使有的孩子是处于时间的流逝当中的(比如西西、《树下》中的七斗),其性格中的那种闪现着灵性、折射着人性内

---

① 谢有顺:《忧伤而不绝望的写作》,载《当代作家评论》1996年第1期。
② 迟子建:《寒冷的高纬度》,载《小说评论》2002年第2期。

涵的特点也不会改变。可见,迟子建的这些灵性儿童所具有的神采,是不同于莫言的"异象儿童"的,他们是现实化的,但又避除了在现实中可能沾染上的世俗气。迟子建仿佛带着欣喜之情,一点一点发现着这些孩子可能与生俱来的"神气"。"永恒的孩童"的这种特点以及在文本间的这种复现方式,使得迟子建的小说作品(特别是早期的作品)透露出"泛神"或"泛灵"的文化观念。前文曾提到莫言的"神话思维",迟子建的创作心理也可以说是"神话"的。在不止一篇创作谈中,她提及神话、童话以及民间传说等故事一直是自己重要的创作心理资源。① 但是与莫言提取了神话中儿童的非经验外形、外貌等外部特点不同,迟子建吸取了神话人物的精神气质,从这一点来说,迟子建的"神话思维"要比莫言的"神话思维"深刻得多。因为有了这些灵气四溢的"永恒的孩童",迟子建的小说总是在尘世生活与神话、日常性与神性之间取得很好的平衡。借助于神话的"灵"的精神气质处理儿童,也使得迟子建的儿童叙述者大都是天真的叙述者,他们细节化的叙述无疑也为小说增添了诗性的情调。因此,"永恒的孩童"是一种作为叙事情调的儿童意象。依赖它,迟子建建构的是一种"情调的小说诗学"。

洋溢着灵气的"永恒孩童"这一意象在其他小说家的作品中也能见到。懿翎《紫蓝蓝的茄子》中的七岁女孩"我"同小说中不断出现的泛着紫色幽光的"茄子"这一物象(先是母亲留下的茄子面,然后是阿姨脖子上一个个像茄子样的斑痕,父亲做的红烧茄子,吴施妈的奶子也像一个茄子,所有这些"茄子",全都是紫蓝蓝的)一样,如同"月亮照不到的壕沟,流动着暗深的神秘",这个女孩有些奇怪、有些早熟,又幼稚得可爱,你简直无法给她一个用一两句话就可以加以概括的界定。她劝说父母离婚,夜里总是让人感到莫名奇妙地大哭,恼得当爹的用枕头压住脑袋,差点让女孩窒息而死;

---

① 迟子建:《寒冷的高纬度》,载《小说评论》2002年第2期。

她自杀过好几次,偷来幼儿园的小孩子放在地窖中,为了自杀后给父母一个补偿……也许,在这些"离经叛道"行为的背后,是一个小女孩敏感脆弱的心灵世界,可是在她毫不掩饰、大大咧咧的话语喧哗之中,却产生了一种奇怪的滞涩之感,我们奋力搅动,最终还是落入女孩的神秘之沼中无法自拔。不能明确意蕴的紫蓝蓝的茄子与这个女孩互相指认,成为对方的影子,也给小说罩上了一圈神秘的光彩。在懿翎的其他一些小说,如《灿烂的学校》、《把绵羊和山羊分开》中也有"永恒的孩童"式的"灵之舞"。

最后来看看王安忆小说文本间的儿童意象——"成长女孩":

从《69届初中生》开始,王安忆在一系列小说中讲述着主体在时间中的经历。这些主体从童年到成年,在时光的流转中发现和寻找着生存。王安忆在《纪实与虚构》中为这种主体的经历作了说明:"孩子她这个人生存于这个世界,时间上的位置是什么,空间上的位置又是什么……换句话说,就是,她这个人是怎么来到世上,对她周围事物处于什么样的关系。"在这段说明中,王安忆用了人称代词"她"来指代这些小说中的时间上的主体,这个"她"就是"成长女孩"。的确,从《69届初中生》中的雯雯、《流水三十章》中的张达玲到《米尼》中的米尼、《长恨歌》中的王琦瑶等,都是成长中的女孩。除了都处于时间的流程上这一共同的特点,这些成长女孩的个人生命史无一不弥漫着宿命的味道,偶然、预感、征兆、暗示、秘密等经常出现在关于她们的小说叙事中。王安忆通过这些成长女孩的个人生命史,"探究的是历史理性也就是命运对群体或个体生活的支配地位,人类的历史不过是西西弗斯神话的不同版本"。①

但是,王安忆并不是要以"成长女孩"来构建什么成长的寓言,也并非要以此来演绎关于生存的客观规律。因为对王安忆来说,小说是一个崭新的完全不同于现实的新事物,她曾经说过,"小说

---

① 汪政、晓华:《论王安忆(之二)》,载《钟山》2000年第4期。

是个人的心灵世界",这个世界"和我们真实的世界没有明显的关系,它不是我们这个世界的对应,或者说是翻版。不是这样的,它是一个另外存在的,一个独立的,完全是由它自己来决定的,由它自己的规定、原则去推动、发展、构造的,而这个世界是由一个人创造的,这个人可以说有相对的封闭性,他在他心灵的天地,心灵的制作场里把它慢慢构筑成功的"。① 王安忆这种"小说理想"其实是从纳博科夫对小说的定义——"事实上,好小说都是好神话"——那里发展而来的,不过她所理解的"神话"已经不是莫言和迟子建那里本体论意义上的神话了,而仅仅是就神话的人为虚构性质而言的。在王安忆的"神话"创作思维指导下,真实世界的一切现实,都只是她建构个人心灵世界的"材料"。② "成长女孩"是王安忆用来完成小说这一"神话"的构成方式之一,对于她来说,这一神话的构成可以从"纵与横"两个方向进行。处于时间之流上的"成长女孩"即是"纵"的构成方式。

这样,尽管王安忆的小说绝大多数在表层上都是现实主义的,在深层上却蕴涵着王安忆隐蔽的内心世界,用她自己的话说,则是一个小说家的"理想"与"神界"。③ 而对这种"理想"或"神界"的阐释似乎是作为旁人的批评者所不能的,因为"那可能是无法用公众语言交流的属于私人语言的充分个性的'心灵史'"。④ 从这个角度上看,"成长女孩"是一种作为小说结构模式的意象。

至此,我们看到了这二十年来分布于个体作家文本间的四种典型的儿童意象:作为象征的儿童意象、作为主题的儿童意象、作为情调的儿童意象、作为结构模式的儿童意象。

---

①③ 王安忆:《心灵世界》,复旦大学出版社 1997 年版,第 13 页。
② 王安忆:《小说的思想》,载《上海文学》1997 年第 4 期。
④ 汪政、晓华:《论王安忆(之二)》,载《钟山》2000 年第 4 期。

"作为象征的儿童意象"中的儿童往往具有外部的非经验儿童的特性。它所表现的一般是经验世界中难以实现的愿望、希冀。它在某位作家小说文本间的反复出现、普遍发生常常带有作家个人强烈的主观色彩,也就是说它的象征性是个人的,具体文本中的象征意义也可能不同,它作为文本间意象的依据也并不是始终如一的象征意义,而是儿童变形方式的相似性。

"作为主题的儿童意象"中的儿童往往只表现出一种突出的人性特点,而这一特点又是小说加以演绎的主旨所在。这个(些)儿童因此是写实的,他(们)在小说中的行为可以找到儿童心理学方面的说明。

"作为情调的儿童意象"中的儿童则以其精神气质上的灵气和神气,为小说增添了诗性的色彩,而他们在某位小说家文本间的复现,也构成了该小说家创作风格的标志。

"作为结构模式的儿童意象"则为小说家创建自己的小说哲学提供了"技术"上的支持。

第三节　性别之维:集体的儿童意象

诸多的作家把儿童作为他们小说文本的文学构因,使得"儿童"本身就成了一种原型。不妨把各个作家在他们的小说中处理儿童的方式看成是这一原型"意识化"的过程,这个过程体现出鲜明的个性色彩,上一节的四种个体的儿童意象是一种表现,另外,这个"意识化"的过程还呈现出比较明显的"性别特征",这种性别特征指的是同性别的作家在书写童年、书写儿童时表现出的相似性,而这种相似性又是以男女作家书写的差异为前提的。"相似"与"差异"蕴藏在小说儿童的故事性再现和话语性展示中。可以用两句话概括这一特征:落日情节——女作家的"情结";刺青时代——男作家的"儿戏"。①

先来看几部作品。

《落日情节》是女作家蒋韵的中篇小说。在这篇小说中,女孩郗童在1967年9月9号这天早晨,禁不住因为抽烟被母亲锁进房里、被管制的哥哥郗凡的苦苦哀求,打开锁,放走了他。郗凡在这一天"立着出门却横着回来,如一棵突然伐倒的年青的树,轰然倒地带回一身斧钺的伤痕。从此母亲的残生就变成了一个空荡荡的鸟巢,再也没有什么东西能够穿越那一片辽阔的空白"。于是,"母亲许久说出一句话,这句话语不惊人却毁掉了郗童的余生。母亲说道,你杀了郗凡"。同时给了郗童一个巴掌。童年的这次经历和母亲的这句话、这一巴掌,使得郗童此后的一生成为自觉赎罪的一生。她以自虐的方式,毁灭了自己生活中的所有光明,甚至一个少女梦寐以求的爱情。

《羽蛇》是女作家徐小斌的中篇小说,其中的六岁女孩陆羽画了一幅蓝色做底的"雪花图",并题上"献给爸爸妈妈"的字样,满怀敬献之情的羽手捧这幅有着稚拙而奇异之美的图画,站在幼儿园的门口等待来接她的父母,等待着他们的惊喜与爱抚,这个渴望爱的孩子其实从未被爱过,母亲与外婆喜欢的是男孩。羽经常的奇思默想又常常使自己与这个世界不相和谐,没有哪个大人试图去了解一个孩子的内心。"雪花图"是孩子试图与大人沟通的第一次尝试,然而,第一次就失败了:匆匆赶来的父亲根本来不及看,他把画卷成一卷扔进车筐,载着羽向医院赶去,陆羽这才知道,弟弟出生了。雪花图被扫雪的人和着其他杂物一起扔进了垃圾车。羽期望的父母的赞赏被一顿责骂替代,因为她不小心碰了碰弟弟的鼻子。崩溃就是从这时开始的,羽的生活正一点一点破成碎片。人之初的被忽视,使羽迁怒于弟弟,她在一个黑夜杀害了弟弟。自

---

① 《刺青时代》是男作家苏童的中篇小说。

此，羽的全部生命历程就变成了一场宿命般的赎罪，任何与人正常交往的可能都在羽后来的生活中被证明是徒劳的。她希望通过对自己的惩罚来缝合内心那些希望的片断，文身、做苦力等，是羽赎罪的方式。

《树下》是女作家迟子建的长篇小说，女主人公李七斗童年时被收养她的姨父长期霸占，直到一场意外使姨父全家死于非命。当七斗开始独立人生时，童年的不幸开始影响她的人生选择：在做小学老师时，当七斗知道女学生李玲菲鳏居的父亲对女儿怀着难以抑制的欲望时，七斗决定答应三九工区的头儿米三样的求婚，使得工区的一个寡妇在失望之余嫁给了李玲菲的父亲，让这个女孩子避免了和自己一样的命运。婚姻，这个被许多女人视为人生归宿的重要选择，在七斗那里如此轻飘又如此沉重。

《风景》是女作家方方的中篇小说。小说中的小七子是一个重要的角色。小七子小时候被父母忽视，从来没睡过床，家里那张惟一的大床底下是他睡觉的地方，除了大哥、二哥表现出一些温情外，小七子实在是家人的撒气筒。这些经历对小七子的心理结构产生的影响，左右了他成年后的婚姻选择、处世态度。

……

在女作家的笔下，童年经历既毁灭了这些孩子的一生，也塑成了他们的一生。

《城北地带》是男作家苏童的长篇小说，小说中的男孩李达生是"吃"着父亲李修业的暴打长到十来岁的。可是，李达生的盲勇、无知、好斗跟父亲的鞭打没有太大关系，城北地带的少年之"恶"也不是童年经验建构而成的。

《灰色少年》是男作家何顿的中篇小说。男孩罗小毛不时被父亲扇几个巴掌，一度被父亲关禁闭，可是这些令童年罗小毛痛苦不堪的"高压政策"丝毫没有妨碍他长成一个身心健康、事业成功、家庭幸福的大人。

……

在男作家的笔下,童年经历不会贯穿一生,它是暂时性的、片断性的。

举出这些例子,可以帮助我们了解一些关于男女作家对待童年经验的态度的信息。在女作家看来,童年经验决定着儿童的人格构成、心理构成,形塑着他/她成年以后的生活;而在男作家看来,童年经验在日后的生命历程中会得到修正,当前生活的紧迫性、现实性会冲淡童年生活的浓度。这两个看似一致,而终至分离的"童年观"在一定程度上导致了男女作家在书写童年、书写儿童时的差异。"童年"对女作家的缠绕,显然要比男作家牢固和深刻得多,她们注重童年的已逝经历的烙印。因此,女作家常常从"成长"的角度书写儿童。在序章中,本书曾经指出20世纪80年代以来、特别是90年代,女性作家对"成长"倾注了更多的热情和笔墨。在她们的作品中,那些女孩不是以分离的方式被感知,而是处在不断成熟的过程中。小说描写这些孩子在时间流程中,从童年到成年的过程中的遭遇、感知、体验,在这个过程的书写中,童年的经历占有较大的分量,这些经历对于个体存在的趋向成熟、明确的自我意识的获得,以及协调个人意愿与社会规范之间的冲突从而一定程度上实现自我价值的能力,至关重要。男作家也写"成长",但是与女作家从纵向切入,描写时间流程中的孩童命运、特别写童年经历对成年的重要影响不同,男性作家文本中的童年是片断式的,他们是从横向入手,即使描写一个时间流程上的从童年到成年的个体的生命史,童年在叙述中所占的比例要么很少,要么使得对童年的叙述变成了对童年的天真、幼稚乃至所拥有的理想的消解以及无奈的嘲讽。这在苏童的《刺青时代》、《城北地带》,何顿的《灰色少年》、《我们像葵花》中都有所表现,而且女作家笔下的"成长"往往更多的是时间流程中的心灵成长史。

这种书写的差异,反映在女作家那里,"儿童"是一种既连接着过去又连接着未来的原型。它频频出现在女作家的各种小说想像中的内在驱动力,是她们作为女性的心理需求。"主要是由匮乏感而产生的需求感。"①这种"匮乏感"主要是历史文化对性别的形成与改造造成的。而意识到自己是一个"女性"可能是一个漫长的过程。波伏娃曾经说过:"一个儿童,就他存在于自身并为自身存在而言,很难意识到自己是一个有性别的人。无论是男孩子还是女孩子,他们的身体首先是一种主观放射,是他们认识世界的工具;儿童是通过眼睛和手,而不是通过性器官去认识世界的。"②所以,波伏娃才会说:"女人不是生就的,而宁可说是逐渐形成的。"③波伏娃揭示出了女性生存困惑最为本质的社会文化原因。在一个以男性文化为主导的社会里,女孩的成长是以社会(男性)的需要为基点建立起所谓的女性的理想范式,而不是以女孩身心的全面发展、女性创造潜力的充分实现为出发点。文化浸淫的力量是巨大的,它将对女孩产生潜移默化的影响,使女孩自觉地选择这种范式作为自己的人生目标,从而将原是社会的、男性的要求内化为女性的自我选择,将原是外在的、文化的压抑内化为女性的自我压抑。因此,成长母题在女作家文本间的反复再现是以作家个体的过去与现在出现了分离为条件的。"这种分离的出现是由于各种不能兼容的因素。"④这些不能兼容的因素,是女性自身的潜力与外在要求的冲突,当这一冲突难以调和时,女作家们就通过书写儿童来找到一种消解的途径,来减轻文化、社会要求的角色所带来的心灵重负。她们在虚构的个人历史中,展示女性生活的可能性与危险

---

① 程金城:《原型批判与重释》,东方出版社 1998 年版,第 235 页。

②③ [法]西蒙娜·波伏娃:《第二性》,陶铁柱译,中国书籍出版社 1998 年版,第 309 页。

④ C.G. Jung. *The Psychology of the Child Archetype*. In: *The Archetypes and the Collective Unconscious*. translated by R. F. Hull. London & Henley: Routledge & Kegen Paul, 1981. p.162.

的经验,这是一种通过创造来消除冲突所产生的匮乏的方式,也是自我在发展的方向上保持连续感的方式。女性与现实的冲突化解在虚构的历史中,从而在一定程度上,缓解了与现实的紧张关系。儿童是弥补和修正成长所带来的冲突感的媒介,它是一种特殊的心灵符号。

男性作家对成长的关注可能也是出于"不能兼容的因素",比如,其现在的境况可能与他幼年时代的境况发生了冲突,这种冲突,可能体现在抱负、理想、人格面貌、生活境遇等方面。于是,他们不断把儿童以及与之有关的事件、人物展现出来,以便在意识上与其初始状态保持着不割断的联系。但是他们笔下的"成长"很少像女作家那样,达到心灵的深度。"心灵的成长"的确是女作家在"成长"的纬度上书写儿童的主要特点,而且一般是女孩的心灵成长。多写女孩,固然有着女作家个人经验的原因,但这并不是关键所在。因为,"第二性"的生成是女性为认同男性原则而形成的一种恶性自律。即使在我们这个随着社会的发展,男女在经济、法律、社会地位等方面基本平等的国度,这种"内化"的过程,依然具有强大的影响力。这时,女性要面对的不是外在的压迫力量,而是自我内心的对抗。"对于一个女孩来说,'成长'意味着那丰富的潜能打开通途的过程;意味着一个获得自我的过程;意味着她在使自己成为自己。那需要不倦的努力,不断的自省,不断的改善与创造自由的健康心态,而这一切自始至终伴随着因正视自己被内化的事实而不可避免的心灵搏斗。"[①]心灵的成长对女孩具有更特殊的意义,这也许才是女作家们多选择女孩作为书写对象的深层原因吧。

上面从总体上分析了男女作家书写儿童(童年)的差异及其原

---

① 潘延:《对"成长"的倾注——近年来女性写作的一种描述》,载《江苏社会科学》1997年第5期。

因。这些差异当然体现在儿童在文本中的具体呈现方式上。这些差异主要存在于三个方面：创伤性童年经验的叙述、童年的"文革"显现、叙述视角（语气）。

创伤性童年经验，指的是身体暴力、精神忽视、性侵犯等儿童虐待行为。本书前面举例的文本中的儿童多多少少都有这样的经历，但是在男性作家那里，这些并不会构成孩童生理和心理的伤害，它们不是被当成"创伤"来叙述的。苏童笔下的少年的"恶"与他们的父母长辈对他们的打骂并不构成因果关系，何顿的"灰色少年"要感谢父亲的高压政策使自己没有变成动乱年代的"坏小孩"……实际上，对受虐儿童的描写，往往出现在女作家的笔下。

心理学家 Lloyd Demause 认为，成年人对需其照护的孩童主要有三种反应：(1)投射作用（projection），即孩童成为成年人自己各种感觉的容器；(2)逆转现象（reversal），视孩童为自己童年中某重要成人形象的替代；(3)同心理反应（empathy），能设身处地地去了解孩童，满足其需求。[①] 在投射作用和逆转现象中，成年人无疑处于孩童/成人关系的支配地位，而"同心理反应"看上去更像是一种追求的纬度。遭受虐待的孩子显然处在投射作用的"轴"上，他们成了成年人发泄欲望、排遣内心的喜怒哀乐的"容器"。Demause 还指出，在抚育儿童由征服转化为培育的过程中，教导孩子顺从，父亲的角色因而开始。这是一种权威角色。可是，在女作家的文本中，那些遭受虐待的孩童的父亲似乎"放弃"了这种权威：小七子（方方《风景》）的爹怀疑小七子不是自己亲生，感到男性的尊严受到了亵渎，从而把气撒在这个孩子身上，甚而忽视着他的存在；李七斗（迟子建《树下》）的父亲是游走四方的木匠，在七斗写信给他暗示姨夫对自己的侮辱后，似乎丝毫没有意识，却寄来了一些

---

① Lloyd Demause. *The Evolution of Childhood* In: L. demause(Ed). *The History of Childhood*. New York: The Psychohistory Press,1974. p. 1-38.

钱和衣服,也许他以为七斗只是吃不饱、穿不暖?而陆羽(徐小斌《羽蛇》)的父亲尽管不乏爱心,却在陆羽的母亲、祖母强大的"母系力量"下懦弱无力,无暇顾及太多女儿的感受;难难(周海彦《月亮船》)的亲生父亲在与母亲离婚后,就基本上从小说中消失了,继父对她更多的是冷漠和客气;而红羚(杨泥《红羚》)的父亲在小说中根本没出现……可以说,这些形形色色"被放逐"的父亲形象有意无意中,暗含了女性小说家对儿童虐待现象背后所隐藏的两性关系及父权家庭关系的质疑和反驳。"父亲"这个和理性、责任、能力、纪律、遵从等字眼相连的权威的象征及其所代表的成人文化,在这里,被无可挽回地颠覆或自行解构了,缺席的不仅仅只是一个实体的父亲。实际上,从我们常常听到的"妇女儿童"这种总是连接在一起的词语上,就不难想到妇女和儿童同样属于弱势群体,也不难理解为什么妇女运动人士会将儿童虐待视为在家庭、社会中男性优越及不平等权力结构的又一再现。①

　　本书"故事"一章中曾经说过,在这二十年的小说文本中,"文革"是一个挥之不去的在场。相当一部分作家是在"文革"中度过他们的童年时代的,特殊时代的特殊童年在男女作家的笔下也呈现出不同的特点。在女作家那里,"文革"往往只是一个背景,时代对小说中儿童命运的"染色",也必然要经过他/她个人的选择,小说中的孩子(多是女孩)更关注时代在自己心灵当中的投影,蒋韵《旧街》中的冯明伦、《栎树的囚徒》中的天菊、铁凝《银庙》中的三三、《玫瑰门》中的眉眉都是如此,通过这些孩子的心灵变迁,女作家关注的是特殊年代的女性生存。而在男性作家的"文革"童年"记忆"中,儿童常常是一种叙事的道具。在表现"文革"的场景时,男性作家利用的是儿童心理与时代的错位,小说中的孩童并不理解成人的遭遇,在他们对时代无知无觉的眼光的观照下,"文革"呈

---

① 余汉仪:《儿童虐待》,台北巨流图书公司1995年版,第135页。

现出别一样的残酷。男性小说家是通过儿童理解的偏差来表达对时代的讽刺。

这种书写态度也影响了男女作家文本中的儿童叙述视角,在女作家那里,因为对心灵的关注,所以采用的常常是内视角,性别意识的觉醒、成长的恐惧与生命的困惑,都是这种视角所及的主题;而在男性作家那里,儿童叙述视角常常是旁观者视角,以图达到客观叙事的目的。可以这样说,男性作家在书写儿童时,将其当成"策略"的意识要强烈得多,所以本书才把男性作家文本间的集体的儿童意象称为"儿戏",而把女作家文本间的集体的儿童意象称为"落日情节"。

终章
"天空等待一只手的触摸"

> 天空等待一只手的触摸
> 　神奇童年的手
> 　——童年是我的欲望,我的皇后,我的摇篮曲
> 在一阵早上的微风
> 　——埃德蒙·旺代卡芒《更靠近天空收割》

　　本书序章中曾经说过,儿童在小说中,是意义性而不是本质性的存在。"儿童之谜"是儿童的存在之谜而不是本质之谜。前文从微观的角度,即从"怎么样"这样一个研究思路出发,以新叙事学的"人物观"作为研究的理论基点,从"横向"的角度研究小说中的"儿童",不仅把小说儿童放在心理和功能的纬度上考察,而且也探寻了作为写作主体的小说家对小说儿童的反应机制[①];试图通过分析儿童在小说中的各种呈现形态,来探究儿童在成人叙事系统中的"存在之谜"。这个"谜",不仅指小说所反映出来的儿童的生存之谜,也指儿童作为一种文学构因,在小说的叙述构架中的存在之

---

①　这是对目前研究小说人物的基本模式,即从"史"(纵向)的角度,通过对某一类人物形象(比如女性形象、父亲形象等)演变的基本轨迹的追溯,来探究其嬗变的文化意义这一模式的补充与超越。

谜。

一

对现实中可能有的儿童的"模仿"构成了小说儿童的故事性存在。这是一种以"冲突"为核心的存在;与时代的错位,构成了"荒诞时代的儿童"生活的时空形态;"经历性现实的儿童"则处于这样一种文化氛围:一方面是无处不在的对"性"的展示和强调,另一方面在观念意识中又不断地否认"性"。在儿童寻求心理整合的过程中,"身体"成了需要承担的新的现实,但他们所处的这种文化环境,"身体"在其中不是被遗忘就是被占有;"与父辈成年人同行的孩子",永远是弱者。对于大人,儿童与之的确是本质上不同的人,但在纸上的世界,这种观念远没有导致儿童崇拜行为,甚至最起码的爱护都难寻踪迹。"不同"主张的似乎是父辈们对自己"强者"身份的无限自夸和滥用,是儿童对自己"弱者"身份的自觉不自觉的承担与承受。在这条同行的路上,惟一能带来温情的,是与老年人的相遇,但构建生存神话的理性主义激情在远离日常生活细节的同时,也远离了孩子的现实处境。父辈成年人在"现实性"的层面上置儿童于"物"的位置,老年人则在"神性"层面上置儿童于"物"的位置;而在"神秘的儿童"似乎独立封闭的自我世界中,若隐若现弥漫着成人世界的琐碎,一种并不强烈但却似乎是无法消解的张力始终存在……

从与超越儿童、赛过儿童甚至占有儿童的历史场景的冲突,到自身身体内部的不协调;成人生活对儿童柔性生存的入侵;"神秘的儿童"所包含的日常生活与诗性生活的冲突;"过去"与"现在"的冲突,无一不是将成人世界置于被检视的地位。在这个过程中,儿童被建构为一种边缘性的、反社会(成人社会)的力量。

"故事性存在"的写实性,使得小说儿童多多少少提供了某些了解现实儿童的线索。事实上,20世纪80~90年代儿童的生存现实也为这种写实性作了某种说明。80年代以来,各种媒体,中国及世界其他国家、地区有关儿童成长、儿童教育、儿童虐待等问题的报道可谓层出不穷。2002年5月,联合国大会甚至为此在纽约召开了儿童问题特别会议,这是联合国大会有史以来第一次专门讨论世界儿童问题的会议。联合国秘书长安南在他的报告中这样强调了儿童问题的严重性:"当前在世界范围内没有任何一个问题比全球儿童的未来更紧迫、更具代表性。"儿童中心、儿童优先尽管已成为文明社会的道义准则,但它充满了理想色彩,它既不是观念的全部,也不代表现实本身。小说儿童"故事性存在"的冲突性从这样或那样的角度涉及了上述问题,从这个意义上说,小说家们以艺术的方式表达着自己的社会良知,虽然,更多的孩子难以归到两个"冲突"形式之下。卢梭的《爱弥儿》有一个贯穿始终的思想:尽管绝对来说,孩子和年轻人都是虚弱的,但是相对而言,他们又是强壮的:他们的力量超过了他们的需要,就此而言,他们要比成年人更加强壮。① 实际上,无论小说有什么样的主题、意蕴,那些孩子的一言一行仿佛都在"嘲笑"着成年人瞻前顾后的软弱。阎连科《日光流年》中的司马蓝找到27具因荒年饥馑被村人们遗弃而被荒野饥饿的鸦群啄死的孩子的尸体,并把他们一一埋葬,这一年,司马蓝只有八岁。即便是那些表现儿童之"恶"的小说,在阅读效果上,也让我们这些成年人受到心灵的震颤,而不由自主地会把探寻的目光投到这"恶"背后的成人世界。毕竟,我们所处的文化,是成人文化。皮皮的《全世界都八岁》,这个标题以及那一群恶作剧般地捉弄疯子的八岁孩子,无疑是有着隐喻意味的,小说还夹叙了这个疯子童年时代的一段往事,正是在这一事件中,成年人所表现出来的愚蠢、冷漠导致了这个本来聪颖的孩子的精神失常。叙述者貌似冷静的叙述掩饰不住因人的尊严被亵渎、被践踏而表现的悲愤。小说中,男孩大城被疯子的痛苦、无助所深深震撼,这震

---

① [法]卢梭:《爱弥儿》,李平沤译,商务印书馆1978年版,第212页。

撼已溢出纸面触动了读者,也许我们每一个人,都会像这个孩子一样,将听到那打破的窗户玻璃碎片清脆透明的声音。

小说儿童的"故事性存在"与经验儿童的现实性取得了某种一致性。然而,"模仿并不是忠实地模仿现实的问题(不管现实是什么),而是一套常规,代表着我们在彼时一直认为是真实的东西"。① 在小说儿童的"写实性"和经验儿童的现实之间,存在着一条由小说想像划成的沟渠。它不是在道德的框架中,而是以小说特有的方式,以小说特有的逻辑,探寻着由小说儿童的"故事性存在"所透露出来的人的生存的不同方面:在"荒诞时代的(群体)儿童"中,这二十年间的中国小说探索的是人的行为和决定如何受制于非理性;在"荒诞时代的(个体)儿童"中,小说探索的是人的具体存在在何种程度、何种方向上是"自我"的选择;在"经历性现实的儿童"中,小说探索的是人存在的物质性;在"被性侵犯的女孩"中,小说探索的是发于内心的东西;在"与成年人同行的儿童"中,小说探索的是时间:老人与孩子的"生存神话"超越了物理时间的一维性,让"过去的时光"和"未来的时光"相遇并闪烁出耀眼的光芒;父辈成年人与孩子的"生存悲剧"将人置于时间一维性的无力感中,这种无力感导致了当下生存的庸常、冷漠与残酷;在"神秘的儿童"中,小说探索的是"瞬间生存"的意义……

揭示只有小说才能揭示的东西,是小说儿童"故事性存在"的惟一理由。

二

作为一种叙事策略,在文本关注主张、意识形态立场和教导读者真理等方面所起的作用,构成了小说儿童的"话语性存在"。如果说其"故事性存在"从一定的意义上说是对现实中的儿童经验的

---

① [美]詹姆斯·费伦:《作为修辞的叙事》,陈永国译,北京大学出版社2002年版,第81页。

表述的话,那么,在"话语性存在"中,处于成人主导文化边缘的、受压抑的小说儿童则企图通过自己具有内在特征和力量的眼睛、通过叙述言语行为或是通过意象化的行为来重申自己。

在前文中,"话语性存在"的小说儿童被称为"角心儿童"、儿童叙述者或"意象化儿童"。由于在小说文本中,"视角"指的是"理解力的具体化",因此,角心儿童的"看"和儿童叙述者的"说"都可以称之为"视角",只不过,前者是"人物视角",后者是"叙述者视角"。角心儿童和儿童叙述者在具体的叙事情境中,都是具有模仿性因素的。但是从"非儿童本位"的叙事策略的角度看,叙事进程总会以这样或那样的方式从对其作为一个现实中可能有的儿童的模仿转向儿童的感知方式、认知方式、思想情感和言谈方式的"在场",这时,这诸种"方式"就被主题化了。作为叙述主体人格某些部分的承担者,角心儿童诉诸其独特的视觉、儿童叙述者诉诸其独特的言语方式,在不同的层面上行使着叙述虚构的"职责"。

角心儿童的独特的视觉可以是作为视力的视觉,也可以是作为洞见的视觉。儿童在成人世界中是柔弱的,他/她在知识、阅历上都低于成年人,但在无忧无虑方面却高于成年人。在小说文本中,角心儿童的视觉并非被当作是眼睛的一种内在特征,叙事不是对这种特征的描摹。角心儿童的"看"和"所看"是互构的:具体叙事情境中的自然、人、事作用于其眼睛,唤醒了它的潜在视力,使它具有一种透视力。角心儿童的视觉因此是一种透视自然、人情、事态,掀起其熟悉的面纱,并超越静态、超越常规、超越习俗,以"窥视"其背后隐藏着的动态以及更为深层的生命内涵的能力。如果说"作为视力的视觉"是感知这种动态的生命内涵的能力的话,那么,"作为洞见的视觉"则是认知这种动态和生命内涵以及对之加以价值评判的能力。或许可以这样说,角心儿童的视觉不是外在于文本的,不是给定性的,而是在叙事进程中,由作为写作主体的小说家、具体的叙事情境以及读者的"协同作用"而形成的"视觉":

在角心儿童所"聚焦"的人的时间命运中,童年或表现为"失去的时光",或表现为"寻回的时光",是成年回忆者"当前"的心态决定了儿童视角的形态。当回忆者对"失去的时光"怀有一种认同感时,儿童视角便以单纯明净展现个人成长脉络上童年的细枝末节;而当回忆者不再把"失去的时光"看成是发展的必然"成果"时,当前生活的庸常使得"回归"成为安抚内心焦虑的良药,儿童视角便以认知轴上的简单、真实使童年在与"现在"乏味的成年生活的对照中罩上瑰丽的光环。"失去的时光"在耽于思索的回忆者的心中也可能是一种否定性的经验,这时的儿童视角则是无知、幼稚甚至有一点矫揉造作的。作为"寻回的时光",童年则是回忆者心灵的故乡,它的确也与其地域意义上的故乡密不可分。儿童视角以敏锐、细节化的感知将故乡的一草一木、一山一水、一人一事都加以诗化,使整个叙事弥漫着淡淡的乡愁。"失去的时光"和"寻回的时光"并不是以单一的形态出现在叙事中,而往往在儿童视角与成人视角的转换、对照中,从"失去的时光"到"寻回的时光"或者从"寻回的时光"到"失去的时光"不断交织,以此来体现时间的毁灭性与建构性。

如果说,童年回忆中的儿童视角是从时间的层面展示了角心儿童视觉的形成,那么,其对"陌生的成人世界"的"聚焦"则是从评价层面体现了这种形成。无论是以儿童对政治的无知去消解苦难,还是客观揭示成年人的性秘密抑或成人思维在面对自然、历史时的惯性与成规,文本背后隐含作者审视视角的存在,使得儿童视角以童年的坦率和公正在观照自己世界的同时,无形中也将成人世界置于对立面,并以清新、单纯、无所顾忌的存在成为由习俗、偏见、虚伪以及全盘接受所构成的成人世界的参照者。这种对立,构成了批判现实的基础。

同样,当角心儿童以"我"或"我们"自指,成为叙事的部分或全部叙述者(儿童叙述者)时,其"说"和"所说"也是相互依存的。也就是说,他/她说话的风格、语气即表达出的价值立场(叙述声音)与被叙述的世界也是互构的关系,它同样不是给定的,而是在叙述的进程中"生成"的。无论是自我陈述的群体"我们"、对抗者"我"、成人视角凌驾其上的"我"、懵懂的"我"还是仰角叙述的旁观者与传说者,都是在某种权利关系的缝隙中"选择"着自己的叙述语气、口吻与立场,它们与支配一部或部分叙事的世界观或一致或偏移或对话,共同构成文本的价值体系,这可以看成是"视角"在用语层面的形成性的体现。

与角心儿童和儿童叙述者以视觉、言语来参与叙事文本的主题建构不同,意象化儿童则是以其单一形态的、具有寓意的某种行为为小说的主题作出贡献。"实象儿童"的"扁平"性格、"灵象儿童"的象征性、"情象儿童"的心境寄托都以一定的方式指向人的生存的某些侧面。

与"故事性存在"的边缘性不同,小说儿童的"话语性存在"不仅参与了文本的主题建构,而且,形态各异的角心儿童、儿童叙述者以及意象化儿童对叙述者主体人格的"争取",也使小说呈现出一种与20世纪主宰中国文坛的启蒙主义文学图式不同的叙述构架。比如,与人内心相关的生活碎片的描写多于外部线性生活流的描写,叙述时间很少严格遵循物理时间(自然时间)的顺序,客观的叙述多于主观的评说。又比如,情调化的叙述氛围逐渐增强,人物的性格刻画不再是小说的主要旨趣,而常常是某种心态、意绪、情调。而这一切,又是以作为写作主体的小说家利用儿童建构自己的小说诗学为前提的。

三

小说对儿童的反应机制和文化模式的功能性显现,构成了小说儿童的"意象性存在"。我们把它称为"儿童意象"。不同于"话语性存在"中的意象化儿童,体现着小说儿童的"综合因素"的儿童意象,并不是在单篇叙事文本中出现的隐含寓意、启示道德并对生成小说的主题有着重要作用的能够起到明喻或暗喻或象征作用的媒介物(即意象化儿童),而是同一作家不同文本间的或是不同作家的不同文本间的,以"儿童"这个表象构成的一个关系化的符号体系。这时,"儿童"作为一种文学构成因素,已不是一种被着意表现的对象。它在小说中的具体的呈现方式,这些呈现方式所体现出来的作为主题的小说家的文学思维方式以及背后的经验因素与文化因素,构成了"儿童意象"的主要内涵。

经验儿童的现实、文化传统对儿童的想像以及小说自身的逻辑是作为写作主体的小说家创造"儿童意象"的主要资源。然而,尽管"儿童"这个概念最易让人产生哲学式的联想,1980~2000年这二十年间的中国小说对经验儿童的现实以及儿童观念的运用与转化,却不是一种哲学式的运用和转化,而是一种充满主观意图的象征性、隐喻性以及文学性的运用和转化。莫言对"异象儿童"的建构,就是一种典型的象征思维。他通过描述各种各样变异的、非现实的儿童,去表述某种主观化的观念思想,在"异象儿童"和"异象儿童"所蕴涵的观念之间存在着曲折的不确定的象征关系。在这些"异象儿童"的制造和实现过程中,可以发现虽然"异象儿童"的外貌、性格、行为是变异、荒诞和非理性的,但超越其表面的思想、或者说是作为写作主体的小说家这个"异象儿童"的制造者的主观意图却是充满理性内核的。"异象儿童"本身蕴涵着一种艺术化的思维逻辑和深刻的艺术思想。在前文中,我们曾将这种艺术创作思想称为"神话思维"。

"神话思维"同样也体现在其他小说家创造"儿童意象"的过程中,比如王安忆,比如迟子建。只是,"异象儿童"是就神话的"非现实"性而言的,而王安忆却是从神话的虚构性质上揭示自己的小说创作的,她的"成长女孩"是利用小说——这种"移位"的神话搭建其心灵的"神界"的媒介物;迟子建则是利用神话人物"灵"与"神"的精神气质,将"永恒的孩童"建构为健康人性的载体。

至于苏童、余华等小说家则是突出运用了文化想像中的儿童之"恶",将"香椿树街的顽童"演化为对人类一般生存状况和人性的隐喻。文化想像中的儿童之"恶"与"香椿树街的顽童"的暴力有着内在的契因。

小说家将儿童当成是一种文学构因,在其小说文本中将经验儿童的现实、文化想像中的儿童观念消解、转化到新的艺术逻辑当中去,通过创造一个个内涵丰富、结构复杂的"儿童意象",形成了一个个以儿童为表象的关系化的符号体系。

"儿童意象"并非完全是小说家主观意图的承载者,特定的文化因素、社会条件等因素也在其形成过程中起到了隐在而深刻的作用。"儿童意象"也是性别书写的一种例证。在女性作家那里,"儿童意象"是一种既连接着现在也连接着过去的原型,童年经验对她们的缠绕要比男性作家强烈得多。以父性文化为主导的文化环境中,童年经验对自我作为女性的生成也比男性更为重要,这使得女作家在书写儿童时,自觉不自觉地常常从成长的纬度进入,在虚构的个人历史中,展示女性生活的可能性与危险性,并将这种书写作为一种消解的途径,以此来减轻文化、社会要求的角色所带来的压力,这使"落日情节"这种女作家作品间的集体的儿童意象呈现出心灵的深度。相对来说,男性作家的"童年意识"比较淡,他们往往并不把自我的童年体验带入小说的书写中,书写"儿童"常常是一种叙事修辞的需要。这使得男性作家笔下的童年经验很少是"创伤性"的,儿童也较少是在成长的纬度上被加以书写,儿童视角往往是客观的、外向的,儿童叙述者看上去多少都有点"没心没肺"。这一切,正构成了"儿戏"这个男性作家作品间的集体的儿童意象的存在体系。

小说儿童的"意象性存在"反映的是作为写作主体的小说家对儿童如何成为一个小说人物的反应机制。研究这个机制,也就是对小说家书写儿童的方式的探讨。

我们看到,无论是推崇还是颠覆,对传统的"童心"观、"健康的儿童性"(马斯洛语)的认同都是小说书写儿童的一个隐在的前提,但是这个前提的存在,并不意味着在认知儿童方面存在着一致性。不同作家对儿童的书写实际上都是以各自的方式与传统的"童心"观进行着特定的联结。在相同的文化、社会、历史背景下,虽然各个小说家对"童心"观可以说基本认同,但是由于小说家个人的生活经历、思想、气质等方面存在着差异,在他们作为写作主体投入创作时,对儿童的观察和审视角度也就不完全相同,在作品中对儿童的书写就会呈现出不同,发散出不同的情感指向,也就是说与传统的"童心"观进行着不同的联结。这二十年来的中国小说对儿童的书写表明,小说家对儿童的认知主要有三种方式。①

第一种是对传统的"童心"观的顺延性联结和认知。儿童本质上是至善、至纯的。在这种认知的指导下,小说中的儿童常常是脆弱的,无助地受制于成年世界的权威或者单纯稚嫩、天真无邪;在叙述层面上,常常是天真无知的叙述主体(视角或叙述者),他们的叙述往往是"仰角叙述(观察)",聚焦点一般是陌生的成人世界。迟子建可以说是这类小说家的代表。她小说作品中的大部分儿童,都具有这样的特点。这种认知一般具有理想的色彩,反映的是人们对儿童的普遍性期待。

另一种情况正好相反,可以说是对传统的"童心"观的逆向性认知。这种认知把儿童看作天生是"恶"的,受制于原始本能、受制于自然状态。这种认知虽然在这二十年来的中国小说中表现得并不多,却具有特殊性。对这些儿童之"恶"的书写,打破了长期以来文学为人物的命运寻找社会、历史的原因的惯例,反之,开始为个

---

① "顺延性认知"、"超越性认知"、"逆向性认知"是刘洪一先生在研究美国犹太小说时的说法,这儿借用之,内涵当然不同。参看刘洪一《走向文化诗学》,北京大学出版社2002年版,第156~160页。

人的命运、社会的变迁、国家的发展寻找人自身的原因,探求生存背后的人性力量。苏童、陈丹燕、陈书乐等作家的不少作品典型地体现了这种对儿童的认知倾向。在这种认知的指导下,小说中的儿童叙述者常常是自我陈述的叙述者,而且叙述的语气松散、随意,带有"垮掉派"的某些特点。

第三种认知则认为儿童固然具有本质上的"善"、天真、纯洁,但同时也具有某些"恶"的、破坏性的东西。或者说,"善"或"恶"的固定观念并不是看待儿童的前提。与其说他们天生是善的或恶的,还不如说每个儿童是固有的"进化着的建设性的力量"[①],在这种情况下,小说家一般采取较为客观的态度。小说的主观色彩很淡,作品中的儿童常常处于成长(包括心灵的成长)的纬度上,儿童叙述视角和叙述者的语气要么是客观的,要么专注于自我内心,内视角多于外视角,叙述多于描写。这是一种对传统的"童心"观的超越性认知,莫言、王安忆是其中的代表作家。

总之,对儿童的这三种主要的认知方式其实都是基于小说家对人性的不同理解。从这个意义上说,书写儿童是一种媒介或方式,小说家的目的在于通过这些书写,来探寻人性的起源、发生、发展。人性的内涵、深度、生存的图景、意义才是这二十年来中国小说的儿童视野所试图企及的目的。这样,小说儿童的"意象性存在"就成了其故事性再现与话语性展示的一个总结。

---

① [美]卡伦·荷妮:《神经症与人的成长》,陈收等译,国际文化出版公司2001年版,第3页。

参考文献

中文原著

卜卫.大众媒介对儿童的影响.北京:新华出版社,2002

曹文轩.八十年代文学现象研究.北京:北京大学出版社,1988

曹文轩.二十世纪末文学现象研究.北京:北京大学出版社,2002

陈映芳.图像中的孩子.济南:山东画报出版社,2003

程金城.原型批判与重释.北京:东方出版社,1998

董小英.叙述学.北京:社会科学文献出版社,2001

杜学元.中外女童教育简史.成都:四川大学出版社,2001

方卫平.逃逸与守望.北京:作家出版社,1999

方克强.文学人类学批评.上海:上海社会科学院出版社,1992

洪子诚.当代文学史.北京:北京大学出版社,1999

刘文荣.十九世纪英国小说史.北京:中国社会科学出版社,2002

刘晓东.儿童精神哲学.南京:南京师范大学出版社,1999

李银河.中国女性的情感与性.北京:今日中国出版社,1998

黎风.审美心理与诗学论题.成都:四川大学出版社,2002

陆杨.精神分析文论.济南:山东教育出版社,1998

申丹.叙述学与小说文体学研究.北京:北京大学出版社,2001

王泉根.现代中国儿童文学主潮.重庆:重庆出版社,2000

许子东.为了忘却的集体记忆.北京:三联书店,2000

徐坤.夜调双行船.太原:山西教育出版社,1999

杨义.中国现代小说史.北京:人民文学出版社,1986

姚伟.儿童观的时代性转换:〔学位论文〕.长春:东北师范大学,2001

余汉仪.儿童虐待——现象检视与问题反思.台北:巨流图书公司,1995

张英.文学的力量——当代著名作家访谈录.北京:民族出版社,2001

赵毅衡.当说者被说的时候——比较叙述学导论.北京:中国人民大学出版社,1998

赵毅衡.苦恼的叙述者.北京:北京十月文艺出版社,1994

朱自强.中国儿童文学与现代化进程.杭州:浙江少年儿童出版社,2000

朱寨,张炯主编.当代文学新潮.北京:人民文学出版社,1997

中国青少年研究中心编著.百年中国儿童.广州:新世纪出版社,2001

中文译著

〔法〕托尼·阿纳特勒拉.被遗忘的性.刘伟、许钧译.桂林:广西师范大学出版社,2003

〔俄〕巴赫金.巴赫金全集:第3卷.小说理论.白春仁,晓河译.石家庄:河北教育出版社,1998

〔俄〕别尔嘉耶夫.历史的意义.张雅平译.上海:学林出版社,2002

〔法〕加斯东·巴什拉.梦想的诗学.刘自强译.北京:三联书店,1996

〔美〕卡洛琳·M·布鲁墨.视觉原理.张功钤译.北京:北京大学出版社,1987

[奥]西格蒙德·弗洛伊德.日常生活的病理学.彭丽新,等译.北京:国际文化出版公司,2000

[奥]西格蒙德·弗洛伊德.论文学与艺术.常宏,等译.北京:国际文化出版公司,2001

[美]詹姆斯·费伦.作为修辞的叙事.陈永国译.北京:北京大学出版社,2002

[加拿大]诺斯洛普·弗莱.批评之路.王逢振、秦明利译.北京:北京大学出版社,1998

[加拿大]诺斯洛普·弗莱.批评的剖析.陈慧,等译.天津:百花文艺出版社,1998

[美]卡伦·荷妮.神经症与人的成长.陈收,等译.北京:国际文化出版公司,2001

[法]莫里斯·哈布瓦赫.论集体记忆.毕然、郭金华译.上海:世纪出版集团,2002

[美]杰姆逊.后现代主义与文化理论.唐小兵译.北京:北京大学出版社,1997

[瑞士]荣格.荣格文集.冯川编,冯川、苏克译.北京:改革出版社,1997

[美]苏珊·S·兰瑟.虚构的权威.黄必康译.北京:北京大学出版社,2002

[美]加斯雷·皮·马修斯.哲学与幼童.陈国容译.北京:三联书店,1989

[美]H.加登纳.艺术与人的发展.兰金仁译.北京:光明日报出版社,1988

[意]玛丽亚·蒙特梭利.童年的秘密.马荣根译.台北:亚南图书出版公司,1998

[意]玛丽亚·蒙特梭利.吸收性心智.王坚红译.台北:桂冠图书股份有限公司,1994

[美]马斯洛.存在心理探索.昆明:云南人民出版社,1987

[美]玛格丽特·米德.代沟.曾胡译.北京:光明日报出版社,1988

[英]马林诺夫斯基.两性社会学.李安宅译.成都:四川人民出版社,1990

[美]盖瑞·保罗·那伯汉、史蒂芬·崔姆博.童年沃野.陈阿月译.台北:新苗文化视野出版公司,1998

[德]尼采.历史的用途与滥用.陈涛、周辉荣译.上海:上海人民出版社,2000

[瑞士]皮亚杰,英海尔德.儿童心理学.吴福元译.北京:商务印书馆,1980

[法]波伏娃.第二性.陶铁柱译.北京:中国书籍出版社,1998

[美]尼尔·波茨曼.童年的消逝.萧昭君译.台北:远流出版公司,1994

英文著(译)作

Aries, Philippe. Centuries of Childhood. Translated by Robert Baldick. New York: Random House, 1965

Banerjee, Jacqueline. Through the Norther Gate: Childhood and Growing up in British Fiction. New York: Peter Lang, 1996

Byrnes, Alice: The Child: An Archetypal Symbol in Literature for Children and Adults. New York: Peter Lang, 1995

Erikson, Erik. Childhood and Society. New York: W. W. Norton, 1963

Jung C G. The Development of Personality. Translated by R. F. Hull. London & Henley: Routledge & Kegen Paul, 1981

——Psychic Conflicts in a Child

——Child Development and Education

——The Gifted Child

——The Significance of the Unconsicious in Individual Education

Jung C G. The Archetypes and the Collective Unconcicous. Translated by R. F. Hull. London & Henley: Routledge & Kegen Paul,1981

Kuhn, Rinhard. Corruption in Paradise: The Child in the Western Literature. Hanover and London: Brown University, 1982

Vanderwerken, David L. Faulkner'Literary Children: Patterns of Development. New York: Peter Lang,1997

附录一
作品清单

此附录的作用有以下三类:

(1)注明文中所引作品的出处;

(2)表明有儿童存在并在作品的叙述构架中有一定作用的作品在这20年来的中国小说中分布的广度;

(3)当然,这个附录并没有包括所有儿童活动其间的小说作品。不过从作品的数量和作家的多样性上来说,已经基本上能反映出"儿童问题"的确是这二十年来一个值得注意的文学现象。

作品清单(一)

1980年

1. 谷峪/《集市》/《人民文学》第1期
2. 张洁/《我不是个好孩子》/《十月》第1期
3. 李心田/《夜间扫街的孩子》/《人民文学》第3期
4. 陈文彬/《孩子,今天是你的生日》/《花城》第3期
5. 刘绍棠/《蒲柳人家》/《十月》第3期
6. 岑桑/《好汉不落泪》/《作品》第4期
7. 张承志/《阿勒克足球》/《十月》第5期
8. 沈虎根/《微笑的女孩》/《人民文学》第6期
9. 宗璞/《鲁鲁》/《十月》第6期
10. 吴若增/《盲点》/《人民文学》第9期

11. 王不天/《一顶灰呢帽》/《作品》第 11 期

1981 年

1. 晓樵/《一个夏天的故事》/《钟山》第 1 期

2. 任大霖/《大仙的宅邸》/《人民文学》第 1 期

3. 王不天/《小燕子飞了》/《清明》第 1 期

4. 段良工/《×》/《芙蓉》第 1 期

5. 刘真/《小尼姑》/《长江文艺》第 1 期

6. 吉学沛/《白牡丹和小野兔》/《长江文艺》第 2 期

7. 薛宝新/《瘸影》/《清明》第 3 期

8. 王安忆/《墙基》/《钟山》第 4 期

9. 天戈/《狼和人》/《鸭绿江》第 4 期

10. 朱春雨/《一个远逝的夏天》/《十月》第 5 期

11. 邓友梅/《别了,濑户内海》/《收获》第 6 期

12. 祖慰/《心有灵犀的孩子》/《人民文学》第 7 期

13. 李维鼎/《鱼我所欲也》/《长江文艺》第 8 期

14. 王安忆/《朋友》/《人民文学》第 9 期

15. 刘立炜/《青青的香椿芽》/《人民文学》第 9 期

16. 邓洪文/《小老道从军记》/《鸭绿江》第 10 期

1982 年

1. 汪浙成、温小钰/《苦夏》/《小说界》第 1 期

2. 冯苓植/《驼峰上的爱》/《收获》第 2 期

3. 李心田/《两只蟋蟀》/《人民文学》第 3 期

4. 边震遐/《火凤凰》/《十月》第 3 期

5. 戴晴/《哦,我歪歪的小杨树》/《十月》第 3 期

6. 唐晓玲/《采莲》/《清明》第 4 期

7. 茹志鹃/《她从那条路上来》/《收获》第 4 期

8. 谭甫成/《高原》/《十月》第 5 期

9. 沈虹光/《妮娜和她的朋友们》/《人民文学》第 12 期

1983 年

1. 谷应/《从滇池飞出的歌声》/《收获》第 1 期
2. 昌华/《血染的小花》/《钟山》第 1 期

1984 年

1. 史铁生/《奶奶的星星》/《作家》第 4 期
2. 航鹰/《红丝带》/《收获》第 4 期
3. 李崧/《古道悠悠》/《边疆文艺》第 5 期
4. 石定/《牧歌》/《花溪》第 6 期
5. 张炜/《一潭清水》/《人民文学》第 6 期
6. 张石山/《长长的坡》/《收获》第 6 期
7. 何立伟/《白色鸟》/《人民文学》第 11 期

1985 年

1. 邓建楚/《那一片白杨林》/《广州文艺》第 1 期
2. 舒婷/《年夜钟声》/《人民文学》第 1 期
3. 赵宇共/《火》/《西湖》第 2 期
4. 李锐/《红房子》/《当代》第 2 期
5. 莫言/《透明的红萝卜》/《中国作家》第 2 期
6. 王安忆/《小鲍庄》/《中国作家》第 2 期
7. 阿城/《孩子王》/《人民文学》第 2 期
8. 迟子建/《沉睡的大固其固》/《北方文学》第 3 期
9. 孔捷生/《中国童话》/《钟山》第 3 期
10. 铁凝/《银庙》/《人民文学》第 3 期
11. 杜保平/《妈妈你自私》/《人民文学》第 3 期
12. 王延平/《天才歌手》/《山东文学》第 4 期
13. 林宕/《懵懂之秋》/《花城》第 5 期
14. 张炜/《童眸》/《中国作家》第 5 期
15. 史铁生/《来到人间》/《三月风》第 6 期
16. 许谋清/《孩子·大海·太阳》/《小说》潮第 6 期

17. 丹娅/《金坠儿岛》/《中国作家》第 6 期

18. 蒋焕苏/《无标题小说》/《人民文学》第 6 期

19. 韩少功/《爸爸爸》/《人民文学》第 6 期

20. 刘汉一/《毛茸茸的胡须》/《鹿鸣》第 9 期

21. 张驰/《童子魂》/《青年文学》第 12 期

21. 申力雯/《叔叔,你为什么搬家》/《人民文学》第 12 期

1986 年

1. 李佩甫/《红蚂蚱 绿蚂蚱》/《莽原》第 1 期

2. 迟子建/《北极村童话》/《人民文学》第 2 期

3. 滕锦平/《儿戏》/《收获》第 6 期

4. 金河/《神童》/《作家》第 6 期

5. 张承志/《辉煌的波马》/《民族文学》第 8 期

6. 顾晓军/《太阳地》/《星火》第 10 期

7. 谭甫成/《根子》/《人民文学》第 11 期

1987 年

1. 马原/《大元和他的寓言》/《人民文学》第 1 期

2. 路翎/《钢琴学生》/《人民文学》第 1 期

3. 凌道辉/《山里的孩子》/《三月》第 1 期

4. 范若丁/《白河记梦》/《钟山》第 3 期

5. 王祥夫/《沙棠院旧事》/《钟山》第 3 期

6. 张炜/《海边的风》/《钟山》第 4 期

7. 滕锦平/《武道》/《钟山》第 6 期

8. 何立伟/《岁末》/《人民文学》第 9 期

9. 曾元/《成熟的歌》/《人民文学》第 11 期

10. 李涛/《每周都有星期二》/《芒种》第 11 期

11. 方方/《风景》/《当代作家》第 11 期

12. 郭云梦/《福禄树》/《奔流》第 12 期

1988 年

1. 蒋咸美/《青金草》/《人民文学》第 1 期

2. 史铁生/《原罪》/《钟山》第 1 期

3. 孙砺/《不死的夏天》/《人民文学》第 2 期

4. 孙嘉禄/《殉葬》/《钟山》第 2 期

5. 张宗轼/《大鸟》/《当代》第 2 期

6. 王国才/《达子香》/《当代》第 3 期

7. 迟子建/《没有夏天了》/《钟山》第 4 期

8. 周梅森/《人的岁月》/《钟山》第 4 期

9. 薛勇/《故土》/《收获》第 5 期

10. 晓征/《水牛儿,水牛儿……》/《人民文学》第 5 期

11. 丁小琦/《我要剪手工》/《中国作家》第 5 期

12. 忆汸/《搬家·逃学》/《钟山》第 6 期

13. 世濂/《乌猫》/《人民文学》第 9 期

1989 年

1. 谷应/《天堂里的鼓声》/《人民文学》第 1 期

2. 李晓/《节日》/《收获》第 2 期

3. 黄石/《园廊式概括》/《收获》第 2 期

4. 赵伯涛/《生命在高原》/《当代》第 2 期

5. 严亭亭/《没有鸟的天空》/《人民文学》第 2 期

6. 熊正良/《乐土》/《收获》第 3 期

7. 赵本夫/《走出蓝水河》/《钟山》第 3 期

8. 高晓声/《触雷》/《钟山》第 3 期

9. 苏童/《舒农或者南方的生活》/《钟山》第 3 期

10. 蔡测海/《灾年》/《钟山》第 4 期

11. 范小天/《扑朔迷离》/《中国作家》第 4 期

12. 李伯勇/《黑泉》/《中国作家》第 5 期

13. 啸客、马慧娟/《皇天后土》/《当代》第 5 期

14. 莫言/《你的行为使我们感到恐惧》/《人民文学》第 6 期

15. 洪永泰/《蟋蟀》/《人民文学》第 6 期

16. 李汉平/《纸鸽子》/《人民文学》第 8 期

17. 映泉/《芸儿》/《芳草》第 9 期

18. 庄宗伟/《包罗万象的故事》/《人民文学》第 10 期

19. 龚泽华/《最后的晚餐》/《人民文学》第 12 期

20. 萌娘/《永远的红蜻蜓》/《人民文学》第 12 期

1990 年

1. 周海彦/《月亮船》/《收获》第 1 期

2. 李佩甫/《画匠王·黑孩儿》/《上海文学》第 1 期

3. 范小天/《儿童乐园》/《收获》第 3 期

4. 张斌/《驳壳枪》/《人民文学》第 3 期

5. 田中禾/《草泽篇》/《人民文学》第 3 期

6. 王树槐/《六月的菱荡》/《人民文学》第 6 期

7. 孙文昌/《未能忘却人之初》/《上海文学》第 6 期

8. 汪苯湖/《妈妈的手》/《小说月报》第 9 期

9. 李祥森/《小学老师》/《小说月报》第 10 期

1991 年

1. 阿真/《我爱你,孩子》/《中国作家》第 1 期

2. 蒋韵/《旧街》/《花城》第 1 期

3. 陈染/《空心人诞生》/《百花洲》第 2 期

4. 陈本昌/《芳草碧连天》/《中国作家》第 3 期

5. 彭见明/《热天》/《中国作家》第 3 期

6. 丁伯刚/《天问》/《收获》第 4 期

7. 余华/《呼喊与细雨》/《收获》第 5 期

8. 迟子建/《树下》/《花城》第 6 期

9. 徐锁荣/《蛇惑》/《中国作家》第 6 期

10. 李贯通/《庸常岁月》/《山西文学》第 10 期

11. 韩少功/《鞋癖》/《上海文学》第 10 期

12. 林白/《英雄》/《青年文学》第 10 期

1992 年

1. 赵妙晴/《梦里杏花》/《人民文学》第 1 期

2. 韩东/《反标》/《收获》第 1 期

3. 张旻/《往事》/《收获》第 1 期

4. 张斌/《蔷薇花瓣儿》/《十月》第 1 期

5. 原非/《小说三题》/《莽原》第 1 期

6. 张秀阳/《一方水土》/《莽原》第 1 期

7. 懿翎/《灿烂的学校》/《中国作家》第 2 期

8. 莫言/《夜渔》/《小说家》第 2 期

9. 杨孟勇/《屠牛少年》《文学港》第 2 期

10. 蒋文/《那一年的流行曲》/《小说家》第 3 期

11. 许建平/《永远的夏天》/《莽原》第 4 期

12. 大雪/《房间里的男孩》/《中国作家》第 4 期

13. 邓建永/《龙卷风》/《中国作家》第 5 期

14. 李晶/《长大》/《小说家》第 5 期

15. 杨争光/《杂嘴子》/《花城》第 5 期

16. 王季明/《漂泊的鸭群》/《莽原》第 6 期

17. 莫言/《小说二题》/《小说家》第 6 期

18. 蒲苇/《出门》/《人民文学》第 7 期

19. 范小天/《嘉兴》/《人民文学》第 9 期

1993 年

1. 刘庆/《保镖的》/《北方文学》第 1 期

2. 沈嘉禄/《青苹果》/《十月》第 1 期

3. 孙春平/《学友三怪》/《中国作家》第 1 期

4. 陈书乐/《蛛王》/《钟山》第 1 期

5. 张为/《往事越来越清晰》/《人民文学》第 2 期

6. 郭平/《流水》/《十月》第 2 期
7. 冯杰/《一张驴皮》/《莽原》第 2 期
8. 杨东明/《蝙蝠风筝》/《莽原》第 2 期
9. 魏志远/《河在远方》/《小说家》第 2 期
10. 陈丹燕/《恶意满怀》/《萌芽》第 3 期
11. 傅永霖/《继父》/《十月》第 3 期
12. 张斌/《美丽绳套》/《小说家》第 3 期
13. 田涛/《狂人》/《莽原》第 4 期
14. 黄康俊/《海牛》/《中国作家》第 4 期
15. 毕飞宇/《九层电梯》/《钟山》第 6 期
16. 王彪/《病孩》/《收获》第 5 期
17. 鲍十/《平原的日子》/《中国作家》第 6 期
18. 余华/《命中注定》/《人民文学》第 7 期
19. 韩东/《树权间的月亮》/《人民文学》第 8 期
20. 梁雄、陈镛/《桃树和少女》/《人民文学》第 9 期
21. 沈乔生/《小月迢迢》/《人民文学》第 9 期
22. 张任平/《辫子》/《人民文学》第 11 期
23. 宋剑洋/《童谣》/《山西文学》第 11、12 合刊
24. 刘镰力/《四合院里的童年》/《人民文学》第 12 期
25. 李晓/《一种叫太阳红的瓜》/《收获》第 1 期
26. 苏童/《城北地带》/《钟山》第 4～6 期
27. 叶蔚林/《割草的小梅》/《特区文学》第 5 期

1994 年

1. 余梅/《七色》/《人民文学》第 2 期
2. 林白/《一个人的战争》/《花城》第 2 期
3. 郑兢业/《无泪的葬礼》/《当代》第 2 期
4. 罗杉/《半路岐黄》/《人民文学》第 3 期
5. 许霞/《蓝房子、绿房子》/《中国作家》第 3 期

6. 岑隆业/《木楼住客》/《人民文学》第 5 期

7. 刘醒龙/《彼岸是家园》/《莽原》第 4 期

8. 蓝雨/《早期教育》/《莽原》第 4 期

9. 田中禾/《浪漫种子》/《莽原》第 5 期

10. 迟子建/《晨钟响彻黄昏》/《小说家》第 5 期

11. 康洪伟/《少年球队》/《中国作家》第 6 期

12. 虹影/《小折》/《人民文学》第 6 期

13. 王宗汉/《孽种》/《作家》第 10 期

1995 年

1. 王钢/《昙华林》/《莽原》第 1 期

2. 李佩甫/《夏天的病历》/《莽原》第 1 期

3. 古雨/《本事》/《中国作家》第 2 期

4. 何玉茹/《孩子、医生和女人》/《小说家》第 2 期

5. 艾华/《启蒙》/《钟山》第 3 期

6. 徐小斌/《银盾》/《收获》第 3 期

7. 王彪/《哀歌》/《收获》第 3 期

8. 丁天/《流》/《收获》第 4 期

9. 韩向阳/《斑斓的花冠》/《小说家》第 4 期

10. 刘庆邦/《心疼初恋》/《小说家》第 4 期

11. 苏童/《三盏灯》/《收获》第 5 期

12. 蓝雨/《无规则自然》/《莽原》第 5 期

13. 夏商/《酝酿》/《钟山》第 5 期

14. 刘国明/《天伦之苦》/《小说家》第 5 期

15. 赵德发/《止水》/《小说家》第 5 期

16. 傅太平/《方柿》/《中国作家》第 6 期

17. 刘庆邦/《小呀小姐姐》/《山花》第 7 期

18. 郭平/《紫色》/《山花》第 9 期

19. 贺奕/《树未成年》/《作家》第 11 期

20. 张发/《山里娃》/《山西文学》第 12 期

1996 年

1. 刁斗/《延续》/《小说家》第 1 期

2. 骆以军/《海堤》/《小说选刊》第 2 期

3. 郭平/《西普里安·波隆贝斯库》/《钟山》第 3 期

4. 王鹏/《短篇两章》/《莽原》第 4 期

5. 迟子建/《日落碗窑》/《中国作家》第 4 期

6. 毕淑敏/《源头朗》/《小说界》第 3 期

7. 虹影/《内画》/《钟山》第 4 期

8. 朱也旷/《当鹈鸪鸟飞过田野》/《莽原》第 5 期

9. 迟子建/《雾月牛栏》/《收获》第 5 期

10. 赵德发/《琴声》/《钟山》第 5 期

11. 赵伟/《把戏》/《中国作家》第 5 期

12. 刘嘉陵/《其余都是杜撰》/《小说家》第 5 期

13. 格非/《时间的炼金术》/《钟山》第 5 期

14. 蒋韵/《栎树的囚徒》/《花城》第 5 期

15. 左建明/《水之谣》/《中国作家》第 6 期

16. 郑兢业/《谁是尊种》/《莽原》第 6 期

17. 孙爽/《尘土与灰墙》/《小说家》第 6 期

18. 丁天/《数学课》/《人民文学》第 6 期

19. 丁天/《幼儿园》/《北京文学》第 8 期

20. 周生/《星期四,别给我惹麻烦》/《萌芽》第 8 期

21. 王彪/《阳光与风景》/《人民文学》第 11 期

22. 王治花/《混沌》/《人民文学》第 12 期

1997 年

1. 航鹰/《白蝴蝶的复活节》/《人民文学》第 1 期

2. 马其德/《命独如我》/《当代》第 3 期

3. 航鹰/《蒺藜女》/《当代》第 3 期

4. 邱华栋/《雪灾之年》/《珠海》第 3 期

5. 迟子建/《逆行精灵》/《钟山》第 3 期

6. 张炜/《仙女》/《莽原》第 3 期

7. 潘军/《结束的地方》/《钟山》第 4 期

8. 朱辉/《看蛇展去》/《钟山》第 4 期

9. 苏童/《八月日记》/《雨花》第 9 期

10. 张诚/《飞鸟》/《解放军文艺》第 9 期

11. 储福金/《缝补》/《北京文学》第 9 期

12. 野莽/《乡下少年》/《人民文学》第 9 期

13. 韩东/《田园四章》/《东方文化周刊》第 29 期

14. 刘庆邦/《野烧》/《人民文学》第 11 期

15. 叶兆言/《纪念少女楼兰》/《东海》第 12 期

1998 年

1. 李冯/《七五年》/《小说家》第 1 期

2. 徐庄/《好好地拾掇他》/《人民文学》第 2 期

3. 钟晶晶/《屋顶有只猫》/《中国作家》第 2 期

4. 刘庆邦/《发大水》/《钟山》第 2 期

5. 徐庄/《师父》/《莽原》第 2 期

6. 方明贵/《木鱼之声》/《满族文学》第 2 期

7. 艾伟/《七种颜色的玻璃弹子》/《人民文学》第 3 期

8. 王安忆/《忧伤的年代》/《花城》第 3 期

9. 艾伟/《乡村电影》/《人民文学》第 3 期

10. 徐坤/《答案在风中飘荡》/《山花》第 3 期

11. 林希/《吴三爷》/《收获》第 4 期

12. 周洁茹/《画了一条船》/《莽原》第 4 期

13. 赵柏田/《扫烟囱的男孩》/《收获》第 5 期

14. 关仁山/《藻王》/《民族文学》第 5 期

15. 毕飞宇/《白夜》/《钟山》第 5 期

16. 李佩甫/《败节草》/《十月》第 5 期

17. 徐坤/《招安,招安,招甚鸟安》/《小说家》第 6 期

18. 邓一光/《她是他们的妻子》/《小说家》第 6 期

19. 郝伟/《荒诞的背景》/《莽原》第 6 期

20. 王怀宇/《女孩》/《作家》第 6 期

21. 李亚/《被胡琴燃烧》/《解放军文艺》第 6 期

22. 莫言/《牛》/《东海》第 6 期

23. 漠月/《白狐》/《朔方》第 8 期

24. 莫言/《一匹倒挂在杏树上的狼》/《北京文学》第 10 期

25. 孙正连/《寻找马杆》/《作家》第 12 期

26. 宋元/《横渡长江》/《人民文学》第 12 期

1999 年

1. 苏童/《水鬼》/《收获》第 1 期

2. 李肇正/《扭曲》/《清明》第 1 期

3. 刘云生/《蓝蓝的山桃花》/《北岳》第 2 期

4. 朱文颖/《十五中》/《人民文学》第 2 期

5. 蒋韵/《完美的旅行》/《天涯》第 2 期

6. 刘庆邦/《谁家的小姑娘》/《人民文学》第 3 期

7. 荆歌/《流光塔》/《人民文学》第 3 期

8. 赵命可/《到天尽头去》/《人民文学》第 3 期

9. 杨打铁/《碎麦草》/《人民文学》第 3 期

10. 赵岩艳/《殇》/《小说界》第 3 期

11. 李逊/《在黑夜中狂奔》/《钟山》第 3 期

12. 茹志鹃/《她从那条路上来》/《收获》第 4 期

13. 黄梵/《狡兔为邻》/《小说家》第 4 期

14. 红柯/《太阳发芽》/《文学世界》第 4 期

15. 金瓯/《刀锋与伤口》/《朔方》第 5 期

16. 莫言/《野骡子》/《收获》第 5 期

17. 赵凝/《大家》/《收获》第 5 期

18. 陈予/《我们走在大路上》/《莽原》第 5 期

19. 郭平/《谎言》/《花城》第 5 期

20. 姚鄂娜/《马吉》/《花城》第 6 期

21. 张劲翀/《闪闪的红星》/《小说家》第 6 期

22. 鬼子/《上午打瞌睡的女孩》/《人民文学》第 6 期

23. 王季明/《1973 年的小人书》/《湖南文学》第 7 期

24. 刘玉栋/《我们分到了土地》/《人民文学》第 7 期

25. 陆涛/《我爱我爸》/《人民文学》第 8 期

26. 刘庆邦/《拉网》/《北京文学》第 9 期

27. 陈中华/《保尔和谁结婚了》/《人民文学》第 8 期

28. 王彪/《在防空洞》/《人民文学》第 9 期

29. 王安忆/《冬天的聚会》/《人民文学》第 10 期

30. 王安忆/《花园的小红》/《上海文学》第 11 期

31. 力夫/《快乐之书》/《人民文学》第 11 期

2000 年

1. 李浩/《闪亮的瓦片》/《人民文学》第 1 期

2. 李浩/《那支长枪》/《人民文学》第 1 期

3. 刘云生/《远去的粉蝴蝶》/《上海文学》第 1 期

4. 郭文斌/《开花的牙》/《六盘山》第 1 期

5. 刘建东/《大伯的葬礼》/《十月》第 1 期

6. 龙冬/《旷课以后》/《十月》第 2 期

7. 张品成/《小说三题》/《西南军事文学》第 2 期

8. 熊正良/《谁在为我们祝福》/《人民文学》第 2 期

9. 石舒清/《清洁的日子》/《十月》第 3 期

10. 冯晓颖/《扁少女》/《人民文学》第 3 期

11. 郝伟/《传呼》/《文学世界》第 3 期

12. 迟子建/《五丈寺庙会》/《收获》第 3 期

13. 杨向荣/《鸽子的羽毛亮了》/《收获》第 3 期
14. 方明贵/《雪村》/《山东文学》第 3 期
15. 瓦当/《逃离临河镇》/《莽原》第 4 期
16. 刘庆邦/《响器》/《人民文学》第 4 期
17. 柯云路/《蒙昧》/《花城》第 4 期
18. 马雨默/《骆叔的镜子》/《花城》第 6 期
19. 野莽/《打你五十大板》/《啄木鸟》第 9 期
20. 黄燕萍/《又见椹子红》/《上海文学》第 9 期
21. 熊正良/《追上来啦》/《人民文学》第 11 期
22. 艾伟/《回故乡之路》/《人民文学》第 12 期
23. 虹影/《饥饿的女儿》/四川文艺出版社

作品清单(二)

(以下作品来自"文学视界——百年华文文学经典阅读"网站:http://www.white-collar.net)

1. 苏童:《金鱼之乱》《稻草人》《桑园留念》《乘滑轮车远去》《伤心的舞蹈》《狂奔》《红桃 Q》《我的棉花 我的家园》《沿公路行走一公里》《回力牌球鞋》《西窗《被玷污的草》《像天使一样美丽》《午后故事》《纸》《环绕我们的房子》《灼热的天空》《刺青时代》《祭奠红马》
2. 余华:《十八岁出门远行》《阑尾》《黄昏里的男孩》
3. 皮皮:《不好了》《光明的迷途》《全世界都八岁》
4. 王安忆:《69 届初中生》《流水三十章》《米尼》《长恨歌》《上种红菱下种藕》
5. 阎连科:《鸟孩诞生》《日光流年》
6. 王朔:《我是你爸爸》《看上去很美》
7. 万方:《没有子弹》
8. 李佩甫:《圆圈》
9. 韩东:《掘地三尺》《富农翻身记》《乃东》

10. 莫言:《罪过》《飞艇》《石磨》《草鞋窨子》《大风》《枯河》《屠户的女儿》《初恋》《金鲤》《生璞的祖先》《三十年前的一次长跑》《球状闪电》《酒国》
11. 迟子建:《岸上的美奴》
12. 何顿:《灰色少年》《我们像葵花》
13. 蒋韵:《落日情节》

附录二
阅读儿童

1. 小瘦子(谷峪《集市》)

这是发生在1974年的故事。腊月二十四。赵堡的年集。昨夜刚刚下了一场大雪,严冬还在炫耀它最后的威风。赵堡的人们并没有感受到春节将来的喜庆,口袋里空空如也,拿什么去赶集呢?村里的五保户老五成去找了队长张水生,长林也去找了水生。前两天村里开会的时候,水生曾许诺兑现村民们的余款。然而,会计王福旺告诉他们:"昨日去信贷社,信贷社的人说,公社魏书记不让支。"水生回到家,三下五除二地吃了早饭,匆匆赶到魏书记那里去问究竟。其实不用去,1974年的"春节话语"应该是"过个革命化的春节",革命化,要钱干什么呢?!然而集是要赶的,长林背着几个柳条笊篱去了,也许能卖几个钱;水生的爹老金魁守着鸡窝等鸡下蛋,为的是给老伴买一瓶止咳片,给小孙子买一挂鞭炮。什么也不能阻止人们过年的最朴素愿望——也许还暗藏着朦朦胧胧的希望。特别是孩子,成人世界的天翻地覆跟他们有什么关系呢?!然而,真的吗?小瘦子比爷爷还着急,"简直像热锅上的蚂蚁",他想的是那一挂小鞭,想的是除夕五更噼噼啪啪的快乐,可这么微小的快乐又是多么奢侈呀!"小瘦子",这名字还能叫人说什么呢?骨瘦如柴?弱不禁风?营养不良?都是,都不是?小说没讲。不用讲。名字就是命运。名字就是命运?反正让人觉得风一吹就会倒,让人有稍纵即逝的感觉。小瘦子也就真的消失在集市上闹哄哄的人群中。

年集人很多。可卖东西的比买东西的还多。小瘦子一开始老老实实蹲在爷爷身边,等着爷爷卖完了鸡蛋好带自己去买鞭炮,可不远处炮仗市里时不时响起噼噼啪啪的诱惑,终于使这个孩子乘着爷爷把注意力集中在长林的一桩买卖上,悄悄溜了。接下去发生的事在那个年代里见惯不惊,但民兵围集还是让老金魁感到莫名其妙。他真不该感到莫名其妙的,他的这感觉才真的是莫名其妙呢!1974年,卖笊篱的、卖筐子的、卖菜的……不是投机倒把是什么?!集市乱成了一锅粥,人流被民兵的枪赶着朝供销社涌去。除了爷爷,谁还会想到在他们你推我搡的胳膊下、脚边,还有一个孩子在艰难地挣扎呢?这个孩子的爹此刻正在供销社里跟魏书记就兑钱的事交涉,他的娘正端着枪在集市里朝老百姓发横,爷爷在供销社的墙角蹲着,欲走不能的干着急。小瘦子,这个荒诞的成人世界跟你有什么关系呢?你还没有来及想点什么,就被如潮涌来的黑暗淹没了。消息传来的时候,那个讲话的魏书记挥手的动作依然那么坚定。小瘦子,你的死在1974年的寒冬翩若一片落地即逝的雪花,却重重地砸在我即将开始的寻找孩子的旅途上。

1980年初春的纸上世界,一个1974年的孩子向我走来,他是要揭示伤痕,还是要反思时代?不,不。他再也不想闯入成人的世界了。伤痕还是反思,让大人们痛去吧!他说,他好像说,死是快乐的另一种方式,在那样一个时代。

2. 黑妞(吴若增《盲点》)

十六岁的黑妞可能从来就是寡言少语,以至于给人们留下木讷的印象,连自己的娘都是这样看的。也可能不是,反正在人们欢欢喜喜筹备秧歌队的时候,从来没人想到让黑妞去参加——她不配!她为什么不配?小说没交待。黑妞成了人们视野中的一个盲点,一定要寻找原因的话,那有可能是人的某种习惯思维。然而造化弄人,关键时刻秧歌队的一个女队员病倒了,黑妞被赶鸭上架——人们不知道这个呆头呆脑的姑娘已经偷偷学了好久扭秧歌。黑妞一鸣惊人。黑妞从人们眼中的盲点走到了人们的视野中,这一瞬间的灿烂也一瞬间改变了黑妞的沉默,她变得有说有笑,并且扎群儿。然而欢天喜地、扭秧歌的日子不是人们生活的常态,黑妞的舞姿最终淡出了人们的记忆,但它却成为黑妞心中藏了整整一生的死结。也许每一个人,都在卑微的生命旅程中捕捉了一些使灰暗的生命发光发亮的时刻,并让这时刻成为一种情结、一个在心灵中历久弥新的珍品,就像黑妞,将那扭秧歌的红绸子藏了整整一生,并带着它去了遥远的天国。小说家也许写了一个无论如何也算不上典型的人物,但却捕捉了一个孩子成长过程中最普遍的渴望,或者一个普通人的痛苦。

3. 娃娃兵(刘真《小尼姑》)

小尼姑在小说中隐隐绰绰,倒是那几个小兵让人感触万千。这几个孩子最大的才十四岁,个个稚气可爱,却已穿上了军装,你看:

小文拉了拉军上衣,捏了捏扣子说:"报,报告主席,我昨天回家看俺奶奶,她让我替她逮跳蚤,她看不见,逮着逮着我吃晚饭了,回来也晚了。报告主席我完了。"紧接着别人就说开了:"报告主席,我吃饭有筷子,不该抢人家的小勺,又叫人家夺回去了,是我不好。""报告主席,我尿了老百姓的炕,自己不知道,再尿几天,土炕就塌出个大圆洞来了,我要求和别人换换地方。"这是个男孩,叫小生子。听他这一说,男孩都拿眼瞪着主席说:"报告主席,俺不和他换地方。"主席说:"算了,叫他睡门板上,木头尿不透。"

每人说了一遍,空气立刻紧张起来,谁也怕自己首先挨一棒。小二胖打冲锋说:"报告主席,我对小文有个意见,昨天她回家拿来一个梨,每人叫咬了一口,就是没有叫我咬。"小文一听急红了脸说:"报告主席,我也有意见,俺二大娘给了俺一个梨,俺没舍得吃,拿回来了。每人叫咬了一口,轮到小二胖身边,连梨核也没有了,俺不能叫他咬俺的手指头。你们看看,他那两个门牙大不大?咬住不疼吗?"小二胖急忙闭嘴,要藏起他的大门牙。

"哗啦"一声,八个小孩子笑瘫了,东倒西歪。小二胖红了脸。咬住下嘴唇,第一次看见他不好意思了。小文瞪着他说:"我也没有吃梨,舔了舔手指甲盖,你也能舔吗?"

这是笔者读到的描写孩子的最精彩的一段,孩子的天真烂漫,心无城府即使在战争年代也一览无余,只是读着读着,让人生出一丝心酸来,这些本该是爹妈身边的宝贝,却一个一个穿上了军装。战争,不是成年人的事么?

4. 小林法(张炜《一潭清水》)

十二三岁的小林法每次总是从北边的海上来。那是一个非社会化的来处。他身子乌黑、很细很长,一屈一弯又很柔软,活像海里的一条鳝。每次来到瓜棚,小林法总是带来许多奇奇怪怪的海货,让守瓜地的两个老头喜爱不已。当瓜棚还是公家的、集体的时候,老六哥的自私与徐宝册的憨厚以同样的方式表现出来:老六哥欢迎小林法,是因为他带来的那些海货,因为他总是帮老人干活;徐宝册欢迎小林法,却实实在在是一个一辈子无儿无女的老人对孩子的喜爱,两个老人毫不吝啬地捧出大西瓜让小林法吃个饱。老人、孩子、夏日夜晚徐徐的微风组成一个清凉的人间仙境,可它是脆弱的。当瓜地成为承包地,小林法吃西瓜的海量可就成了老六哥心头的疙瘩。西瓜地里不再有小林法的身影常来常往,徐宝册心头惶惶的。另辟一个葡萄园,再挖一潭清水和小林法躺在葡萄架下,又成了孤单老头徐宝册的寄托。那该是一种超越既定现实利益冲突的寄托吧?

小林法是一个从北边海上来的孩子。

5."我"(张贤亮《初吻》)

这是一块童年时代的"玛德琳蛋糕":它微醇微甜,在回忆的悠长氛围中,浮现一个残疾女孩寂寞的窗边时光,浮现一个小男孩单纯真挚的友谊;浮现那第一次吻过的嘴唇,第一次贴过的异性的面颊,第一次抚弄过的纤纤手指。

6. 两个童子(张驰《童子魂》)

一腔烟瘴弥漫的胸腑开始被山水淡化,一颗稚嫩的童心被日月精华重新塑造……

然而,纯自然的感化哺育不出人文理智,他无邪,也无知。

7. 满十一子(丹娅《金坠儿岛》)

金坠儿岛是老头在社会中遭受重创后的一个避难地,它远离人群,是人类文明还未触及的角落。满十一子和老头生活在这个岛上,自得其乐。然而,大学生们来岛上游玩留下的一个可口可乐罐子、来岛上寻死的一个女大学生,却成了满十一子的启蒙老师。沧海桑田的老头无力阻止根深蒂固于孩子内心的求新的意识,无力挡住这个虽不会说话却依然有着摆脱既定生活模式渴望的孩子的求知欲望。书橱里尘封已久的一本本书被满十一子搬了出来,放在阳光下。

8. 三三(铁凝《银庙》)

十二三岁的女孩三三的目光浮在半空中,俯视着银庙发生的一切:猫儿们飞檐走壁、有来有往的生活;奶奶的狸崽让人心怵的眼神;街道主任罗大妈有意无意往狸崽尾巴上踩,奶奶惶惑又恭敬的态度;狸崽从罗大妈家叼回一只煮熟的鸡;自己在日记里天天紧跟革命形势;狸崽被奶奶鞭打、被罗大妈的儿子一脚踢上半空;银庙猫们的狂舞和嘈杂;猫们浩浩荡荡的离去与胡同里人们向更广阔的人群涌去交织在一起……

三三的目光被猫牵引着。其实,"猫"在"文革叙事"中,是一个经常出现的意象,特别是与孩子有关的叙事。比如陈丹燕的《恶意满怀》。"虐猫"又常常是那个时代孩子们的主要游戏。只是这一次,女孩三三从虐猫的施为者变成了目睹者:奶奶的惶惑、罗大妈的指桑骂槐、大汉的泄愤,被三三眼中的猫们牵动着,让寂寞孤单的小女孩在一个特殊的时代体验着猫的世界与人的世界的逆转。

9. 楠楠(迟子建《沉睡的大固其固》)

自从小镇诞生的第一天起,这里就约定俗成地成了一个老人与孩子生活的世界。媪高娘是老人的代表:善良慈爱却又迷信守旧。年久失修的老屋、翻来翻去的扑克牌、为全镇人宰杀烹熟的猪肉、走街串巷的相面人、寒冷的空气中冉冉袅袅的烧香……这些,都是媪高娘的"语义素"。而楠楠,则是孩子们的代表:童音清脆,对奶奶的行为似懂非懂,却凭着天性的纯真率直和对新事物的好奇,成为外部文明的吸收者,也成为沉睡的小镇的唤醒者。楠楠离开小镇时,劝说老校长拆除那条象征着时代造成的积怨的墙垛。她说,那样的话,小娜就可以过去看电视了。

10. 点点(林宕《懵懂之秋》)

六岁的徐点点在孤单的童年中自得其乐,期待着将要归来的叔叔带自己去打鸟。他只知道叔叔去了很远很远的地方。点点正体验着与爸爸、叔叔、婶婶截然不同的世界,一个清纯,一个复杂。因为清纯,点点毫无心计地告诉服刑归来的叔叔:自己常和爸爸去婶婶那里,吃粽子吃汤团,吃着吃着,婶婶就把头靠在了爸爸的肩上,爸爸也抓住了婶婶的手。点点还告诉叔叔,爸爸常常一个人出去过夜,把自己一个人留在家里。也因为清纯,点点怎么也不明白,叔叔竟如此凶狠,手勒着自己的脖子要掐死自己。更因为清纯,点点被爸爸硬说自己的伤是孩子不小心所致弄得迷迷糊糊。真是一个懵懂之秋啊!

11. 百岁(金河《神童》)

叙述者充满反讽的语调讥刺的不是百岁这个孩子的"仁义"、"灵透"、"鬼精",而是大人们盲目可笑的对这些特征"显现"在孩子身上的惊讶、崇拜、乃至刨根问底的"研究"。小说第一部分对人与人之间的隔膜、人与人之间对琐碎小事的好奇的嘲讽已经为以后炮手营子的人们追根溯源般的"探索"百岁之谜定下了基调。

有意思的是,百岁这个孩子会让人想起《小鲍庄》里的捞渣。如果说捞渣是"仁义"这种传统文化精神的象征的话,那么,在这篇小说中,百岁却是对捞渣的"解构"。百岁最后也死了,死于大人们的愚昧无知。倘若捞渣的死"重于泰山",百岁的死可就"轻于鸿毛"了。是否可以这样说,同样的两个孩子,一个象征着传统精神的绵延和实践性(捞渣),一个则似乎想说,所谓传统的精神,只是偶然的显现(百岁从未对自己的行为有过清醒的意识)。同时,传统中一些不尽理想的精神其实时时颠覆着另外一些颇具乌托邦色彩的精神(?),甚至让这些精神死于萌芽状态(百岁死时,还未进学堂)?

12. 大元(马原《大元和他的寓言》)

大元是陆高的孩提状态,陆高是长大了的大元?

小说是一个关于成长的故事。只是叙述时序和事件的零散化、片断化似乎在否认通常人们对于成长的理解。人们认为:成长是阶段性的,是相续的、承前启后的,而大元或者说陆高的成长,是片断性的。每一个片断都可能同时集中在一个阶段,孩提状态可能潜藏于成年状态,读者可以把大元和陆高看成是一个人。叙述者就是这么说的。成年状态也可能潜藏于孩提时代。如果寓言是属于"喜欢把事情弄得复杂"的成年人的话,那么,"不懂得寓言为何物"的孩子大元生平第一次也写出了一篇出色的真正的寓言。

大元对陆高说:"首先我是个孩子,而寓言是属于孩子的。你的'孩子只能写童话'的论调掩饰着你的妒忌。是的,你妒忌我,你不要瞪眼睛,你长大了,你只能从属于孩子的寓言里重温度过的马马虎虎的孩提岁月。你比我更明白这段岁月不属于你,它完完全全属于我的。"大元的话切断了生命状态的连接性,时光流逝,并不意味着因果相续。

13."我"(滕锦平《武道》)

滕锦平擅写"懵懂",特别是人之初的"懵懂",比如《儿戏》。他说"懵懂也有懵懂的理由"。"懵懂"映衬着成人世界的冷漠、自私。《武道》却让两个孩子懵懵懂懂地参加了时代性的荒谬。小说让"我"作叙述者,惟其懵懂,才更显所经历的一幕幕人、事的嘈杂和无理。

14. 小八子、小七子、够够(方方《风景》)

小八子说:"原谅我以十分冷静的目光一滴不漏地看着他们劳碌奔波,看着他们的艰辛和凄惶。"死亡,让婴孩小八子超越了世俗人生的局限,使他可以无所不在、无所不察。

小七子是一个被忽视的孩子。在这个家庭里,温情对于他从来都是奢侈的事,只有大哥、二哥曾经给过小七子一星半点的关怀。女孩够够是小七子在拾菜的日子里认识的小伙伴,这个在家里一样常常被父母无故责打的孩子却给了小七子许多真诚的关心。也许小七子是可以健康成长的,可是够够死了。当火车呼啸着碾过够够弱小的身躯的那一刻,小七子的成长也就停止了。此后的一切,便是童年创伤一点点腐蚀着小七子的生命历程。只是,谁能说童年时的小七子比成年时的小七子更真实呢?不过是成年的小七子比其他成年人更敏感于内心的冲突吧?我们每个人,不是都在扮演这样或那样的角色吗?

15. 做听众的孩子(史铁生《原罪》)

一个孤独寂寞、常年卧床的人如何在想像的世界中让灵魂飞舞、让灵魂超越不能行动的肉体在世界各地遨游。他说这是他自己的神话。这神话的听众是一些孩子,一些懵懵懂懂的孩子。

也只能是孩子。因为"据说孩子的眼睛可以洞察许多神秘事物,大了倒失去这本领"。

16. 莫亚(张宗轼《大鸟》)

在芒萨的故事中,莫亚只是一个十四岁的孩子。正是这个孩子,暗示了其作为鹰的化身的踪迹与命运:莫亚在桂林读书,灼热的日子里去漓江游泳。那只接近太阳的鹰始终在莫亚的头顶盘旋,投下一片阴影、一片清凉。

那是父亲莫纳在天上庇护自己的孩子吧!

莫亚第一次见到莫纳的尸身、第一次到达山洞——芒萨故事开始的地方,就有相识之感。这山洞,正是芒萨一生爱恨的所系,是那只大鹰——莫纳栖身之所。莫亚仿佛很早很早以前就已经来过。莫亚成了莫纳的化生。莫纳——鹰——莫亚。三位一体。牵系着芒萨波澜壮阔的一生。

17. "我"(孙嘉禄《殉葬》)

一段不堪回首的童年记忆。割寿材、孝礼、葬礼仪式,死亡的繁缛对已被钉进棺材的珍贵的画轴所代表的雅文化实施了一次无情的阉割、无情的殉葬。小说采用的儿童视角不仅是一种故事时间背景的标示,客观上也是对某种童年回忆神话的解构。

18. "我"(周梅森《人的岁月》)

一个十五岁的少年在荒诞的时代阅读在死亡、贫困中生存的真理,并在打打闹闹中体味成长的困惑与生命的困惑。

19. 雨(黄石《园廊式概括》)

雨,这个十三四岁的男孩,当他还没有形成健全的思考方式时,他的遭遇捷足先登,破坏了他的正常发育。发现"性"、目睹"性"、然后消失在"性"的欲望场景中。

20. 栓栓(赵伯涛《生命在高原》)

一个走在生命之初的孩子,面对生命的行程,正一点点感知并了解生命的奥秘。栓栓想:"如果外爷、外婆、妈妈、父亲曾在这儿生息,我也会在这儿生息;如果他们打算在这儿好好活,那么,我也会好好地活。我会活好几百年好几百年。"栓栓坚信:世上所有的人都会同意他的这个念头的。

21. 轩生(李晶《长大》)

外面的世界是喧嚣嘈杂的,轩生的世界却寂寥而忧伤,安静得无所事事,无所事事得气闷。每天,轩生起得比勾英豪一家还早,他透过纸窗的孔洞,看着他们一家四口站成一排,朝向东方,手捧白皮书,齐声高唱《东方红》;轩生也远离了那个时代孩子特有的恶作剧:斗老师。一次是因为出身不好被迫退出,一次是在目睹了一场血腥之后自愿退出。在长长的巷子里,轩生逍遥又无聊。他看着曾是国民党军官的鞋匠撕纸卖纸,看着他从容地打扫厕所,看着美丽的鞋匠小老婆在门槛边伫立成一尊宁静的雕塑,也看着她把一个个煤饼拽到墙上。……时光缓缓地流淌着,黑乎乎像挂在墙上的煤饼。在这寂寥的日子中,惟一的亮点是范老师的琴声。那一串悠扬、遥远的琴声让轩生无所适从的心忧伤发痛、眼生泪。那是一个遥远而熟识的精灵在空中流转,而美的东西或者美的感觉总是稍纵即逝。

轩生在这稍纵即逝的美的捕捉与遗失中慢慢长大。

22. 阿羊(鲁羊《银色老虎》)

九岁的阿羊遇到了三次银色老虎。第一次是跌落到井潭里。"我浮在水面上的时间只是一瞬间。""那是一只多么美丽的银色老虎。不是由血肉、骨骼和毛皮构成的人间动物。仅仅是一种通体银色的影像,还可以说是一种银色的身躯、银色的毛、银色的动态、银色的骄傲、银色的谜团。……我感到银色老虎正在吞食我的全部。"第二次是阿羊去医院动手术,没有打麻药,被人紧压在铁床上强忍痛苦时,再次看到了银色老虎,这是一只不同的银色老虎。井潭水面上的一只温柔而明亮,铁床下的一只猛烈而锐利,它"从铁床的阴影里探出头来,张开巨大的无形之口,咬住我右脚的脚踝。

我感到它的牙齿深深地嵌进了我的筋骨。我感到它以隐晦的力量,撕扯着我与铁床的关系。我感到它试图把我拽向真正的黑暗。"第三次,银色老虎带走了聋婆婆。"聋婆婆扶住左边那棵枇杷树,踏着烟囱上掉下来的两块断砖,颤巍巍地爬到银色老虎的背上。银色老虎那样驯服,甚至低下头,俯下前爪。"

银色老虎,在九岁孩子阿羊的经验中,时而温柔明亮,时而猛烈锐利,时而痛心疾首带走亲爱的人。银色老虎成了死神的象征,让孩子体验着死亡的味道。它一改过去盘踞在人们心头的恐怖形象,在孩子的生存体验中,温馨、疼痛、撕心裂肺。它如影随形,在孩子的生命的历程中,不动声色地与自己同行,绚丽多姿、变幻莫测。

23. "我"(张洁《我不是个好孩子》)

我不是一个好孩子。当然,这是已长大成人的我在岁月流逝的回忆中的忏悔。忏悔的不是孩提时代的顽皮:在地理课上学到了地球是椭圆体以后,想要在操场上挖一个很深的坑,以看到在地球仪上的某一个异国;上课的时候,总是把注意力集中在教室大梁上的那条又粗又长的大蛇上,最后考试老是不及格;爱给同学起外号,比如"驼背五少爷"刘建、"鲁智深"郭连成、"红眼睛阿义"于国义;上课的时候总是溜出来,爬到地理老师屋子后面的那棵枸桃树上,用叶子惬意地擦脸上的癣。不,不,这些属于孩子的乐趣除了使人在疲惫的成人之旅中获得心灵的些许慰藉外,无论如何也不会让人产生忏悔之念。忏悔是一种刻骨铭心的痛,也可能是时过境迁的淡漠。另一种淡漠。我不是一个好孩子,就是因为爬在枸桃树上的我不经意间看到地理老师在向有个站长爸爸的"红眼睛阿义"漏考试题,看到站在门边悄悄目睹了这一切的"驼背五少爷",而在事情传遍了全班后,我却保持了缄默,让"驼背五少爷"独自承受了地理老师威风凛凛的藤条的鞭打吗?我们都是软弱的,我们每一个人。面对压力、面对诱惑。假使这压力、这诱惑卑微、然而又切切实实威胁到了一个人的基本生存，除了妥协还能怎样？超越生存好像还不是普通人的命运。比如地理老师，这所由铁路所办的学校是他安身立命之所，决定他的去留的是"红眼睛阿义"当站长的爹，而阿义已经是第三次读六年级了，那曾经让他留级的两位老师因不肯在分数上通融，只有卷铺盖走人。还能让地理老师怎样呢？！真该忏悔的是谁呢？阿义的爹？地理老师？阿义自己？还是成年的我急于在介入的姿态中所宣称的"良心"？不知道。任何道德判断都该追究根源。然而，我们的活着总是如此卑微吗？孩子回答不了，这篇小说也回答不了，尽管唠唠叨叨发了许多议论。

24. 赵雨（李心田《夜间扫街的孩子》）

处在为儿童营造的纸上世界的孩子是不同的，在这样的世界里，孩子的喜怒哀乐不浸染时代、社会的影响。时代、社会好像是大人们的事，与孩子相连的好像是爸爸妈妈、兄弟姊妹，还有小伙伴们。夜间扫街的孩子是早熟的，一个孩子似的早熟。爸爸病故、妈妈带着妹妹再嫁，十四岁的赵雨跟奶奶相依为命。不忍患有气管炎的奶奶在清冷的早晨上街打扫卫生，这个孩子执拗地代替了奶奶，又在悄悄地帮助在继父的冷漠下委屈度日的妹妹。冬去春来，夏暑秋雨。孩子在长大。

25. 进进（陈文彬《孩子，今天是你的生日》）

一个荒诞的时代把人们分为"敌我"两种，无辜的孩子似乎也不能幸免。这是一个母亲的悲诉。一个母亲在严冬已过，迎春已抽出了碧绿的枝条，枝条上缀着一串金灿灿的花瓣的季节思念已逝去十二年的孩子。那个当年只有九岁的孩子已知道不再对着妈妈撒娇，不再向妈妈哭诉上学放学的路上其他孩子对自己的谩骂和殴打，只为了不给顶着"反革命"帽子的妈妈再增添牵挂与伤心。孩子沉默着。孩子的沉默应该让大人们震惊、应该让一个时代震惊。孩子的死应该让大人们忏悔、应该让一个时代忏悔。而一些孩子对另一些孩子早已丧失了孩子间的嬉闹的敌视又该让人说什么呢?! 几十年前,一位智者发出"救救孩子"的呼喊,这喊声在几十年后似乎格外响亮,格外让人惊怵! 可要救的何止是孩子!

26. 何满子(刘绍棠《蒲柳人家》)

这是1936年的夏天。这个时间让人浮想联翩,可日常生活的喜怒哀乐、悲欢离合、战火逼近前的蠢蠢欲动,全都随着北运河岸边随风拂动的柳叶带上了牧歌般的宁静。是因为一切都发生在六岁的何满子眼里吗? 调皮的何满子让能镇八方的奶奶一丈青大娘一筹莫展;让漂泊在外赶马持家的爷爷寄托了立言立功的希望。北运河的人们,艰辛度日,善良美丽的童养媳望日莲,与望日莲青梅竹马的革命者周檎,还有吉老秤、牵牛儿、郑整儿、荷妞……以及杜四、豆叶黄一干人,他们各有各的命运、各有各的性格,在一双童眸的凝视下,善的更善,恶的似乎也只是让人觉得愚蠢可笑,全无腥风血雨的恐怖。这突然令人想起沈从文为什么要把希望寄托在小儿女的身上了。六岁的何满子是小说的中心人物,然而,小说的目的并不在于塑造这个孩子,他串接起了北运河岸边的昨天、今天和明天。浸透着经历了十年荒诞岁月的小说家满心疲惫之后的被过滤了的童年回忆,也许是一种慰藉:无论对小说家还是成年后的何满子(小说只言片语交待了何满子在"文化大革命"中的境遇),或是许多从那个年代走过来的人们。

27. "我"(岑桑《好汉不落泪》)

刚刚解冻的纸上世界好像迫不及待地让孩子们承担了倾诉的命运。"我得学本领了。人要活下去,可不能没本领。""我"还不满十五岁,却已不得不承担起抚养弟弟妹妹的重担,母亲已在几年前病逝,父亲在一个多月前"畏罪自杀"。"我"找到了补铁锅的张师傅。张师傅原来是父亲的战友、徒弟,是父亲引导他走上了革命的道路。张师傅又是特殊年代的大右派。一段时间过去了,"我"学会了补锅,也在"暴力"的张狂中了解了这一段历史。也许这种了解意味着另一种成长。这应该算是一篇儿童小说,然而,今天的读者——儿童们能理解吗?

28. 白音宝力格(张承志《阿勒克足球》)

"还记得童年时代那些遥远而又甜蜜的情景吗?"张承志的小说总是弥漫着浓浓的古典气息,笼罩着淡淡的忧伤,一种在今天已非常奢侈的忧伤。这是一个生活在荒僻的、骑一个月的马也走不出去的广漠草原的孩子的童年,它牵涉着一只"阿勒克足球",就是那种用黑白两色皮子缝成的花足球,还牵涉着一个曾在乌珠穆沁草原插队的北京知青。十岁的白音宝力格(这是张承志一系列小说的人物名字)、小女孩索依拉、还有草原上许多渴望着上学的孩子们和这个每日里只喝酒打架以驱除无家可归的孤独的汉族青年组成了奇特的师生关系,白音宝力格以孩子的童眸捕捉到了这个能说一口流利的蒙古话的汉族老师眼中深藏的痛苦,这痛苦又在与孩子们朝夕相处中得以稀释,然而一切美好似乎总要带上伤疤。一场秋天的荒火包围了学校,而那只孩子们奉为至宝的阿勒克足球还在教室里!一只阿勒克足球凝聚了一段最真挚的感情,寄托着白音宝力格刻骨铭心的童年记忆,也留下了疑问:所谓故乡,对每一个人究竟意味着什么呢?十岁的白音宝力格已经知道那些来插队的青年们永远不可能在他的草原上扎根,而那以死亡完成了这一"誓言"的老师在这个孩子以后的成长道路上又播下了怎样的种子呢?

29. 月素(沈虎根《微笑的女孩》)

小姑娘月素似懂非懂地学会了那个特殊年代的"革命话语"和"革命行为",似懂非懂地伤害了邻居的陈叔叔。说她似懂非懂,是因为她从来不像那时的许多人一样,时骄时刁、时热时冷,随着一己的利益。她始终是一个孩子。孩子似的天真、孩子似的幼稚。于是便有雨过天晴之后的忏悔。

作者(隐含作者)把一个时代的荒谬归结为"四人帮"似乎有点

"高抬"他们了,也许荒谬的不是时代,荒谬的是人们身上——更确切地说是成人身上——隐藏着的"恶",时代只是为这形形色色的"恶"提供了展示的舞台,连孩子都深陷其中,惟其如此,痛才刻骨铭心。

30. 鲁鲁(宗璞《鲁鲁》)

鲁鲁坐在地上,悲凉地叫着。它还不知道,它的主人,那个孤身的犹太老人已经死了——或者只是不愿意接受这个事实。十岁左右的姐姐和六岁左右的弟弟原来就是它的朋友,如今收养了它。孩子和鲁鲁还有那只可爱的猫儿菲菲很快就组成了温馨的世界,给在战火中避难于此的人们带来了无数的快乐。鲁鲁不知道,它的一生总是与分离相连。它又到了新主人唐家,"他常常跑出城去,坐在大瀑布前,久久望着那跳荡着的白幔帐似的落水,发出悲凉的,撞人心弦的哀号"。

31. "我"(晓樵《一个夏天的故事》)

"我"是一个十二三岁的男孩,无限崇拜着二十来岁的哥哥。"我"随着哥哥来到一片绿色的谷地,现在——一个夏天——哥哥又是父亲,又是母亲,又是老师,又是大哥——你们知道这意味着什么。在那个年月里,"我"的爸爸妈妈也同样逃不脱,这一片绿色的谷地同样逃不脱,"我"的哥哥、滔滔姐姐、王可雄,还有许许多多的人,都逃不脱。逃不脱一代人的命运——滔滔姐姐说一代人有一代人的命运,那么,滔滔姐姐义无反顾地走上真理的祭坛,是要抗拒这不可抗拒的宿命?哥哥的沉默,是无可奈何地接收这不可抗拒的宿命吗?只是在"我"似懂非懂的眼里,这个漫长又短暂的夏天,仿佛成了特殊的展台——勇敢与懦弱、坚强与脆弱、义无反顾与前瞻后顾、对生命价值的追逐与放逐……一切都在一个懵懂的孩子眼里展开,因而一切都朦朦胧胧。而童年的结束仿佛就是这样残酷,把一切都清晰痛苦地撕破,从此让孩子踏上无尽无止的流浪之旅。

32."我"(任大霖《大仙的宅邸》)

以写童话著称的任大霖在这里却要嘲笑——带泪地嘲笑——人们盲目的造神与敬神心理。大仙的宅邸是十二岁的"我"家暂住的厢房旁边的一个荒凉的花园,每逢初二、十六,宅院里的各家各户都要毕恭毕敬地供奉"大仙",孩子知道大仙就是狐狸,大人却惊恐地害怕随随便便地称呼大仙为狐狸,孩子们跟狐狸大战,大人们却担心着大仙的惩罚。在这儿,作者无意描述一种乡间风俗,无意在民俗学的意义上追根溯源。在时代主流思潮的映照下,这个荒凉的花园就成了一个特定时代的隐喻,作者似乎想从"国民性"的角度去挖掘一个荒诞时代之所以荒诞的根源:"中国人喜欢造神,好像没有神,就简直一天也活不下去。然而,人们又怎么会把狐狸这样一种普通的兽类,也当作神明来崇拜、供奉呢?"孩子们倒是最明白的,狐狸就是狐狸。卢梭说得好,尽管从绝对来说,孩子和年轻人都是虚弱的,但是相对而言,他们却又是强壮的:他们的力量超过了他们的需要,就此而言,他们比成年人还要强壮。

33.小燕(王不天《小燕子飞了》)

六岁的小燕背语录背得真辛苦,真辛酸、真悲怆! 人们好像都是虔诚的,惟其如此,善良的石奶奶的虔诚不仅是盲目,还让人在又急又恨中产生一种恐惧感,甚至在小燕的坟前,石奶奶还在念语录——她不知道,正是这造神崇神的行为"杀死"了小燕。孩子真的是虚弱的吗? 即使死亡也唤不醒大人们的荒诞与麻木! 面对这一幕,卢梭又会说什么呢? 在被大人包围的世界里,孩子不可能有自己的文化。

34.小翼子(段良工《×》)

孩子! 孩子知道什么? 牛鬼蛇神"猴子叔叔"面对孩子们飞过来的土块,除了发愣,心也凉透了。可是小翼子眼睛瞪得圆溜溜的,仰头吞吞吐吐地说:"叔叔,你很累,他们还丢土块打你,我陪你——玩,要吗?"在这样一双清澈如水的眼睛的映照下,作"鬼"的生活也变得温馨缕缕。小翼子写字,在每个名字上打"×",因为爸爸说那些打叉的名字都是好人。小翼子给村子墙上的毛主席语录的名字都画上了叉,毛主席不是好人么?猴子叔叔、爸爸、刘少奇都是好人。小翼子不就是皇帝的新装里的那个孩子吗?这真是一幕新时代的童话故事,可惜没有了童话故事的稚气和笑声,有的只是荒谬、愚蠢,还有惨淡的痛。比如猴子叔叔的被抓、比如五岁的小翼子翻过几座大山去找毛主席,要告诉他叔叔不是坏人……

35. "我"(薛宝新《瘾影》)

二十几年前,正是"我"爱听神话传说、豪侠故事、非常崇拜有神奇本领的大力士们的时代。异人"疯拐子"就这样走进了一个孩子还未被社会的道德标准"异化"的眼中,呈现着令人眼花缭乱、令人感到扑朔迷离的"江湖技艺"和品格,童眸的澄澈滤去了这一类人可能染有的江湖恶习,反而以置身其中的热情,体会了疯拐子潜藏很深的缕缕深情,给一个(类)特殊年代的特殊人物的命运辗转抹上了难以言传的伤感(或者叫历史感?),并让成年以后的"我"再次与时光相遇。这里纠结了许多时间,或者历史,或者命运:疯拐子的故事,"我"的成长,还有作为背景的一个民族的一段特殊年代。童年仿佛只是作为时间背景存在,然而,当我们每一个人说起童年的时候,从那时间幕布极深处走来的不都是几个人、几场景吗?所谓历史的意义,实际上是时间的意义,所谓历史感,其实就是一种时间距离感。

36. 499 弄和 501 弄的孩子(王安忆《墙基》)

这是一道墙基两边家庭背景截然不同的几个孩子的童年。爱写孩子的王安忆(王安忆真的是爱写孩子:雯雯、米尼、忧伤年代的"我"、秧宝宝……不过人们好像并不太关注她笔下的孩子们,也许是因为王安忆的作品总是萦绕着浓浓的理性色彩?)在这里并非要专门要描述这些孩子的童年,她要写的是特殊的年代里,老死不相往来的 499 弄和 501 弄如何打破僵局,荒诞的时代精神竟成了一道针催化剂,它不是让住在499弄的平民工人借机嘲讽捉弄501弄倒霉的知识分子们,而是表现出了默默的同情甚至冒险保护着这些风雨飘摇的家庭。这一切又是从孩子开始的。当501弄的孩子们无力替独醒收藏她所珍爱的集邮册和日记时,是499弄的阿年几乎怀着神圣的心情将它们埋在地板下面,尽管阿年是带着对501弄与自己的生活环境截然不同的孩子们的好奇,以几乎是粗鲁的方式从独醒的手中抢过了集邮册和日记。日记里似懂非懂的文字深深地刺激了阿年,这一特殊年代的特殊阅读无疑在阿年的生命历程中刻下了深重的一笔,这个平日里曾与弄堂里的孩子们打打杀杀,以孩子似的无知呼应着荒诞的时代精神的男孩忽然感到了深刻的孤独,开始模模糊糊地感受尊严的力量;而平时粗鲁的爸爸以极大的勇气保护独醒的那一幕,也许会更深刻地刺激阿年,尽管这一幕所包含的人性的深度也许要到阿年成年以后才可以理解。小说到这里并没有结束,正是在这没有结束的地方,显出了王安忆在操作同类题材时与其他作家的不同:在两个弄堂里的孩子们逐渐开始交往,相互之间的隔膜与仇恨渐渐消融,在孩子们长大成人,各有命运之后,在时代的噩梦终于醒来之后,在两个弄堂的孩子又渐渐多起来之后,那象征着隔膜的墙基却又凸现了,小说戛然而止,把无尽的思索留给了人们,特别是大人们。

37."我"(天戈《狼和人》)

有一部电影叫做《与狼共舞》,没有看过,只是凭直觉感到这一定是一个成年人的故事,无论这只(群)狼是象征的、隐喻的,还是真实的存在,电影一定充满了与狼共舞的危机时刻,冲突和敌对是始终的。而在小说中,十一岁的"我"在从未到过的深山坳采木耳,与伙伴们走失,为了避雨避雷,误入岩崖上的狼洞,这个十一岁的孩子表现的是令人惊异的镇静和智慧,他用石头堵上洞口,与狼崽子共处了七天七夜,不仅与狼崽子们共享着母狼丢来的"猎物",也让我们看到母狼对狼崽子执著的爱。最后猎人救了孩子。小说到这儿,人与狼的冲突结束了,下半部分则转入了狼与孩子的和平共处,这才是真正的与狼共舞,是孩子的与狼共舞,也只有孩子。

38. 扎纸的女孩(朱春雨《一个远逝的夏天》)

记忆里,童年的那个长长的夏天,曾闪烁两颗珍珠,那是一个小女孩聪慧的眼睛。她能扎出活灵活现的蝈蝈,特别是那种珍贵的绿豆玛瑙背儿。男孩拴福在扎彩棚子里接受了生平第一次"艺术"启蒙,又在家族祖坟前目睹了这些"艺术品"的灰飞烟灭。也许只有孩子才能抛弃一切尘俗的用途,在老人和女孩的精心再现(牛马驴骡、菊花荷叶、云卷水纹……)中徜徉。

39. 陆虎子(邓友梅《别了,濑户内海》)

陆虎子是全体华工中年纪最小的,周岁还不到16岁,他在碳酸镁车间的干燥炉干活。这是诗人陆虎士孩童时代的一段经历。战争使这个孩子小小年纪就成了抗日武工队的通讯员,战争也迫使这个孩子远离故乡、远离武工队到了日本椿岗,变成了一名劳工。在这里,他亲眼目睹、亲身经历了人与人之间的残酷、冷漠,还有温情关爱,阶级与阶级之间的冲突,敌人与战友之间的斗争,也与日本女孩千代子结下了哀婉伤感的情谊。

40. 小俊波(祖慰《心有灵犀的孩子》)

祖慰好像是写儿童文学作品的作家,这篇小说孩子们一定爱看,但也可能使不少成年人感到尴尬。小俊波是个有特异功能的孩子。他能够看到人的内心,猜出人的真实想法。这功能给他带来了孩子式的虚荣、自满,也让他看到了大人们心口不一的虚伪冷酷,小俊波开始恨自己能猜透人家心思的"特异功能"了……

41. 小平(李维鼎《鱼我所欲也》)

八岁的小平对爸爸"鱼与熊掌"的解释懵懵懂懂,但却认得餐桌上校长派会计送来被爸爸买下的那条鱼就是被爸爸严词拒绝了的"关系鱼",因为小平看到了被自己抠了鳞、戳了眼睛的小鱼,小平在餐桌上道出了实情……他当然不知道这鱼在转来转去中的微妙。

42. 韦之(忆汸《搬家·逃学》)

韦之的父母打算将住在乡下的韦之的外公外婆接到城里来，可是韦之却不太愿意，因为那样的话，以后放了假，自己就不能到乡下去玩了。韦之打算见到外婆时，要劝外婆别搬到城里去住："要不，我放假时就没好地方去了。"可是搬家的大车刚停稳，韦之看到的却是外公外婆的兴奋。韦之感到：世界开始不理会他的要求。他此刻几乎无依无靠。他被抛下了。这种感觉是伴随着另一种意识而来的：他觉得自己是个大人了。

43. 小凤(迟子建《没有夏天了》)

爸爸的失意、妈妈的辛劳和牢骚、丑儿的家仇、靖伯伯的家事……所有这些庸常、琐碎而又无奈的成人世界与"我"——小凤的寂寞童年交织在一起。

44. 岩庄(谷应《天堂里的鼓声》)

岩庄可能真的是来到尘世的天神之子。"高昂的头朝向大山，于是橘红色的光从山巅滑到他的脸上，清晰地浮出他精致的五官，烘染出他神秘的微笑。"

45. 王小林(高晓声《触雷》)

触雷者是谁？孩子王小林？还是李茂生的爹？

李茂生的爹偷了镇上一个厂长、一个镇委委员的家。但是这件人赃并获的偷窃案却只能被悬置，因为他偷的东西是"文革"时破四旧抄家抄来的。李父的偷窃事件变得很微妙。"说"也不是，"不说"也不是。而完全不明其中玄机的王小林的视线所及使得这件事更加扑朔迷离。

46. "我"(懿翎《紫烂烂的茄子》)

这个七岁的孩子"我"与平常的孩子有些不同。

劝说父母离婚、夜里总是莫名其妙地大笑、自杀若干次、偷来幼儿园的小孩放在地窖中(为了自杀后给父母一个补偿)……在这些离经叛道的行为背后,是一个小女孩敏感脆弱的心灵世界。她有些早熟、又有些幼稚,你简直无法给她一个一两句话可以加以概括的评价。就像小说中频频出现的"紫茄子"意象:茄子面、阿姨脖子上紫色的斑痕、吴施妈像紫茄子一样的奶子……这些紫蓝色茄子意象,如同月亮找不到的壕沟,流动着暗深的神秘,给这个七岁的女孩也罩上了神秘的光彩,尽管她自己无知无觉。

47. 李园(丁天《数学课》)

人与人之间的淡漠是一种什么样的感情?这一堂数学课像从前的许多堂数学课一样,孩子们的吵闹、老师的训斥、没完成作业的淘气孩子被赶出教室、请家长……不过这一堂课还是有些不同:和那些没有完成作业的孩子一起走出教室的,还有女孩李园。她长相举止一贯文静,学习成绩也不错。

老黄犹豫了一下,老黄是数学老师:"李园,你也没写?"

李园站住,轻声说:"昨儿我们家有点事。"

就这么完了,老黄不再问,李园也不再解释。

"我"倒是说了一句:"那你就找你们家人来说下情况不就完了……""我"也是被赶出教室的孩子中的一个,暗自喜欢着文静的李园。可是,"几十年来内心深处被他们一块砖一块砖垒起的无形的墙似的信仰",使"我"也保持着男生女生间的距离,没有多问一句,也没有多想一下。或许因为,"我"还只是个孩子,调皮捣蛋却有着正常的家庭环境。"我"怎么会想到李园有个酗酒的爹,有个传言中不正经的妈呢?"我"甚至在知道了这一切之后,不再喜欢李园了,"她怎么能是个酒鬼的女儿呢?"

于是,李园走了。这一走,再也没有回来。回来的是从高楼上坠下,永远失去了那一双美丽双腿的另一个女孩,在时光的雾霭中,渐渐被人们遗忘。

那些当年的老师、当年的孩子们融进喧嚣的现实人群,分散到四面八方,从陌生走向陌生、从淡漠走向淡漠。

48."我"、罗丽(韩向阳《斑斓的花冠》)

这是一顶斑斓的花冠。帽箍是从河滩柳林里选中的柳枝编成的,上面插着紫红色的鸡冠花、淡紫色的金耳环花、红色的凤仙花、粉红色的海棠花、金黄色的野菊花、洁白色的狗秧花、更浅淡的紫色牵牛花、更浅淡的黄色月季花。月光在有雾的夜里显得蓝盈盈,透过窗棂照在花冠上,给花冠蒙上一层若有若无的轻纱,花的幽香与蓝盈盈的月光融为一体,也与"我"的心融为一体。

这是一顶童话中才有的缤纷的花冠。

童话之为童话,就是因为它永远无法实现。可是,"我"不该生活在童话般美丽的童年吗?那个穿着浅色衣服、像个白衣仙子样的苏老师不应该带上这样一顶花冠吗?让微风吹来时,缤纷飘落的花瓣落满她的肩头。

然而,没有人为"我"的花冠惊喜,汽笛响起来了。那声音带着一种冷冰冰的金属的性质,那声音笼罩了一个荒诞的时代,笼罩了"我"的童年、笼罩了苏老师、张老师的命运。谁会去责怪一个孩子的不谙世事呢?谁会在意一个孩子的"证词"呢?可是苏老师自杀了、张老师陷入不可知底的黑暗。也许清醒者惟有那个叫罗丽的女孩。只有这个奇怪的、野性的、不为任何伦理道德约束的女孩,只有她理解苏、张两位老师的恋情、只有她试图去捍卫爱情的尊严。可是,天空没有一丝云彩,像一块沉闷的大铅板。

纷扬的花瓣飘舞飘舞,无知可依、无肩可落。

没有风。

49."我"、俞军、李小强(艾伟《七种颜色的玻璃弹子》)

我们小的时候,都玩过玻璃弹子。我们的小时候,也是 70 年代末。可能那几个孩子:"我"、俞军、李小强就在不远处的那片泥地上,趴在那儿,用手弹着玻璃弹子,让它落到事先挖好的一个个小坑里。进去了算赢,没进去算输,再来。有时候,他们也直起身子来,拍拍身上的泥土,彼此比划着手中的玻璃弹子,看看谁的最好看,玻璃里面包没包花。要知道,我们一般都玩那种白色的、泛着点青光的玻璃弹子,要么就是那种包了黑白相间的那三瓣花的弹子。最好也就是这三瓣花是其他颜色的,比如红、黄两色。"七种颜色的玻璃弹子"?没见过。有吗?瞎说的吧?

"不信?我带你们去找货郎担!"李小强又兴奋又着急地说。货郎担为什么会那一天来呢?那一天不是初一,而他总是只在初一才来的。真的,他真的有那种七个颜色的玻璃弹子!"那是一种让人发晕的色彩,赤橙黄绿青蓝紫,在太阳下变换着,组合成各种各样的图案。这让人发晕的色彩勾起了我们的欲望,要是有那样一个玻璃弹子,该多好!

七种颜色的玻璃弹子焕发出魔幻般的色彩,预示着一个我们措手不及的悲剧。

货郎第二天又来了。他的一枚玻璃弹子不见了。而在此之前,我们正围着俞军七嘴八舌问他手里的那种七种颜色的玻璃弹子是怎么来的?我们全都面无表情看着货郎。"我"注意到俞军的手放到嘴上。

他以为弹子会跟西瓜子一样,从大便里拉出来吗?

俞军开了刀,可是玻璃弹子不在胃里。……

50. 光明、表现(陈中华《保尔和谁结婚了》)

据说,那个时候,人们都认认真真地读过《钢铁是怎样炼成的》。关于这本书,让我们一想起来,总是跟一些格调很高的词汇联系起来,比如:崇高、献身、精神、意志,等等。我们的学生时代耳熟能详的是保尔那段著名的临终警言。虽然,我们知道,保尔曾经有一个叫做冬妮娅的女朋友,但是关于爱情,总是被忽略不记的记忆。现在我们有些恍惚:究竟因为我们是孩子,还是因为书中保尔的战斗生活更令人振奋、更令我们感兴趣呢?好像都不是。我们细细回想,恍然大悟。实际上,我们从未看过这本书,我们从未见到过这本书的任何一个版本。它的封面是怎样的?会画着一个意气风发、斗志昂扬的革命者形象吗?不知道。关于这本书,我们所知全部来自间接的渠道:语文课本的梗概、老师的介绍、广播里的宣传……是的,我们这些孩子,有谁认认真真地捧起它,一页一页度过一天当中的某个时光?有谁像小说中的孩子光明和外号叫"表现"的那个孩子,在批林批孔的混乱中阅读这本革命的书,然后对保尔究竟和谁结婚了耿耿于怀——须知他们手头那本书残缺不全,到保尔进了疗养院那儿就断了。他们开始求助于那些他们认为一定看过这本书的人。小说于是开始了解谜的历程,开始了对这个特殊年代三个普通人生活的浏览:煤矿宣传队的张子荣、曾经留学苏联的苏修、教体育的王老师。

三个人给出了三个答案。张子荣说,保尔他们没有结婚——英雄人物怎么会跟普通人一样,人家心里想的是神圣事业;苏修则对孩子们的问题不理不睬,也许作为被批斗的对象,苏修最好还是沉默,尽管或许只有他知道书里是怎么说的;王老师借来孩子们的书,说是要写出结局,再告诉他们。王老师和孩子们讨论保尔到底和谁结婚了,讨论充满了那个时代的革命话语,最后王老师以毛主席语录条分缕析:让保尔和冬妮娅结婚,有了三个孩子。

光明和表现陷入迷惑,他们不知道,阐释和阐释者的背景构成了这本经典的意义,保尔到底和谁结婚都不重要。

51. "我"和小丁(张劲翀《闪闪的红星》)

阐释及阐释者的背景才构成了艺术品的意义。比如,一幅远近错落地布满了一簇簇红色星星的画,将会被人们命名为星空,送它去参赛、去获奖,而没有机会听到创作者的解释,即使听到了,也并不放在心上。

可是"我"执意要解释。"我"知道,那并非什么星空,而是血。是六岁的小丁着魔般地向汽车跑去,然后轻盈地飞升起来时,身体所绽放开的鲜红的花朵。它残酷而优美地向"我"揭示了艺术的真谛。

其实没有故事。那是一个没有故事的年代。父亲带着"我"离开了高楼林立的都市,来到了一个民风淳朴的穷山沟。这是那个年代无数个相似的"离去"中的一个。在那儿,大眼睛的小丁出现了。

然后,偷打火机、孩子们之间的恶作剧、把煤油当酒喝的老刘头、"我"跟老刘头学画、一枚战友父亲送的五角星——就是这枚五角星将这些似乎毫无相干的情节结合起来,一步步引导小丁走向不可抗拒的死亡宿命。小丁把"我"骗到了大个儿跟前,大个儿带着一帮孩子抢走了"我"视为珍宝的五角星。

孩子们疯了似的跑起来,追的、被追的。

小丁着了魔似的向汽车跑去,然后升腾起来。四散的鲜血化为一枚枚闪闪发光的五角星,成为小丁的涅槃。

52. 方小虎(郭平《西普里安·波隆贝斯库》)

西普里安·波隆贝斯库是一部电影的名字,是电影里那个罗马尼亚音乐家的名字。西普里安·波隆贝斯库也是弥漫在男孩方小虎成长路上的一首如风如水的叙事曲。方小虎从翻墙头去军分区看电影、跟工宣队的老师学拉二胡、与女孩李艳斗嘴的童年,走过班主任老师崔大炮的凶狠、好色、与老扁头、李艳的友谊、李艳去当文艺兵的中学时代;走过年龄参差不齐、在夜谈中讲黄色笑话、长跑、上课、读书、看电影、交女朋友的大学时代,进入工作、结婚的成人时代,西普里安·波隆贝斯库如影随形,伴随方小虎的逝水年华。

53. 解放(艾伟《回故乡之路》)

一个走在回故乡之路上的士兵睡在一枚炸弹壳里躲避美国飞机的轰炸。

这是越南电影《回故乡之路》中的一幕。它深深地映入解放的心中。解放希望自己能够像那个士兵一样,在弹壳里睡上一觉。现在,就有一个炸弹壳放在他的面前。

面对孩子的故事,阅读者总是难以有面对成年人故事时的那份自信。世界是成年人的,历史是成年人的,时代是成年人的,形而上或形而下的思索是成年人的,于是这一切都可以成为理解的出发点。可是孩子呢?虽然也有被打成反革命的爸爸,虽然也有孩童之间的攻击性行为,虽然也有懵懵懂懂的性意识,可是这一切面对解放细细密密的心事时,该是怎样的苍白无力。也许我们能做的,只是跟着解放,一步步经历这个孩子的回故乡之路:被强牯用石头打中脑袋,住院回来后,解放的表情变得似笑非笑,人们以为他傻了;孤独的解放在山上发现了炸弹,他拆开,炸弹壳成了解放的秘密天地;渴望成为英雄的解放自埋炸药,"救"了一辆飞驰而来的火车;解放炸毁了强牯的家;解放回到炸弹壳,回到了故乡——那永恒的死亡之所。

54. 肖立(朱也旷《当鹌鹑鸟飞过田野》)

当鹌鹑鸟飞过田野,二年级的小学生肖立经历了生命中的一个意味深长的夏天。

55. 蜂儿(徐小斌《银盾》)

"毛主席走遍祖国大地","毛主席去安源"。蜂儿的时代已暗含在这两句话中。可是,公共的历史并没有为 14 岁的蜂儿的生活染色。

秋收、苇子村、河塘的芦苇、戏班子、银盾……这些,才构成了蜂儿的历史——初识女人命运的历史。银盾里的白色绢符、来去无影的戏子、月光下的小船透过蜂儿的眼睛,罩上了神秘的色彩。

56. 关明慧(赵德发《琴声》)

坐在冬青树边的矮墙上,关明慧沉浸在那蚕丝般纯粹的声音里。那声音轻轻的、幽幽的,恰似院中的月光。有时,又像一缕风,还像一线水。关明慧在这声音里感到心发疼,直想掉泪直想哭。

长长的一个学期过去了,本已打算退学的关明慧在那声音里开了窍,期末的排名大大提前;长长的一个学期,关明慧就那样远远地坐着,虔诚地与那琴声进行着秘密的交流。可是,音乐是强大的,也是脆弱的,特别是当它是一种纯粹的美学形态的时候。音乐改变不了关明慧的命运。

57. 孙十一(何玉茹《孩子、医生和女人》)

仇恨在一个孩子心中的积聚、发酵、爆发,孙十一完整地展示了这一过程。

世故有可能化解或压制住一个成年人心中对另一个人的恨,可孩子的仇恨是纯粹的,因而也是可怕的,哪怕被仇恨者只是在无意中漠视了孩子的存在。

58. 萝卜(艾伟《乡村电影》)

守仁的暴戾与眼中的泪光,滕松的固执,有灿的软弱,经过孩子萝卜的目光的过滤,变得温情而伤感。

59. "我"(储福金《缝补》)

盛夏季节的一个傍晚。巷子口那个独自一人带着三个孩子生活的男人坐在家门口,细细密密地挑针引线为孩子缝补一件破了的裤子。他并不知道,他这一刻的一举一动,正随着霓彩云光的落日背景一点一点落入一个小女孩的心中。他也不知道,他不得不为之的举动正唤起小女孩潜藏在心底的母性。

"我"有些偏执地迷恋上了缝补。从家中抽屉里找出针线。翻遍家中的衣服,却发现没有要缝补的。那些破烂了的,已经被母亲仔细补好了。为了缝补,"我"用糖粒换取着那些小男孩的信任,让他们能够把挂破、跌破的衣裤拿给自己缝补。长长的一个暑假,女孩沉浸在缝补的情境中,好像只是为了缝补而缝补,不是同情那个男人、不是同情那些没娘的孩子。只是缝补、缝补,那种成长的渴念一针一线被缝了进去。

60. "我"(李逊《在黑夜中狂奔》)

一直都在奔跑。不管是为了父母的一顿责骂伤心的小孩"我"还是在现实中迷失的大人"我"。在黑夜中狂奔,不知道身后追来的,也不知道前面有什么,除了黑暗,还是黑暗……

61. "我"(熊正良《追上来啦》)

这是一个普通家庭的苦难。贫困、下岗、疾病、死亡。这是一个孩子讲述的家庭苦难,完全不同于那些经典的苦难故事。

经典的苦难故事有一个最典型的特征,就是将故事置于社会历史的背景下,这使得对苦难原因的追寻最终会导向现实批判。可是,在"我"的讲述中,苦难来源于"我"父亲的偏执的性格,来源于他执著地望子成龙,来源于不断与贫困的家境打架的现实,甚至来源于"我"对不断长跑产生的逆反与厌倦心理。经典的"苦难"在"我"不乏怨恨与伤感的叙述中被解构。现实的苦难变成了人性的苦难。

62. 紫杉(皮皮《光明的迷途》)

紫杉在做女孩的年龄做了女人,将要离去的她踏上的也许是一条光明的迷途。

63. "我"(毕飞宇《白夜》)

这是一个特殊年代儿童之"恶"的大展示。"我"被质问:"你父母凭什么让我们上学?"这是一群拒绝文明的孩子的恶意满怀。这"恶"的力量如此之大、如此有诱惑力,使得"我"也从受害者变成了迫害者。最终,在"我们"不可控制的恶意捉弄下,做老师的父亲在玻璃碎片中血流满面,那惟一的一副眼镜碎了。"我"小心地伸出脑袋,看见桌面上放着一盏灯和一只眼镜架。架子上没有了玻璃,空着。灯光直接照射过来了,仿佛镜片干净至极,接近于无限透明。

无限透明的沉重。

64. "我"(龙冬《旷课以后》)

"文革"时期落难的知识分子们身上的那种被频频渲染的痛苦、清高在孩子"我"的眼中消散了,他们平庸、奇特或乏味。

65."我"(艾伟《去上海》)

"我"喜欢水,夏天的水。跳入水中,水就会温柔地包围"我"。水总是很暖和,沉入水中,"我"紧张的肌肉就会舒展开来。

"我"这个孩子在水中,重温着母亲子宫中的那种温馨。在那个世界,不会有旁人肆意的捉弄、打骂;不会有嗜酒成性的父亲、虚伪粗俗的父亲;不会有背信弃义的伙伴;也不会为了给父亲找钱去拿别人的东西。"我"一直拒绝"偷"、"小偷"、"贼"一类的字眼,每每辩解:"我只不过是拿别人的东西,可我都记下来了,等我有钱了,我都要还他们的。"

可是岸上的人们,有谁相信这个孩子的表白呢?

孩子听到船下的水哐当哐当地响,心中泛起温柔的情感。为什么要上船呢?为什么要去上海?那一天,在旁人捉弄"我"、要"我"撞墙时,那艘客轮上做播音员的女人路过,说了一句:"不要叫他撞了,他会死的。"孩子吃惊之余,心头一热。有多久了?不再听到这样关怀的话。孩子想起了愈来愈遥远的温暖慈祥的母爱。是的,母爱。从此孩子常常去码头,常常去看上海轮船,对那个上海女人的一举一动渐渐熟悉了。孩子猜想她一定是位母亲,孩子说:"我喜欢她是一位母亲。"

于是就有这样一个黄昏,"我"和马六甲上了轮船,在那张上海女人躺过的床上躺了两个多小时后,决定去上海。那儿,有高耸入云的国际大厦?有悠远的钟声?那儿还有温暖的爱?孩子义无反顾地出发了。

可是,现实承受不起孩子虔诚的期待。

"我"向水下沉去,又回到母亲温暖的子宫中。

水温柔地包围了孩子。

后 记

阅读儿童的过程,是一次灵魂洗礼的过程,它让我拨开时光的迷雾,重返孩提时代。记忆中,那个孩子向我走来,又牵着我的手,带我走向道路的深处。

这个阅读过程的每一步,都有很多良师益友与我相伴。在本书付梓之际,我想借此表达深深的谢意:

感谢导师赵毅衡先生,虽然赵先生远在伦敦,但是通过E-mail,赵先生超越性的分析问题的视角、对各种问题非凡的洞察力常常使我茅塞顿开。本书是我的博士论文,它的写作,从选题到具体问题的分析,都得到了赵先生的悉心指导。

感谢导师黎风先生,1999年我考入四川大学,是黎先生引导我走向文学研究之路。几年来,黎先生的平和、谦逊使我备感温暖。黎先生也给本书的写作提了许多真知灼见。

感谢四川大学文学院的曹顺庆先生,在我读博的三年时光中,多次聆听曹先生的讲授。曹先生渊博的知识不仅使我受益匪浅,而且先生严谨认真的学风也使我受到潜移默化的熏陶。

感谢王晓路、阎嘉两位先生,在论文开题答辩会上,两位先生给我的论文提了不少建设性的意见,使我在写作中不致盲目。

感谢毛迅、李益荪等先生,我在川大学习的那些年也曾多次与这些老师交流,使我感到精神世界的充盈与提升。

感谢我的学长和朋友唐小林、李自芬、孙志宏、顾京红、刘忠山、曹东、蔡键、李庆等人对我在学业、生活上的帮助与照顾。

感谢付其林、何晶在繁忙的工作学习之余,帮我在国家图书馆查阅、复印了相关的资料。

感谢我的大学同学余海阳,作为一个优秀的电脑工程师,他为我的写作提供了宝贵的技术支持。

感谢中国海洋大学文学院的朱自强先生、浙江师范大学文学院的方卫平先生,两位先生是专事儿童文学研究的学者。他们以极大的热情关注着本书的写作,而且提供了不少相关的资料和信息,令我在感动之余,也看到了中国儿童文学研究者的胸襟和气魄,并最终使我来到美丽的海滨城市青岛,在海大儿童文学研究所开始了我的学术生涯。

我还要感谢我的家人以及我童年时代就已相识的挚友李玲、汪生慧,多年来,他们始终支持着我、关怀着我。这些,在岁月的流转中,已经一点点沉淀为最深邃的亲情。

感谢所有在我成长的路上帮助过我的人们。

何卫青
2004 年 12 月